相见有逆

XIANG JIAN YOU NI

杜子藤 著

江西高校出版社
JIANG XI UNIVERSITIES AND COLLEGES PRESS

图书在版编目（CIP）数据

相贱有逆 / 杜子藤著. — 南昌：江西高校出版社，2012.10
ISBN 978-7-5493-1446-1

Ⅰ. ①相… Ⅱ. ①杜… Ⅲ. ①长篇小说—中国—当代 Ⅳ. ①I247.5

中国版本图书馆 CIP 数据核字（2012）第 208126 号

相贱有逆
杜子藤　著

责任编辑	邱建国　陈启辉
美术编辑	杨　青
排版制作	邓娟娟
出版发行	江西高校出版社
社　　址	江西省南昌市洪都北大道 96 号
邮政编码	330046
总编室电话	（0791）88504319
编辑部电话	（0791）88595397
发行部电话	（0791）88517295
网　　址	www.juacp.com
印　　刷	北京友谊印刷有限公司
经　　销	全国新华书店
开　　本	890mm × 1240mm　1/32
印　　张	8
字　　数	240 千
版　　次	2012 年 10 月第 1 版第 1 次印刷
印　　数	1~8000 册
书　　号	ISBN 978-7-5493-1446-1
定　　价	19.80 元

赣版权登字—07—2012—903

目录

CONTENTS

目录

CONTENTS

第一章 与大灰狼的第一次正面交锋

“我是男公关，怎么会占你的便宜，我都是让女人占便宜的。而且你不点我的台，我又怎么会赖上你呢，难道你醉得忘记昨晚可是你邀请我跟你一起的？”大灰狼风情万种地用胳膊支着脑袋，极力营造着强权下受害者的形象，深幽的眼眸中闪过一丝诡异的光泽。

我的名字叫林车车，今年二十三岁，在华瑞房地产公司营销部B组当一名小小的售楼员。整日稀里糊涂地跟着组织走，四处见缝插针地发着名片。

今天，和往常一样，当第一缕晨光从窗外洒进，我便从梦中醒了过来。

谁知睁开眼时，一张俊俏的脸蛋荒唐至极地出现在了我的面前。

呃……这只大灰狼是谁啊，虽然长得很帅，但是也不能这么赤裸裸恬不知耻地躺在我的身边吧？

我被吓坏了，惊恐地眨巴着眼睛瞄了一眼满是倦容的大灰狼，脑中逐渐出现了百分之四十的疑惑，以及百分之六十的恐慌。随后，我垂下脑袋看了看自己赤裸裸的身子，那还在迷糊的细胞霎时全苏醒了过来。一个激灵，我想起这只大灰狼是昨晚我跟死党马媛利去PUB时嚷着说要买下来，假装自己男朋友去同学会走走过场的鸭子。

因为人家下个礼拜天要参加大学同学会，可是又很怕那些人会嘴巴咧到后脑勺地嘲笑我，说我都这把年纪了还没人要。

可是，怎么一眨眼大灰狼就在我的床上了？

这次真的亏大了，我本只是打算跟马媛利那个资深腐女来见识一下腐界水深浅的。现在好了，一头扎进美男怀，从此雏女变妇人不说，还是被一只神棍风范的鸭子给玷污了！

我欲哭无泪，内心抓狂，面露丢了万把块钱的萎缩状。恍恍惚惚地在床上脑补三十分钟后，明白这件事情如果闹大会影响了自己的名声，便打算神不知鬼不觉地先溜走。

哪知，就在我预备离开的那一刻，一只毛茸茸的爪子很突然地伸了过来，抓住我的手腕将我往后一拉，我整个人猝不及防地撞在了一堵肉墙上。紧接着，我还来不及安抚自己那颗受惊的心，一阵略带委屈的话语声便在我的耳边幽幽地响起："你真是个无情的女人。昨晚睡了我，一觉醒来就想这么不负责任地逃走吗？"

我被大灰狼的这句话雷得浑身晶莹剔透，十分憋屈地侧过头去望着他，却发现这厮好像被表情帝给附体了一样，脸上居然是一种贱贱中又混合着一抹傲娇的神情。我那颗玻璃心就顿时碎成了一地渣，拾都拾不回。

"谁睡了你啊！是你自己赖上我的，还把我给……你怎么不说你占了我便宜呢……"

"我是男公关，怎么会占你的便宜，我都是让女人占便宜的。而且你不点我的台，我又怎么会赖上你呢，难道你醉得忘记昨晚可是你邀请我跟你一起的？"大灰狼风情万种地用胳膊支着脑袋，极力营造着强权下受害者的形象，幽深的眼眸中闪过一丝诡异的光泽。

天啊，打雷劈死这个厚颜无耻的人吧，怎么我一大早就遇上这么晦气的事呢！

大灰狼望着我那快憋屈成内伤的表情，也不知安了什么心，居然柔情地笑了笑："喂，你叫什么名字？"

我压住心头的火气，冷冰冰地赏他一句："关你什么事啊？"

大灰狼眨了眨眼，瞬间变了语气："顾客，那在你离开之前，我们是不是应该谈谈你昨晚的消费？"

"……"我默默地垂下眼眸，不言亦不语。

"顾客，我的价格也不算很高，你点了我的全场，还睡了我……你别露出那副可怜兮兮的模样，都这么大个人了，敢做就要敢当啊。要不我给你打个五折，再把零头全给你免了，就五万吧。"

如此幻灭的话，让我满脑子飘的都是惊叹号，已经无暇在暗地里画圈圈诅咒他了，我将眼睛睁得比铜铃还要大："一夜五万，你那下面镶了金子吗？"

真是的，什么玩意儿嘛，我一个在布满潜规则、明规则、隐规则的都市夹缝里求生的人，出来试试腐界水深浅就要付出五万的代价？这简直就是在坑爹！

"你不相信我说的话，就打电话去问经理好了。你问他，买下我饶辰一晚需要多少钱？"大灰狼说完这话，眼中邪芒闪烁，拿出手机拨通了经理的电话号码，递给我要我去核实一下他所说的价格。

"不用打了，不用打了……"我急忙推开他的手，这厮杀人于无形黑人于无声的话早把我轰炸得脑袋空空，哪还有脑力去跟经理过招？

饶辰放下电话，嘴角扬起一缕暧昧的笑意："顾客，你要是不问那就算了。不过，你是打算刷卡还是开支票呢？"

我深深吸了一口气，试探性地问他："可以刷医保卡吗？"

他朝我丢来一道鄙视的眼神："你觉得呢？"

"好像不行……"我汗流浃背。

但没隔几秒，我忽然想起一个可以抵债的好办法。于是乎，我立刻抖擞精神，抬眼望向他："我说……你看这样行不，我多给你介绍几个富太太，我们之间就算扯清了好吗？我认识很多有钱的富太太哦，比如说东邦的威妮恩，酷乐俱乐部的焦莲娜。"

饶辰瞪眼，三条黑线顺着他的额头滚滚而下："顾客，你不能将其他女人拉扯进来，毁了我们之间这种纯肉体交易的简单美啊！"

那个"美"字，听得我整个人都酥脆了。

他挑了挑眉梢，眼里透出一种说不清道不明的旖旎之色。细长的手指上轻轻地抚弄着我的耳垂，他忽地将话题来了个一百八十度的大转弯："顾客，你的电话号码是多少？"

我小小地惊讶了一下，对他的爱抚感到很不适应，浑身起了一层细细的鸡皮疙瘩。我抖了抖身子，沉着脸告诉他："我从来不记自己的电话号码。"

"那你把手机拿出来，现在打一个电话给我。"他慵懒地说道。几乎就在他话音落下的那一瞬间，我立马脱口而出："昨天出门太急，没带手机，手机也关机了。"

饶辰怔了怔，露出一副狐疑的表情，直起身子取过床头柜上的睡袍穿在身上，从后面再次揽住我的腰："顾客，我看你也没钱买单，要不我吃点亏，你就用自己的身体来抵债好了？"

这简短的话语，仿佛晴天里的一道霹雳，硬生生砸中了我的脑袋。他这厚颜无耻的话到底是什么意思？

难道他是想让我欠债肉偿吗？

我顿时眼圈一红，整颗心拔凉拔凉的。像是顷刻间丧失了语言能力一样，我一句话都说不出来。

"顾客，我的这个提议，你认为还可以吗？"他撇过脸，用邪魅的眼眸瞅着我不说，手还无耻地在我身上游移着蹂躏着我。

他这也太强迫我了吧！

我忍无可忍地把胳膊往上一抬，以超凡脱俗的四十五度角，用肘子对他进行着肉体上的打击。

饶辰顿时闷呼出声，击散了室内旖旎气息的同时，饶辰那邪魅斐然清傲风雅的形象也瞬间被华丽丽颠覆成了猥琐的包子。

他露出鄙视的眼神瞪了我一眼，抽回手捂住抽筋中的眼角，小腰佝偻着很有艺术美地将整个身子都往后挪了一下。

我急忙从床上跳了下去，以雕塑般镇定的表情凝视着他。也不知打中了他哪儿，但是看到他痛苦的样子，我心里那叫一个通体舒畅啊，高兴得灵魂都快冒出躯壳挥舞着胜利的旗子狂奔了。

在这充满苦逼悲戚气氛的早晨里，我第一次露出了笑容，像个做了坏事没被抓住的小孩一样得意，喉头轻蔑地冒出警告："你这只作风奢靡的贱鸭，这是你自找的。别以为长了一张好看的脸蛋，就可以恬不知耻地漫天开价来欺负我，非礼我。我可警告你，你要是再敢对我无理取闹，小心我去警局告你……”

饶辰一脸的气急败坏，整个人悲愤得想冲上来杀了我似的，吓得我急忙转身朝着楼下狂奔而去。

出了酒店的大门，只见街道上腾起了一股氤氲的薄雾，与朝阳挥洒出的耀眼光芒相互缠绕着游走在半空，美得真让人喟叹。

我忍着想哭的冲动，从皮包里拿出手机拨通了死党马媛利的号码，怒火冲天地骂着她：“马媛利，你这个挨千刀的，我要杀了你……你好意思问我一大清早在说什么，你心里清楚！你昨夜居然敢抛下我跑了，你知不知道我被那只神兽贱鸭给猥亵了……你妹的，他占了我的便宜不仅卖乖还想要坑我的钱……”

“这是游戏规则，我老早就跟你说了，你自己不信。我说你也别气得像大海的波涛一样没完没了，你也不看看现在才几点。我一会儿上班的时候过去看看你吧，OK？拜拜！”

大概过了三十分钟，我便来到了公司。刚走进公司大门，却听到一阵让我想把对方祖宗都揪出来挨个数落的八卦。

八卦内容如下：

“我就说那个隐忍憋屈，连男人都跟别人跑了的丧门星，准耐不住寂寞的，你们偏不信！昨天晚上要不是经常来单位找我的那个朋友瞧见她去了那种地方，我都不敢相信她的生活会腐烂到这种地步，简直就是精神肉体双重堕落。”

“……真没想到啊，林车车这么老实的一个人也会去那种地方找男人……”

“我看啊，她骨子里闷骚得发慌，没有男人是不行的吧！我经常看见她对策划部的经理暗送秋波，也不知道有没有跟他鬼混过。”

“啧啧啧，我早说了就她那种天然呆，故意大面积露肉在公司晃悠，除了去那种地方找男人给温暖，谁还会要她啊？还整天打扮得跟一蜘蛛精似的，只差新红雷那华丽丽的铜钱头没戴在头上了……”

我整颗心都膨胀了起来，真不敢相信昨晚的事，竟以光速散播得整个单位都知道了！愤怒的情绪在我体内瞬间波动了起来。

说这些话的人，怎么不去照照镜子，她们怎么不说说自己的打扮，整个一秦始皇陵的兵马俑呢？

我揣着一颗隐隐滴血的心，气咻咻地走进电梯里。感觉自己如炮灰配角一样悲催，心里一下涌起千般悲切。一想起那只猥琐我吃我豆腐之后还要敲诈我钱的贱鸭，我就恨得牙痒痒，眼中也不停有怒火喷射而出。

“当——”的一声，两道银白色的大门在我眼前缓缓地敞开。我赶紧敛起所有情绪，慢吞吞地往外走。

一路上，我发现所有人都朝我投来了异样的眼光，原本天真烂漫活泼开朗的我，瞬间被蹂躏蹉跎得血肉模糊。我再难保持着自己淡定的情绪，怒火冲天地吼了一声：“看什么看，你们这群生猛的海鲜，不要用你们那带着腥味的生命火光来燃烧我。”

话语声一落，大伙儿的眼神都僵直了，疑似带着“你这人真是不鸣则已一鸣惊人啊”的潜台词瞥了我一眼。我无比懊悔地在脸上露出一副特囧的表情，缩头缩脑地进了更衣室，坐在椅子上调整着暴躁抓狂的情绪，忍不住将脱下的鞋子狠狠地砸到了柜子里。

大概过了五分钟，我感觉什么都放下了，心中的怒气也渐渐平息住，这才缓慢地脱掉另一只球鞋换上高跟鞋，然后穿上工作服。

然后自我安慰着走出更衣室，拿上昨日开会时经理安排下来让我们这组负责营销开盘的楼层的宣传单，去了售楼厅。

华瑞公司的售楼厅。

我坐在售楼厅的接待台前，整理着桌面上的宣传单。有人推门进来，我立刻以一种哈利波波骑着扫帚的速度奔了过去，然后详细询问他的要求，接着我又给他推荐本公司在顺庆区沪江河推出的博雅公寓。这名顾客好似非常满意那个地区的楼房，预约礼拜天去看看采光这些问题，留下电话号码就离开了。

我回到接待台前，将刚才那个顾客留下的电话以及一些信息登记在表格上。这时，一只处理得鬼片里面才会出现的手，很突兀地在我耳边打了一个响亮的响指。

我惊愕之余被吓了一跳，连想也没想就转过身去，喜滋滋地张嘴从喉咙里冒出一句："您好，请问要看房吗？"结果一张此生最不受我待见的带着嘲弄表情的面孔直接撞入了我的视野中。我的笑容瞬间僵在了脸上，情绪一下子变得焦躁不安起来。

我在心中阴暗地想着，鸭子不是晚上出动白天窝在床上拱被窝的吗，他怎么……怎么能破坏行规，阴魂不散地追到这儿来？这世界上怎么会有这么没职业道德的鸭子呢！真是气死人了！

我心烦气躁地瞪了他一眼，又怕他会在这儿闹事坏了自己的名声，那本还焦躁的心情竟变得惶惶不安起来。我赶紧转过身去，稀里哗啦地整理着宣传单，冷冷地对他说着："先生，我们的沙盘不在这儿，在大厅的中间，如果你是打算买房，请转身向前走。"

饶辰那略带挑衅的话语声从身后传来："是吗，如果我不是来看房的呢？"

如果不是来看房，那明显就是来找碴儿了？

今天的霉运到底要走到什么时候？这个世界怎么会有这么无聊又变态的衣冠禽兽啊，早上放过他，他怎么能这么不知趣呢，还敢跑到这儿来，难道是为了那五万？

五万啊，五万……

一想到这个数字，我的心仿佛被刀捅了一下，咬牙切齿地转过身盯着他，嗓音也提高了好几分贝："如果你不是来看房，那就请你往右边的大门走，我们这儿可不是 PUB，也没有富婆给你勾搭。当然，你现在可以改口告诉我你要购房,但是按照我对你的认识,你只会浪费我的时间。所以在我没有叫保安来之前,先生,请你还是圆润地离开吧。”

饶辰歪着脑袋,一副已将我心思看穿的神情,身子慵懒地倚在接待台上,他用手指轻轻地敲打着桌面,似乎在暗示着什么。

“售楼小姐,你这么气焰嚣张地赶走顾客,要是被你的经理知道,你说你是肯费时间向我介绍楼盘呢,还是等着收解雇信?”

“……”我眼神僵住。

“还有女士,光凭你今早在房内对我的认识,就来判断我这个人,你是不是太主观了。或者我应该多给你一点时间,让你来重新认识我了解我。要不就今晚吧,同一个地方,同一间房里,你跟我再相互认识一次?”

“你——”我被他的话气得嘴角一抽一抽的。

觉得这简直就是噩梦,噩梦……

我气咻咻地伸手搓着自己的脑袋,用刀般锐利的眼神恶狠狠地盯着那在贱贱无敌中摆出一副十分可憎神情的他。

他从唇边逸出了一丝笑意,静静欣赏着苦大仇深的我。

我也不知是不是这厮体内的邪恶因子在蠢蠢欲动着,他似乎生出一股想要捉弄我的想法。唇边竟然邪魅地滑出一丝微笑,在此时宛如一朵裹在氤氲薄气中的罂粟,让我看得不真切。但同时又觉得他那充斥着丝丝柔情的眼睛就像一支麻醉剂,盯得我大脑混乱以至到了无法思考的地步了。

他想要的,就是这样的效果吧?

突然,他的目光莫名其妙地往下移去,也不知他到底看到了什么,忽然以十分惊讶的语气对我说:“咦!售楼小姐,你的名字原来这么诡异,叫林车车啊。难怪今早问你,你不肯说。”

听完他这番话,我心中的警钟瞬间发出尖锐的鸣叫声,登时反应过来伸手按住胸口,先发制人地拦住还有话要说的他,骂道:“你这只死贱鸭,原来视线就没从我的胸前移开过。你刚才说了那么一大堆废话，是想转移我的注意力？”

饶辰不屑地挑了挑眉，淡淡地扯了扯薄薄的两瓣嘴唇。正当我纳闷他想说什么时，他用手勾住了我的小蛮腰，将我整个身子拉向他的胸膛："顾客，你那扁平的胸有什么好看的。我倒是觉得，你现在的穿着打扮很不符合你的身份呢，化的妆容也略浓，看起来十分老气，我还是觉得昨晚的你让我看得更顺眼。"

我着实吓了一跳，满脸涨得通红。往四周看看，见大厅里面都是自己的姐妹，才不必怕他。于是我怒火中烧地用手掐着他的胳膊，压低声音恶狠狠地告诫着他："你就是一个'井'号键，横竖都犯二。我可警告你，你不要在这儿找麻烦，不然我让你竖着进来，横着出去！"

饶辰眉眼带笑，眼瞳深处藏着的邪气更盛："顾客，你又不把我放在眼里了，我刚才还提醒你，我们的身份变换了，你应该收敛下你的脾气。你上午弄伤我的那笔账我还没找你算，你现在又掐伤我，难道教你语文的是体育老师吗，出来偷腥不买单就只会逃跑？"

他句句在理的话，让我蛋疼到无语凝噎中，真想用寒冰箭搓死他，来泄我心头之恨。

可是我除了在脑中邪恶地幻想以外，什么都不能做。

因为这只雄性生物的长相在男人中算得上是佼佼者，往这一摆竟成为了吸引女性的一道美丽的风景线。

大厅里面，所有女人的目光都聚集了过来。八婆们用非人类的语言交汇着我听不清的话语不说，小眼神里还闪烁着妒忌的光芒。

甚至还有人摸爬滚打一路探索过来，踩着凌波微步如幽灵般在我俩身边飘忽不定着。

我那一颤一颤的小心脏，都快被这帮孙子给雷焦了。实在是很讨厌围绕在四周不断冒出来的敢死队员们。

也不知沉默在一旁的饶辰到底在想些什么，眼角似有若无地瞥了一眼那群脑残花痴，唇角勾起了一个完美的弧度："怎么突然间就不说话了，你感到害怕了吗，你刚才不是还一副气焰嚣张的样子？我发现啊，只要一有人围上来，你就透露了你的心虚！”

我眉头一皱，一下子被击中了命脉，情绪越发急躁起来。

我的确是很害怕啊，本以为在自己的地盘，有公司姐妹们在场问题会很好地解决。可是就她们那副花痴样儿，纯粹就是玩“心跳”上瘾，精神穷得实在没办法，只能用飘玻璃心来排解空虚，几乎完全可以忽略她们的存在了。

我嘴里哼哼唧唧着：“死鸭子，能把你的手拿开吗？你这样搂着我，我鸡皮疙瘩都起来了，如果你不想日日被围观，天天被群殴的话，最好立刻消失在我的眼前。”

我说得这么狠，可是他却似乎患了选择性耳聋。只见他神色慵懒地垂下头来，轻轻地咳嗽了一声，目光却紧紧地盯着我的唇瓣，将他接下来的想法全给暴露了出来。

我心中顿时一骇，脸都绿了，很怀疑眼前这只狼是不是跨越数百年光阴经过数次轮回转世的西门庆。真希望上帝能按个快捷键将此人给注销了，看着就心烦。

我伸手推了推他，想要阻止他接下来的邪恶举止，可惜力气太小推不动。又见前来看好戏的人都朝着密集型发展得越来越多了，赶紧反手一把拽住饶辰的胳膊，呼啦啦地拖着他蹿到底楼的杂物房内，打算私下解决。

我“砰”的一声甩上大门，转过身指着他的鼻子，气焰高涨，愤愤不平地道：“你这只死贱鸭，今早放你一马，你就以为我好欺负想爬到我的头顶叫嚣，学不乖了是吗？”

“……学不乖？”饶辰好似为我的话感到很诧异似的，表情萌得让人很是吃不消。

我瞪大了眼睛，用颇为阴森的声音说：“我告诉你，你一日为鸭，终身都是鸭，别以为穿得人模狗样就是绅士，可以白天跑出来骗钱骗色了！你也不照照镜子，即使一脸的正派相，也不能掩盖你那白里透红的放浪作风。”

饶辰挑眉，淡定自若地转过目光左右打量着四周的环境，满不在乎地回敬着我：“售楼小姐，你以为摆脱掉外面的人，你就能踩在我的头上叫嚣了吗？啊，我忽然想起，你今早跟我说你认识很多有钱的富太太，我还纳闷你是怎么认识那些人的，原来她们都是华瑞的顾客啊。你一个月薪水多少，五万对你来说，好像确实是一笔不小的数目吧？”

这厮想死吗，竟丧心病狂地将话锋一转，提起那杀伤力超强的五万。我瞬间石化，额上滑下一排排冰雹汗直挺挺地砸向心窝。

“我是售楼小姐又怎么样，总比有些人出卖色相肉体，设下圈套去圈别人的钱要好得多吧。比如说你，你这只该死的贱鸭，你以为你值五万吗？昧着良心来坑我的钱，死了也要下地狱的。”

“哈！你一口一个死鸭子这么叫我，还说我骗色骗钱，就好像你是观世音天天把色即是空的匾额悬挂在胸前一样。也不知昨晚是谁拉着我不放，睡了我之后就翻脸无情。你想无情也得把我们之间的这笔账算清吧，林车车女士！”饶辰一面说一面收回打量杂物房的目光，转向我。

我皱起眉头，愤怒化成了巨大的海啸从心中翻卷而出：“算什么账，我昨晚有说要你陪睡了吗？我只不过是想你下个礼拜三把时间空出来给我，冒充我的男友跟我去参加同学会走一场秀而已。是你自己思想淫秽占了我便宜还卖乖，又见我没人撑腰，心子黑得就跟地沟一样想坑我的钱！我警告你，别以为我真不敢揍你！”

我话音一落，饶辰也不知受了什么刺激，竟然一边感叹一边睹激动地询问我：“你说你去那种地方是为了找个男公关跟你去参加同学会？”

“是啊。怎么，不可以吗？”说起这个，我就感到一种从头顶到脚趾的悲凉，要不是听信了马媛利的馊主意，怎么会摊上这种事？

饶辰魅惑的俊脸上扬起一抹浅浅的笑意，也不知他是不是中邪了，嘴里竟然溜出一句足以雷死我的话语来：“售楼小姐，五万你可以不用支付了，但是作为报酬你要留在我身边七天。这个条件很划算吧？”

确实很划算啊，把我拿去卖了也值不了这么多钱。我眨了眨眼，脸上露出蜡笔小新的咸蛋超人笑。

饶辰一脸的莫名状：“你笑得这么猥琐做什么？”

“开心啊，因为你说我不用还你钱了。不过还是等你有命走出这间房再考虑，是否需要向我重复一遍刚才的话吧！”

“噢，”饶辰邪魅一笑，“那我可以把你的话当做是你在暗示我，想跟我玩刺激点的游戏吗？”

“可以啊。”我嘴上笑眯眯地说着，心里却十分讨厌他这种就跟妖孽一样的男人，长得帅不是他的错，但是他老是用眼神来勾引人就有错了。

就在他伸手要抓住我肩膀的那一瞬间，我把早已藏在身后的东西，以迅雷不及掩耳的速度抵在了他的腹肌上。

他怔怔地冲我眨了眨眼睛，反应有些迟钝地低下头看着我手中的东西，纳闷地问：“这是什么？”

“电线啊，白痴！”我眼中恶灵闪现，用食指拨动了开关。

饶辰的脸色转眼变得惨绿，惊讶的话语还来不及说出口，电流就如一条贯穿上下的拉链在他身体里面蹿动了起来。

我看着他那一头被电得凌乱的头发，以及身体过电后摆出的各种撩人的销魂姿势，就乐得腮帮子都飚到后脑勺去了。

“你这死鸭子，多让你通体舒畅下免得脑子不好使，还想着包养我？我告诉你，老娘我可看不上你！”

“你……最好……赶快停止……你的行为……你敢再对我施暴……我一定会让你付出惨痛的代价……”饶辰睁大了眼睛瞪着我，一抽一抽的话语中，都带着一股焦味儿。

我用拧眉的神情，来表达内心深处对他那略带命令口吻的话语的不满与反抗：“我可告诉你，你不要这样看着我和我说话哦，我可是很记仇的！”

饶辰瞪眼，片刻后竟仿佛进入了不疯魔不成活的状态中，用一双幽暗深邃充满着异样电光的眼睛，深深地凝望了我几秒钟后，露出了一副色欲得逞的表情。

我顿感纳闷，还来不及思考他干吗这么色迷迷地看着我，他就趁我不备之时，将手以迅雷不及掩耳之势搭在了我的肩膀上。一瞬间，一股电流顺势进入我身体里面流窜起来，折磨着我那脆弱的心肝脾肺肾。

“你妹的……”我无语凝噎，嘴巴那缓缓张开又缓缓合上的架式，足以表达出我被电击得有多么的爽了，“你你你……放……开我……”

饶辰像中了含笑半步颠一样：“你先把你……舌头捋直了再讲话……”

“放开……我……”我一脸的汗水，内心拔凉拔凉的，嘴巴抽搐得都快吐字不清了。

“你先把你……手中……的电线扔掉……”

我不回话，然后使劲甩着手中的电线，想尽快结束掉这场噩梦。不料杂物房内突然发出“砰”的一声，好像是一楼大厅的电箱突然跳闸了，瞬间掐断了我手中的电源。

但是我跟饶辰体内残留着的电流，依旧流窜不止，导致正负两股电流一相撞，我跟饶辰被硬生生地弹飞了出去。我一下子失去了方向感，迷失在漆黑的洞穴中无法自拔。

也不知过了多久，我在迷迷糊糊中，忽然听见死党马媛利不停呼喊着我的声音。我犹如寻到了一根救命稻草般，浑身猛地一震，从一场又一场的噩梦中惊醒了过来。

我愕然地睁大了眼睛往四周瞄了一眼，由于脑仁抽抽地疼，一时间无法反应过来这到底是哪儿。我不禁急急地询问着马媛利：“这是哪儿呀？”

“医院啊，你不记得发生了什么事吗？我去公司找你时，看见你跟一个男人在杂物房，浑身一抽一抽的，也不知你们到底怎么了？”

“医院？杂物房？”听她这么一说，我倒是想起电击这事来，后来又发生了什么吗？

马媛利拧着眉头，用一种古怪的眼神盯着我，也不知她在想些什么。隔了片刻她才张嘴问我：“你老实交代，你在你们公司的杂物房内，到底做过些什么才会搞成这样，而且跟你一起的那个男人究竟是谁？我一进杂物房就瞧见他黑着一张包公脸，睁着一双死鱼眼，抽搐着两条腿在那儿乱蹬。”

一说起那个男人，我脸上那犀利的表情已经无法用语言来表达了：“都是你，昨晚非要我跟你去那个什么酒吧开开眼界，看我喝醉后又不带我走，将我留在那个地方，还招惹了这么一个阴魂不散的鸭子，他竟然丧心病狂地追我到上班的地方来。你妹的……我恨死你了。”

“你说那个男人是昨晚蛊惑 PUB 里的公关？”马媛利沉吟了一下，然后露出一副非常严肃的表情，“难道他是喜欢上了你这种清淡型的女人，所以才会跟踪你，然后跑去找你？”

“喜欢你妹啊，”我瞪大了眼睛，表情过于狰狞都快妖魔化了，“他是跑来讨债的。他说我睡了他，要我付五万啊……你妹的，这世上怎么会有这么黑心的男人？”

马媛利吃了一惊，睁大了眼睛，似乎不敢相信我的话：“刚才你说什么？你说，他说你睡了他？难道他说一句你睡了他，你就真的睡了他啊，你昨晚没一点感觉吗？”

“有什么感觉啊，我昨晚心力交瘁能有什么感觉。而且我还什么都不记得，一醒来就跟他一起躺在床上。你妹的！”

马媛利摆出一副臭脸：“你别张口闭口就你妹个没完，连骂人也不会，光你妹有毛用！

“这叫发泄，发泄，人总该有一两句发泄心头怒火的语言吧。”

马媛利露出无限鄙视我的目光：“我说，你还没回答我，你跟那个男人在杂物室怎么会搞成现在这样？”

我恶狠狠地揪着被单，在脑中组织了一下语言，将当时的场景还原了一遍给她听。她露出了无比震惊的表情："你也玩得忒猛了吧，你没有想过万一把他给电嗝屁的后果？车车，你恨男人也不带这样折磨对方吧。”

“我？”我脑袋瞬间开窍，按捺不住内心的焦急，伸手一把抓住她的胳膊，“听你这么一说我倒是想起来，我有没有电死他啊？要是他死了，他家人报案什么的，我肯定会被拘留。我家老头子到时候怎么办，他不会天天哭着到看守所来给我送饭吧？”

“不怕，不怕，我去公司找你的时候看见他还活着，不过你出院后就赶紧去找他道歉吧，万一他请律师告你故意伤害罪，你就只能去蹲牢房了。”

我声嘶力竭："不会吧？”

“很有可能，你不是说，他说你睡了他，要你给五万吗，说不准等他找上你后就变成十万了。”

“啊？”我感到一阵不安，“是他先挑衅非礼我的，我自我防卫嘛，才电他的。”

“证据呢？”马媛利的话像一颗炸弹般在我的脑中炸开。我无言以对，心头十分的不爽。

我觉得自己真是倒霉透了，从早上是顾客身份的时候，在气势上就输给了那只大灰狼。结果到了华瑞，跟他四目交战、嘴巴上打仗又都输给了他。现在连反抗还击，怎么也都跟着输给了他？这是不是说明我在他面前整个人就萎缩了？这还有天理吗！

我攥紧了小拳头，重重地捶在了床上。

马媛利瞥我一眼："有时间在这儿发闷气，还不如想想办法怎么去讨好他。要是他真的告你，你这一辈子就完了，而你那个成为顶级设计师的梦想，也会彻底地粉碎掉。我不跟你瞎扯了，你自己看着办吧，我先回单位请假再来陪你。"

"哦,我会自己看着办的,你先去忙你的吧。"我垂头丧气地说着,整个人都陷入了无限懊恼中。

马媛利走后,我恍恍惚惚地纠结着马媛利刚才说的那个问题。觉得待在病房中思维都会变得狭窄,于是我决定到楼下逛逛,说不准呼吸下新鲜空气就能想出个解决贱鸭的好办法呢。

于是乎,我穿上拖鞋下了楼。行走在医院花园的碎石路上,一面迎着阳光,一面欣赏着四周的环境。忽然,前面的转角处,走出一个发型坑爹到一只苍蝇飞进去半个月也飞不出来的男人。

我瞬间被雷得风中飘零了,觉得这个男人的背影有点面熟,可是一时半会儿又想不起在什么地方见过。正准备该干吗就干吗去,突然我脑中灵光一闪,这男人不就是饶辰那只大灰狼吗?

我急忙开口喊他:"饶先生!"

走在我前方的饶辰浑身猛地一颤,以电影里的慢镜头,缓慢地转过身来。他那张帅气的脸蛋已经面目全非,臃肿又忧郁。他整个人就好似误入凡间失去法力的精灵一样,好寒碜!

他幽怨地瞪我一眼,然后飞快地调过头,慌慌张张走入身侧的大楼就不见了。

我小小地纳闷了一下,他躲着我干吗?但是从他转身离开时表露在脸上的神情,我可以看出他心中的愤怒已经快达到极点,所以还是不要去招惹他为好。可是我又很害怕他脑袋一时不开窍,去警局告我故意伤人,那我不就死定了。

我为此感到很懊恼,整个人都进入了癫狂的状态,屁颠屁颠地循着他离去的方向追了过去。

"饶先生,饶先生,你等等我,我有话要跟你说。"

我谄媚地跟他打着招呼,可是他不仅不停下,反而还加快了脚步走出普通病房的大楼,跨入了医院的 VIP 区。

"饶先生，你走那么快干吗，你等等我啊……"

我在他身后急匆匆地追着，觉得亡羊补牢，为时不晚，一定要好好把握住这次的机会，把该解决的问题解决掉。

"饶先生，你等等我啊，我是来跟你道歉，请你出去喝杯咖啡的。"

饶辰依旧不搭理我，并且再次加快了脚步。

"你要是不喜欢喝咖啡，那我请你看电影？"

饶辰默默不语。

"肯德基？"

饶辰充耳不闻。

"麦当劳？"

饶辰用背影回复我——"NO！"

我瞬间无语，不清楚他到底要闹哪样，这样一副爱理不理的态度，真是气死人了，还走得那么快！

我在心中不爽地嘟哝，跑了过去在他的身后如影随形着。

他好像自始至终都没有理会我跟着他，拐了个弯儿，进了病房就径直往病床的方向走去。

我很自觉地为他关上了房门，笑得可是一如既往的灿烂："饶先生——"

饶辰狠狠地打了一个冷战，猛地抬起头来露出一副像被人蹂躏过的娇怯表情，眼睛直愣愣地盯着我。

我对他摇头晃脑着："饶先生，你还真是个奢华入骨的男人，被电击了一下就住进医院的 VIP，品位跟我们这种只能吃小葱豆腐的人果然不一样！"

饶辰一脸的阴沉，冷冷地哼了一声，然后装模作样地从柜台上取过一本杂志，十分专注地看着，就是不理我。

我心中不免感到火大，又不得不压着火气，软下语气来跟他说："饶辰先生，我说你别这么踟好不好，我特意跟着你来病房是想跟你道歉的，所以我们心平气和地谈谈好吗？”

一阵沉默过后，那厮不知是哑了还是真的不打算搭理我，一直不吭声。我脸上有点挂不住，但是又不愿空手而回，索性一股脑地把话吐了出来：“我跟你说啊，其实我想了很久，我用电攻击你确实是我的不对。可是，是你对我耍流氓在先嘛，我是个女人肯定会生气的。说到底这整件事也不是我一个人的错，你至少也要负上一半的责任，而且当我冷静下来之后，已经自己深深地检讨了一下。”

话说到这儿，我顿了顿，稍稍留意了一下他脸上的神情，见他依旧没有要开口说话的意思，我就继续说着：“你看我现在都跟你道歉了，那么在我决定不再跟你计较昨晚的事后，你是不是也不追究我用电攻击你这事呢，要不我们之间算扯平了好不好？”

“啪”的一声，饶辰将手中的杂志重重地扔到一旁，冷着一张棺材脸瞪着我。

我不由得慌张起来，在心中暗暗地揣摩，他刚才那个举动，是想表达“不在沉默中爆发，就在沉默中死亡”这个意思吗？

我拧着眉，又张口了：“我说，你这人不开心也至少说一句话吧！你光用愤怒的眼神看着我，我也不能猜出你心中究竟有什么想法吧。你是不是已经赞同我的提议了，赞同了的话你就吱一声啊！”

饶辰阴冷一笑，随后做了一个深呼吸，像在极力控制着胸膛里面的怒火似的。接着从床上走了下来，狠狠地把我从他眼前撞开，朝着厕所的方向走去。

我感到站立不稳，不了解他装聋作哑到底是为哪般。真受不了他目中无人的态度，真不知他到底有什么资本可以这么跩！

我站在原地愣了愣，决定将厚脸皮进行到底，再去骚扰他一次，要是他依旧不说话，我就撤回病房等马媛利到来之后，向她请求支援。决定后我便毫不迟疑地火速奔向厕所。

结果一进门，一股淡如狐狸味的骚气直袭我的口鼻，我彻底傻眼了。我崩溃地睁着一双惊恐的眼睛盯着他接下来的动作，不由得尖叫起来：“你要做什么？”

饶辰带着一脸怒不可遏的表情侧过头来，咬牙切齿地瞪了我一眼。也不知他肚子里的小算盘在算计着什么，随后竟然瞬间变了脸色，改为神态自若地看着我，脸上已经让人完全看不出有一丝愠怒或是震惊的表情了。

我一时有点难以消化，嘴角往一边撇去，伸手指着他的鼻子，用阴恻恻的语调质问他：“你脸上那是什么表情，你脑子有问题还是被门卡了，居然想当着我的面尿尿，你还是人吗？”

饶辰挑了挑眉，嘴角不由自主地勾起了一抹似有若无的笑意，然后神秘兮兮地凑近我，张了张嘴唇疑似有话要对我说。可是那声音小得犹如蚊吟，我压根就没听见，八成他存心想玩我，只是做了一个假象吧。

我忍不住拧眉，恶狠狠地咬着唇片，对他张嘴不吱声的作风感到很是火大。再加上他脸上那副好似内分泌失调的表情，让我看着就恨不得将他往死里揍。我的情绪瞬间暴涨了起来，对他吼道：“你妹的，别张嘴不吱声，你又不是智障，你存心想玩我是吧？”

饶辰满不在乎地挑了挑眉，眼眸深处闪过一丝亮光，向我抛来一道诡异的眼神，疑似媚眼。

我心惊肉跳，发呆半晌。

他觍着一张闷骚脸，把目光收了回去不再搭理我，将手往胯下移去，疑似有暴露那玩意儿出来尿尿的举动。

我一下子彻底狂暴了，实在受不了他做出这种无耻下流的行为，败下阵来伸手捂住脸撇向一边打算撤退。

结果一扭头，我的目光和镜子里的人儿撞个正着。

我霎时愣住，怔怔地看着镜中自己那坑爹到一般人都梳不出的鸟窝造型和浮肿的脸蛋，心中的悲伤就顿时逆流成了汪洋大海，整个人都陷入震惊和不敢置信中。

“Oh，my God！这是谁啊，不会是我吧！我怎么变成这个样子了，为什么会变成这样呢？谁来告诉我啊！”

我情绪异常的激动，抬手狠狠地掐了一下脸蛋，由于动作弧度过大，胳膊肘子直接撞倒了身后的不明生物，发出一阵窸窸窣窣的碰撞声。

我赶紧敛了心绪，转过身去，只见饶辰整个人就像个精神分裂者一样，激情四射地变身成了一只兔斯基，脸上带着一种极端的表情，做出一系列直逼玛丽莲·梦露的性感动作。之后，他似乎还觉得不过瘾，居然风情万种婀娜多姿地叉开两条小细腿，表演着高难度的一字马，直挺挺地坐了下去，还耷拉着眼皮子瞅着地面，疑似寻找着他那碎了一地的玻璃心。

我一下子被雷震惊了，默默看着他那销魂的一字马，没乐得腮帮子飚到后脑勺去。接着我抛出一抹风中凌乱笑来，像尊雕像一样立在原地紧紧地盯着他。

接下来，漫长的几分钟里，他沉沉地吸了一口气，把双腿闭上从地面上爬了起来，火冒三丈地转过身伸出手来想要一把抓住我的胳膊。我急忙推了他一把，他脚下顿时滑溜一下，又硬生生地一字马坐了下去。

我靠，这人在三十分钟以前还一脸的愤怒，三十分钟之后就一个劲儿地风骚劈腿，他这是要闹哪样啊，难道这是他为了要对付我而使用的毒招儿？

我的内心都快被他雷得承受不住了，最后索性懒得搭理他，转身朝着门外奔去，想彻底远离他这个极品。结果一出医院的VIP区，我就碰见了马媛利。

马媛利立马走了过来伸手一把抓住我，急急地问：“你这是在干什么，晨练啊？你丫跑到什么地方去了，我刚才去病房没见到你，还以为你人间蒸发了。”

我呼呼地喘着粗气对她说：“你来得正好，我跟你说，那个人在我面前劈腿，很猛的那种，把裤裆都劈破了，你说他这个人得多下流才做得出来这种无耻的动作？”

“谁啊？”马媛利惊疑，“谁会这么风骚，在你面前劈腿？”

我深深地吸了一口气，在脑中组织了一下语言，就向马媛利说起饶辰刚才的无耻行为，希望能从经验丰富的她那儿破解他一个劲儿劈腿到底是什么意思。

我说：“就是追着我讨债的那个贱鸭啊，我刚才下楼本来打算在花园里面逛逛，却没想到瞧见了他，然后我悄悄地跟着他去了他病房，打算跟他谈谈不要去警局告我故意用电伤害他这事。结果他一句话也不说，就在我面前劈腿，一次不够还连劈两次，你说他这个人安了什么心？”

马媛利沉吟了一下，十分严肃地告诉我：“我看他八成是喜欢你吧，想在你面前展示他的胯力，暗示你区区劈腿什么的不在话下。想让你记得以后去蛊惑 PUB 点他的台，说不准下次会给你表演更刺激的，比如说裸奔中的大象跟小天鹅。你千万不要怀疑男人的毅力跟体力，那是远远超乎你想象的东西。”

我攥起了拳头，虚心请教中：“不会吧？”

“很有可能喔，不过这都只是揣测，我也拿捏不准，要是你带我去跟那个男人过两招，说不准我就能完完全全地给你分析出，他在你面前风骚劈腿到底是想表达什么意思了！”马媛利说着说着，情绪突然不受控制地变得激动起来。

我看着她脸上那荡荡风骚中露出一股贱贱无敌的表情，就知道这丫肯定又在幻想不纯洁的画面，难道是想把对方扑倒摆平吗？不用多看，光她那一双闪烁着足以跟火山口的岩浆相媲美的眸光的眸子，就足以说明一切。

这让我感到十分的无语，默默垂下脑袋陷入短暂的沉默中，觉得她刚才的提议蛮不错的。

让她这位有着情场高手之称的大人物，前去跟饶辰过几招，说不准真的能把对方给摆平，最后连电击的事都不敢再提一下呢！

这么想着，我眼中顿时闪过一丝光芒，不再废话，直接拉着马媛利的胳膊风风火火地朝着饶辰的病房杀去。

可是走到半路，我突然感到有点尿急，又不好意思厚着脸皮跑去饶辰的病房方便，便在底楼的公共厕所里解决。

结果我一方便出来，迎面就瞧见走廊的另一头突兀地走来几个穿着黑色西服，皮鞋擦得倍儿亮的男人。他们的出现像极了大晴天里劈下的一道道闪电，让人浑身都透不过气来。

他们脸上全是一副巫妖王耐奥祖的冰块表情，正目不斜视地朝着大门的方向走去。每行一处，仿佛能把四周的人或物给瞬间覆盖上一层薄薄的冰霜般，整个VIP大楼的气温直接由春天过渡到了冬天。

我感到纳闷不已，不知道这群人是从哪儿冒出来的，但也不敢挡了对方的路，赶紧挪了挪身子退到马媛利的身边。心中却在揣摩，这是某个剧组在拍黑社会，还是真的黑社会呢？

我想了很久也始终纠结不出个所以然时，却诡异地发现这四个男人，手中正抬着一张担架，而躺在担架上的人居然是饶辰那只大灰狼！清冷的灯光照在他那张苍白如纸般的面容上，令他看起来好像灵魂都妥妥儿地抛弃了躯壳一样。

看到这儿，我不禁愕然地瞪大了眼睛，暗暗嘀咕，他不会真的死了吧，难道是劈腿劈死的？

哇，他这人到底倒霉到了何种程度，才会劈个腿都能把小命给劈没了！

我感到不可思议，怯生生地伸手一把抓住马媛利的胳膊，压低声音对她说："你刚才有没有看见，被抬出去的那个人就是昨晚的那只贱鸭，他劈腿劈死了。"

马媛利面露狐疑，随口敷衍了我一句："这也被你发现了？"

我浑身一抖，散发出智慧的光芒，跟她解说着："我不是在跟你开玩笑，他真的劈腿劈死了。就他那销魂的劈腿动作不死也会半身不遂，从此不能再当鸭只能卷铺盖回老家娶老婆吧。那就可怜了他老婆，下半辈子性生活都要自理了。”

“……”马媛利睁大了眼睛。

我继续道：“再说，他要是没死，他的亲友们怎么会这么有默契大家都一身黑呢。这猥琐下流的鸭子，也走得太快了吧！”

“是吗？”马媛利再次狐疑，“我说你会不会看错了人，你眼神儿一直都不好使，老是认错人，要不咱俩去看看？”

“呃……”

我有一丝迟疑，心中十分的害怕，在这个问题上跟她进行了一番密谋后，咱俩想法一合拍就丧心病狂地决定去饶辰的病房确认刚才被抬出去的人到底是不是他。结果我俩一去，发现里面已经住进了新的病人，马媛利这才相信了我的话，随着我速速撤退。

回到病房，我火速奔到床上，用手死命搓捏着酸胀紧绷的腿部肌肉，十分严肃地询问马媛利：“我问你一个问题啊，你说男人是不是经常练劈腿，那方面的功能就会特别强呢？”

坐在一旁削苹果的马媛利，手中的水果刀一斜，大拇指硬生生地被刀锋划出一条口子直往外飚血。她满脸不爽地把拇指含在嘴巴里吸吮着：“你是想在我面前炫耀，昨晚那个男人的技术很棒，已经到了出神入化的地步，所以你一丁点痛的感觉都没有？”

我眨了眨眼，脑袋还没从刚才那个问题中过渡出来，有点不太好使。愣了好一会儿，待反应过来她说了些什么，我惊得两滴汗就顺着额头滚滚而下。

马媛利瞥了我一眼：“干吗突然不说话了，难道是被我猜中，感到心虚了？”

我皱眉，神思飘渺地说：“没那回事儿，我只是在想劈腿很美吗，那个男人不管地点时间就在厕所里面直挺挺地劈下去。你说劈腿是他的喜好，还是他趁住院这个时间在锻炼胯力，为以后很牛叉地表演做准备呢？”

马媛利静默了一瞬：“他们劈的不是叉，而是寂寞。特别是在你现在这副模样前劈腿的人，那已经完全不是寂寞了。”

我微怔，诧异的目光轻飘飘地落在她的脸上：“那……那你说那是什么？”

马媛利可耻地回答我：“空虚寂寞冷。”

我露出鄙视的眼神，不爽地瞥她一眼：“老实说，那个男人劈腿，劈得那么动感，就不怕扯到韧带吗，难道真的不痛？”

“你去问他啊，我又没有他那神奇的生理构造。”

我撇嘴：“他都在劈腿中死翘翘了，怎么解答我的疑问呢？”

“你真的相信那个男人劈腿劈死了？”

“难道不是吗？”我拧着眉头，伸手揉了揉有些酸涩的眼睛，看着马媛利脸上那略显疑重的表情，我的心中隐隐地有些不安起来。没有来由的，老觉得好像有什么不好的事情要发生一样，连眼皮也跟着突突突直跳。

许久，我再也按捺不住那种不断在心里升腾着的恐惧，急急地开口打破房中的沉闷，对马媛利说：“利利，你去帮我办理一下出院手续吧，我想出院！”

“为什么啊，你干吗这么急着出院？”

我眼神瞬间黯淡了下来，忍不住皱了皱眉：“我现在坐在这儿浑身上下都觉得压抑，也说不出为什么，就是觉得不舒服。”

“你也太神奇了吧，疑神疑鬼的，你以为他嗝屁了晚上会来找你不成？你现在的样子，杀气很大，鬼不敢来。”

不敢来？不敢来才怪了，就他那邪气风骚中露出一股小贱的鬼样子，阎王都怕他了，我还敢招惹他吗？

我满腹牢骚，闹着情绪一定要出院，不然我晚上睡觉会感到很不踏实。马媛利说不过我，也不再啰嗦，直接回复我：“好好好，我去给你办理出院手续，你换好衣服就去门口等我。别到处瞎逛啊，免得我找不到你人。”

我一个劲儿地点着脑袋，急急忙忙拿着衣服往厕所里去。

大概过了五分钟，我整理好着装就和她一起离开了医院。但由于我要回公司继续上班跟马媛利不顺路，她在途中便下了车。

很快，车子载着我就来到了华瑞公司的门外。

一进公司的大门，售楼厅的姐妹们像接收雷达的探测器一样，齐刷刷地把视线转了过来定在了我的身上，完全不管手中的工作以及身旁的顾客。

这些人都怎么了？我以最快的方式分析了一下眼前的形势，据我第六感所传递出来的结论是，有不妙的事情发生的可能性非常高！

但是具体为了什么事，我就不清楚了，只能十分迷茫无措地看着她们，目光所瞄之处洒下了一个个问号。同一时间，组长从一旁踩着直接能秒杀无数人的凌波微步飘了过来，在我的耳边嘀咕了一句“经理找你”，然后就飘走了。

我突然感到心口疼，屏住呼吸望着组长那逐渐远去的背影，暗暗思考着经理找我的各种理由，整颗心顿时变得忐忑不安起来。

我迈着小碎步来到了经理的办公室。一进门，经理脸上的那副表情，瞬间便让我丧失了语言功能，特别是他的那个眼神，简直能秒杀这世界上的一切有机物。时光仿佛停滞了一样，空气里隐隐涌动着吓人的杀气。

我就如步入了弥漫着硝烟的战场一样，小心翼翼地来到他的身前。

“经理！”

经理呼出一口气，双手抱在胸前，眼中带着一些我难以读懂的潜台词，望着我却不说话。

我感到十分的紧张，转动脑袋想着措辞，笑嘻嘻地询问他：“经理，你找我有事吗？”

经理眯起一双如鹰般锐利的眼睛，厉声说：“你知不知道你今天都做了些什么？”

“……”我有点晕。

经理咳了一下：“你平时工作不认真，我也就睁一只眼闭一只眼，照顾你们这些才从学校里出来没什么经验的人。但是你在公司待了两个月了，却连才来公司还没过试用期的慧慧都不及，你说你还有脸留在公司吗？”

我脸上的笑容立时垮了下来，眨了眨眼，正想跟经理解释，经理就装模作样地做了一个不需要我吱声来编造故事一样的手势，抢先开口怒斥我：“今天跟你开玩笑的人，你知不知道他是谁？别人见你新来的，没见过，跟你开开玩笑，你还真把自己当回事了！”

我瞪圆了眼睛，瞬间懂了经理叫自己来是为了什么事。只是说这个是开玩笑也太风清云淡了吧，都构成非礼了还玩笑？今天到底是怎么了，老是遇上这种不可思议的事情？我都快烦透了，经理还来火上添油。

我真想冲上去，用高跟鞋踹他的脑袋，质问他：“如果那是玩笑，那是不是要在床上动手动脚才叫非礼！你妹的，非礼跟玩笑之间的尺度到底有多大啊，拿把尺子量给我看看。坑爹的！”

我忍了又忍，用上超人的力量才控制住心头的怒火。也十分无奈那发泄的场面只能默默地在心中幻想一下，我根本就没那个胆子去做。很想把今天这整件事的过程告诉经理，然后跟他说那不是开玩笑那么简单，但是又怕经理不相信，只会认为是我在找借口。我就只得默默不语地垂下了脑袋，进入挫败的状态里。

经理见我不回话，又骂我：“你这个人做事怎么就这么冲动莽撞，现在也不知道饶少情况怎么样。你现在已经走出校园，走入华瑞这个大家庭里，就代表着我们公司的形象。现在被你这么一闹，以后别人还怎么看我们公司，华瑞的售楼小姐居然还打顾客！”

饶少？饶少是谁？我不知所措，暗暗想了一下，隐隐记起贱鸭有说过他的名字叫饶辰来着。经理脸上阴云密布，愤怒地把手往办公桌上一拍。我深深地吸了一口气，努力平息住心中不停翻涌着的情绪，一个劲地跟经理说着："对不起，我以后做事会尽量小心……这次是我不对，我不应该用电去攻击对方，我——"

"华瑞公司留不住你这种把无知当有趣的人才。"经理直接泼了我一瓢冷水，结束了我的话语。

他冷冷地对我继续说道："林车车，我可要把丑话说在前面，公司考虑到你这几个月里做事勤快，很少缺勤早退，打算给足你一个月的工资。你现在就去财务部领完这个月的薪水走人吧，要是饶少追究起你故意伤人，公司对此事一概不过问。"

我愣住，对上面所下的这个决定感到非常的吃惊，睁大眼睛怔怔地望着经理，经理却无视我的存在，脸上摆出一副十分淡漠的表情，起身拿起桌上的文件就离开了。

我的胸口猛然间一阵剧烈的抽痛，感到自己那片努力耕耘堆积起来的明媚天空像快要塌了一样。

这得倒霉到什么样的程度，才会把几辈子的霉运都聚集到一块儿啊！

我不就对猥亵我的男人小惩大诫了一下嘛，却要受到被炒鱿鱼的惩罚，这比让我死还难受！明明整件事情中，吃亏的人就是我，被睡了之后连什么感觉都不知道却还要付钱，没钱付对方就跑来骚扰，结果弄得两败俱伤。

呜呜呜呜呜……

我感到压力好大，一瞬间跌进了昏天黑地充满痛苦的旋涡中，仿佛所有的一切都像被彻底颠覆了一样。但仅一瞬，我的心情变得出奇的平静起来，又不是离开这儿就找不到工作，老娘伤心个屁啊！

所以，我决定到财务部领了薪水之后，就去招聘会看看，顺便再去昨晚那家 PUB 了解下那只大灰狼的情况。虽然我并不喜欢他，但是觉得两人总算相识一场，现在他人都走了，那么跟他的那些恩恩怨怨也让它烟消云散吧！

第二章　灰姑娘偷偷溜进豪华舞会

“啊！劈腿？”我的话犹如一道闪电，一下子击中了饶辰身后的那个女人，她在一旁疑似听出了问题的关键，皱着眉头向饶辰撒着娇，“饶少，你劈腿？你什么时候学会劈腿的，她值得你这么做吗？”

大概过了三个小时，心碎神伤的我从财务部领完薪水，正圆润地走出公司的大门，就听见马媛利那呼吸不匀的声音隐隐约约地从我身后传来。

我心中一怔，还以为是这个节骨眼上自己太需要朋友这种精神食粮而出现了幻听。不禁拧眉转身一看，就千真万确地瞧见她双手叉腰，斜斜地靠在身侧的电线杆旁，大口大口地喘着粗气。

我脑袋有点犯抽，不清楚她怎么跑来了，站在原地愣了一下才迈开脚步来到她的身前："你现在不是应该在公司吗，你跑来干吗？不怕被你的上司抓到你翘班把你给炒了吗？"

"管他的，反正老娘也不想在那抠门的公司里继续待下去了，"马媛利叽叽歪歪地吐槽了两句，随后挺直腰杆打量我，"你是不是被人欺负了，怎么一副死气沉沉的样子？"

我摇了摇头，长叹一声，伸手揉了揉自己那颗还在滴血状态中的心："我啊，被炒鱿鱼了。经理刚才特意叫我去办公室，我还以为他只是打算批判我一顿，哪知我一进门，他就用比刀还要毒的眼神秒杀我，嘴巴也厚颜无耻地一直喷我。"

"喷你？干吗喷你？是不是为了今天上午在杂物房里的事？"

听完这话，我感到有些疑惑，觉得马媛利这人未免也太聪明了吧？匆匆赶来，一看脸色就能猜出个大概的同时，还能分析出其中的"公式"。

我意味深长地瞥了她一眼:“你怎么知道?”

“我忘记告诉你,我把你抬出杂物房时,碰到一个十分奇怪的人。凭我多年的阅历,我觉得你说的鸭子八九不离十是个有身份背景的人,因为那个奇怪的人叫那只鸭子为少爷。而且我来找你的途中,去了蛊惑 PUB 问了问昨晚的那些人,他们对那个男人也没有太多印象,说是好像其他店窜来勾搭顾客的货。”

什么叫其他店窜来勾搭顾客的货?

这个问题在我脑中奔逸着,我陷入了沉思,不断研究着饶辰到底是哪儿冒出来勾搭人的货。

马媛利伸手推了推我:“车车,你们领导有没有跟你说对方是谁?”

我摇了摇脑袋,急巴巴地说着:“我那经理,一直都在喷我,怎么可能告诉我对方是谁?”

“那你怎么没跟他对喷呢,反正都被炒鱿鱼了,你就气势强大地喷回去,免得他还以为你好欺负。”

“那个时候谁能想到这个,一听被炒鱿鱼,心都凉了。”我整张脸都皱在了一起。

“那你现在怎么办,要不要去查查那个人的底细?”

“不去了,省得麻烦,我还想过得舒服点,免得又惹出一堆麻烦。而且我现在必须赶快找工作,不然我会被活活饿死的。”我露出十分幽怨的表情,随着马媛利的脚步悲哀地在街上逛荡着。

“你这么快就有门路了?”

我撅了撅嘴,垂头丧气地吐出一口气:“去看招聘信息啊,你以为我是抢手货吗,这边被炒鱿鱼,那边就有公司立马把我召集过去?真是的!”

我话音一落,马媛利也不知想了什么,将脚步停下,撇过脸来望着我:“我想到了一个办法,或许比让你去看招聘信息来得更快更实际,而且这个办法说不准还能让你眼前一亮。”

我微怔，在心里稍微斟酌了一下后，脑中蹦出一些奇怪的想法，立刻两眼放光急急地向她靠拢："什么办法，说来听听。"

马媛利神秘兮兮地凑近我："我昨天经过我们老总办公室的时候，听他私下里跟总监说，他丈母娘从洛杉矶来看他老婆，所以他准备这个礼拜六晚上八点在珠港用游艇给丈母娘搞个 Party。据说这次的 Party 邀请了不少上流社会的公子哥跟富豪哦。"

我听得直唏嘘，瞪圆了眼睛看着她："你说的这个 Party 跟我有什么关系，我又不是你家老总的丈母娘。"

"切，我说你这人，我都把话说得这么直接了，你那脑袋瓜子怎么还不开窍呢？"马媛利双手叉腰，满脸不悦地瞪着我，"你想想啊，要是礼拜六我们能去那个 Party，随便结识了里面的一个人，总比你不停地递交简历要强得多吧，说不准还能钓只金龟下半辈子都不用愁了。"

我眉头隐皱，眼中立刻露出"我明白了"的字眼，不紧不慢地嘀咕着："好像是啊，随便结识一个公子哥只要对方说一句话，工作的事简直就是妥妥儿的稳当了。不过像那种地方，我们这种人进得去吗？"

"人都是靠包装的，到时候我们自我包装一下不就行了？再说只要有邀请函，就能登船参加那个 Party。反正这一切，我有办法搞定了。"

我一脸惊讶："你有什么办法能搞到邀请函？"

"当然是窜到老总办公室，悄悄地拿他两三张邀请函写上我们的名字，不就行了？这种事情我最拿手，你不用担心。"马媛利把话说完，眼中就闪过了一丝诡异的光芒。

我浑身猛地一震，急急忙忙地从包里翻出化妆镜照了照自己那张鬼见了都发愁的浮肿小囧脸，不禁变得沮丧起来。觍着这张囧脸去参加 Party，能引起上流社会的公子哥的注意吗，我可没信心，我灰溜溜地垂下脑袋。

"你觉得我现在这个样子就算拿到邀请函，别人会让我进去吗？"

"当然不能了，所以你得赶紧回炉去重造。"

我拧着眉头，把双手抱在胸前："回炉重造，你以为我是甩饼娘娘啊，说回炉重造就能回炉重造，再说后天就是礼拜六了。"

"短时间里肯定不行，不过在这三十多个小时里，我相信我的好姐妹一定会有办法将你脱胎换骨。"

"……"我咽了口唾液，从马媛利脸上的神情变化中，已经猜出她说的那个好姐妹是谁了。再说，她的朋友里，谁能有将人在短时间里彻底改头换面的本事，我会不知道？

不就是那跻身在化妆界，长相相当阴柔，甚至比女人还要在乎外貌跟每天穿着的娘娘腔爽妈。他每次亮相的造型都非常夺目，什么犀利哥之类的在他面前简直就弱爆了。

一个小时之后，一辆白色的代步车猛地一个急刹车便停靠在了芬奇餐厅的门外。

车内的人伸手推开车门的那一瞬，就有一股波西米亚风格的浪潮犹如流星雨砸地球般向我们扑面而来。接着，车内的人走出了那辆代步车，以惹人眼球的黑白搭配向我们展露出了"我从不追逐潮流，我只引领时尚"的真谛。

他头上戴着一条我都描绘不出那是什么风格的奇特丝巾，在阳光下都能把世人的双眼给闪瞎了。看到爽妈如此犀利的穿着，我直感觉让马媛利叫爽妈来是一个错误的决定。

"嗨，姐妹们，我刚才有一通广告，所以来晚了。"爽妈十分嗨皮地在脸上展露出一个无敌的笑容，对着我跟马媛利挥了挥手。

我额上立马飙出一股冷汗，真想一个佛山无影脚把他给踹飞出去。为了以后的生计，我还是竭尽超人的力量来控制住心中翻腾着的那股冲动，抛给爽妈一个类似被虫蛀了牙的笑容。

爽妈喜滋滋地坐在了马媛利的旁边，埋怨着："你们真是坏，每次有事才想起我，平时连个电话也不打。好在我这个人最念旧，姐妹一场，你们在电话里面说的事就包在我身上吧。不过你们可别说我没事先告诉你们，这次的 Party 我们公司的几个嫩模都被邀请去了，据说还有几个大牌明星到时候都会到场。利利，记得也给我搞一张邀请函，我也想去凑凑热闹。”

听完这话，我心情立刻变黯淡了，用一种要死不活的语气说着：“原来爽妈公司里的那群妖孽也会去搞埋伏勾引人，那我们估计是没戏了。像我们这种挤在狭缝里生存的小透明，完全就没有一丝成功的希望。利利，我看我们还是别去了。”

马媛利挑眉：“你平时不是挺干脆的一个人，怎么一听到爽妈公司里的嫩模要去，就变成缩头乌龟了，拿出一点自信来啊！”

“我现在这个样子，你叫我怎么自信？你的胸器那么大，我往你身边一站，你都能用你的胸器把我秒杀了。”

马媛利神情僵硬：“我找爽妈来就是给你自信的，有他在你还怕什么。大不了，你让他多给你装两个水球，撑大你的波波不就行了。再说，机会是自己创造不是上天给的，你明白不？”

这话的力量非常强大，但是我依旧没自信，各种纠结在我的内心里翻腾着，就像大海里的波涛一样没完没了。我沮丧地询问爽妈：“爽妈，你看我现在这个样子能改造成功吗？”

爽妈在我异样的目光中，瞪大了眼睛，过了片刻才张嘴：“其实像你这种淡淡的不张扬的女人很好改造的，再说你的脸可塑性很强，五官本身就很立体。你要是不信，我现在就带你去我的工作室，把你包装一下。我能让你忽男又忽女，走。”

对于一个不会化妆的女人来说，听到爽妈的那句“能让你忽男又忽女”的话，我表示好蛋疼。也被他的一时脑热惊得睁大了眼睛，真不知要不要浪费这个时间去尝试改造包装。

本来，我只是怀着去开开眼界，看看所谓上流社会的 Party 会是怎样的一个场面，顺便借此机会彻底放松下的想法才赞同马媛利的提议，但是现在一听说有嫩模明星会出动，我那如小火苗一样的自信，瞬间就熄灭了。

“车车，你还愣在那儿干什么？”马媛利一声高呼，见我一脸云里雾里地还杵在座椅上不动而忍不住叫我。

我稍稍愣了一下，见他俩一副兴致勃勃的样子，也不好让他俩空欢喜一场，便拿上皮包随着他俩往外走去，坐上代步车去了爽妈的工作室进行包装改造。

时间很快就到了参加 Party 的那天，我也从一只丑小鸭变成了白天鹅。

可是我依旧没有自信不说，还感到很害怕，原因之一：我这次打算去开开眼界的同时，暗中收到一个消息，那便是川城响当当的香水之王，法莱圣雅的老总也会去参加这个 Party。

原因之二：我想跟法莱圣雅的老总交朋友，因为我想挤进他们公司当设计师，正巧前段时间看见他家的招聘信息。但是由于法莱圣雅的门槛很高，就算有点小名气的设计师也未必进得去，更何况像我这种刚从学校出来的又没有设计过作品的人。所以我才会抱着一丝侥幸的心理，想免去面试的各种刁难直接从他入手。

可是能行吗？

我怀着忐忑不安的心情，随马媛利和爽妈来到珠港，看见前面不远处停满了全球限量级的跑车时，我们果断地抛弃了代步车选择徒步前行。然而，一来到港口，早已做好心理准备的我们还是被深深地震撼到了。

那是怎样的一个场面呢？

一米长的港口，水泥地上全被铺上了深褐色用金色花纹描绘着繁复图案的地毯，而两侧摆放着妙龄女子怀抱水晶球的雕塑灯，一直通向前方那三层楼般所有耀眼灯光都亮着的豪华游艇上。游艇在漆黑朦胧的夜里成为了海面上唯一一道璀璨夺目独具魅力的风景，连在粼粼波光中闪烁着的星星都为之黯淡了。

里面，隐隐约约地传出爵士曲风的曲调，随着咸咸的海风飘了过来，穿过黑沉沉夜空萦绕在我的耳际。

甲板、白瓷银勺、香槟塔、镂空桌台、白色木椅等在灯光的照耀下，仿佛都被蒙上一层华丽的面纱。

哇！我现在站在这儿，都会觉得漆黑的夜无法盖住从里面透出的一股奢华的气息，不知道里面会是什么样呢？毕竟这次这个 Party 十分的隆重，跟公司里面举行的聚会不一样，全是上流社会的人，就连电视台和娱乐八卦的狗仔队们都做足了工夫，在珠港港口蹲点妄图抓拍几个商界名人的图片来炒作一番。

害我这个伪富豪，都快控制不住胸腔里面那因激动而不停跳动着的心脏了，赶紧跟随马媛利朝着游艇的方向走去。可是我们一靠近游艇，埋伏在四周穿着黑色西服的保安人员就跟踩了滑板一样立刻拥了上来："女士，先生，麻烦你们出示邀请函。"

这种精密的搜身大检查，惊得我背脊冒出了一阵冷汗，战战兢兢地撇过头瞄了一眼身旁的马媛利，深怕被当场揭穿身份那就糗大了。

马媛利神情十分淡定地从包里拿出三张邀请函递给保安，保安打开看了看，好似觉得有些奇怪，瞄着我们的眼光都变得特别怪异起来。

我脸上立刻露出一副"惨了"的表情，紧紧拧起了眉头。但是下一瞬间，那几名保安居然伸手做了一个邀请我们入内的手势便离开了。

这现象让我感到十分的不解，他们先前那个眼神是什么意思？我忍不住转过头瞥了他们几眼，拽住马媛利的胳膊，一面朝着游艇上走去，一面唠叨着心中的疑问，但是无人理睬我！

不过不要紧，因为游艇内的景象已经将我的注意力给吸引了过去。

只见宽阔的大厅，一派富丽，金碧辉煌。

绘着希腊油画的天花板上，垂吊着三盏金灿灿镶嵌着宝石的雕花吊灯，射出的流光晶莹剔透，宛如披着金纱的精灵在半空中跃动着。

四周，穿着黑色制服的侍者们，端着香槟踩在厚厚的天鹅绒地毯上，在宾客群中穿梭着。

而大厅的中间，放着一张长长的菱形水晶桌，上面摆满了各色各样诱人的食物，将神经本来还有些紧张的我，整个儿都勾引了过去。我拿着陶瓷盘和夹子，喜滋滋地挑着自己喜欢的东西。完全不管那些到场的小嫩模、明星、富豪们，谁叫食物更得我的心。

这时，四周曲风粗犷蕴含着无限深意的爵士音乐，突然被一阵琉璃般玲珑剔透的钢琴声所取代。那清澈而沉静的前奏音仿佛带着一种魔力，静静地流淌在大厅里，使得爵士乐队都停止了演奏。

大厅里的富商们好像全被那神奇的音乐给紧紧地抓住了灵魂一样，不知不觉中，缓慢地掉过头循着琴声望去。

我感到十分的奇怪，不理解这些有钱人什么旋律婉转的曲子没听过，怎么都跟中邪了一样，便忍不住随着他们把目光转向琴声的来源。

远远地，我就瞧见一台黑色的钢琴前，正坐着一位气质高贵优雅的男人。

天花板上的灯光，悄悄地洒了下来笼罩着他，为他镶了一层薄薄的金边。他整个人置身于朦胧的光影中，美得恍若折翼的孤傲天使一样，只存活在人们幻想的世界里。

最特别之处，还是他的那双眼睛，是让人着迷的忧郁蓝，如海水般神秘莫测，让人一眼无法看穿他究竟在想什么，也不知他眼睛的那个颜色是天生的还是戴了美瞳。

我恍惚间有些失神起来，觉得弹琴的那位先生总是在不经意间，自然而然地流露出一股莫名的忧郁来。

忧郁的蓝色，忧郁的钢琴声，忧郁的 Party，所有人都跟着忧郁得蛋疼了。

我努了努嘴，一边吃着红嫩嫩的樱桃，一边转动眼睛再次瞧了瞧那位忧郁帅气的钢琴师，觉得他长得真好，跟饶辰那只大灰狼还真是有得一比。

无论是那精致深邃的轮廓，还是高挺的鼻子，甚至厚薄适中的性感嘴唇，都无一不诱惑着女人们的心，让人生出一种想要跟他接吻的冲动。

只可惜他在我的眼中，看起来太过冷傲忧郁了点，而大灰郎又太邪魅风骚了些，所以对于这些连我自己都没有信心能把握住的男人，我一个都不会喜欢的，还是桌子上的食物最吸引我了。

于是我把投放在他身上的目光收了回来，看着桌上的食物，纠结着是先吃粉嫩嫩的草莓圣代好呢，还是吃配有红色小龙虾的意大利比萨饼。一道诡异的光芒就在我犹豫不决间，从我的眼角划过，刺痛了我的眼膜。

我忍不住眯了眯眼，纳闷于刚才那道光是什么东西所闪烁出来的，正准备去研究一番，哪知一抬头，饶辰那修长如雕塑般英挺的身影很突兀地从我眼前一晃而过。

我顿时愣住，脑中陷入一片空白。大概过了几秒钟，才反应过来那一晃而过的鬼影，赶紧把手中的白瓷盘放在桌上，伸手揉了揉眼睛再次抬眼看去，却发现门外什么人都没有！

怪事儿，我明明亲眼看见那只大灰狼的，怎么一转眼就不见了？

我为此感到有点疑惑和惶恐，想求助于马媛利和爽妈，跟他俩说说刚才的诡异景象，诡异的事情发生了，他俩竟然不见了踪影！

“哎哟，这两人去哪儿了？”我急得直跺脚，一边嘀咕，一边踮起双脚巡视着大厅里面的人，仔细搜索他俩。

可是我几乎把大厅里的人都搜了个遍，依旧没有发现爽妈跟马媛利的身影，不禁沮丧地将双手紧紧交握在了一起，嘴里连连发着牢骚：“这两人到底去什么地方了，好气人，居然撇下我，不想活了吗？真是讨厌啊，这些富商们戴那么多珠宝干吗，都快闪瞎我的眼睛了。”

我越是嘀咕心情就越烦乱，拧着眉头打算去外面的甲板上找找看，却没料到一转身，和迎面而来的人撞在了一起。

我本来已经够烦躁了，被人撞一下也就算了，可是对方手中端着的酒杯里的液体洒落了出来溅了我一身。我再也受不了了，火气“噌”地一下全都冒了出来，气呼呼地用手拍着身上的水珠，不假思索地出声质问对方：“你是怎么走路的，难道就只会走直线吗？真是倒霉透了，怎么会遇上这种事——”

可是我话还没说完，一方叠得整整齐齐的白色手帕，很突然地出现在了我的视野里。

我微微一怔，还来不及伸手去接，手帕的主人便在那一刻，发出一道轻柔空灵中又透着磁性的嗓音：“对不起，我刚才没注意到前面有人，不小心将酒洒在了你的身上。”

听完这话我又一怔，被对方好听的嗓音给直接萌杀了，硬生生地将那还在嗓子眼儿里翻滚着的话语全给咽了回去，缓缓地抬起头来看着对方。对方那双蓝色眼睛，直直撞入了我的视野中。

我感到有些愕然，心中邪恶地嘀咕着：“原来这帅哥不仅弹得一手好琴，连嗓音都这么有吸引力。哇塞，他可以去当声优了！我要不要跟帅哥讨个电话号码，以后天天煲粥呢？”

钢琴师见我目光一直紧紧地注视着他，好像感到有些不好意思，忍不住轻轻地咳嗽了一声，将手中的手帕再次递到了我的眼前。

我瞬间回魂，冲他窘迫一笑，伸手接过手帕擦着身上的水渍，转动脑筋尝试着挤兑对方，让他交出电话号码来，以后好天天煲电话粥。可悲剧的是，我还没开口说话呢，钢琴师居然连声招呼都不打，转身就离开了。

我一下子愣在了那儿，不理解钢琴师到底是什么意思。离开也总得说一两句台词吧，一声不吭地跑掉是不是太没礼貌了，很浪费别人的一番表情耶。我心头有些不爽起来，愣头愣脑地望着他逐渐远去的背影,发现他好像有什么重要的事情要去做,走路的速度比普通人要快上好几倍!

这让我不禁越发好奇他这个人来,忍不住移动双脚朝着他离去的方向追去,纯粹想看看他到底要做什么。

可是他走得太快,我根本跟不上他的脚步,待我走上游艇的二楼就发现他不见了踪影!

我感到十分的不解,他到底去了哪儿?转过脑袋四处瞧了瞧,发现二楼应该是给宾客们休息的地方吧,因为这儿极其安静,一眼望下去,就像走进了酒店的宾馆一样,左右两侧全是设施完备的各种标准房。

我撇了撇嘴,表情呆滞地歪着脑袋,伸手扶着墙面,顺着走廊上的红地毯往前面走去,打算看看钢琴师会不会在走廊的另一头,毕竟那儿正好是个死角。不知道那个地方会通向哪儿,是甲板还是前往三楼的阶梯呢?

所有的一切我都不清楚,只能发挥着不追究到底不罢休的探索精神,朝着前面走去。想亲眼去瞧瞧,来解开心中的谜团,却诡异地听到一间房内传出一阵非常奇怪的声音。

那声音很轻,我听得不是很清楚,也无法准确地形容出到底是什么生物发出的。接着一股异样的气息,立马在长廊上蔓延涌动着,空气里似乎还带着一股黏稠稠像血一样的腥气。

我的心跳猛然间迅速加快了起来,停下脚步,怯怯地转过头看了看身后,发现除了墙壁上,壁灯发出鹅黄色的灯光将自己的身影斜斜地拉长映照在地面之外,没有瞧见任何人的身影。

一股莫名的恐惧,霎时在我体内不断地流窜着。

我知道这个地方不能继续待下去,但是又很想知道刚才发出声音的那间房里到底发生了什么。似乎、好像、或许、大概,有着什么不寻常的东西正在等着我。

我就在这股好奇心的促使下,摇身变成了福尔摩斯,大着胆子,蹑手蹑脚地走了上去，把手放在306号门的扶手上，轻轻地扭开了门锁。结果推门进去的那一瞬间，一对立在房中央，如蛇般甜腻腻纠缠在一起的男女，毫无预警地出现在了我眼前。

由于房内没有开灯，我也看不清里面的男人到底是不是钢琴师，但是借着长廊洒入室内的微弱光线，我发现身前的两个人现在停止了一切动作。

我对此表示很尴尬，在走廊上明明闻到有血的腥臭味，而且还听到疑似从喉头发出的怪异声响，怎么房内会是这样的一个场面呢？

我急得抓耳又挠腮，可是又不好意思什么都不说就离开，就这么愣愣地在门外杵了片刻之后，讪讪地扔下一句“不好意思，我找人，进错了房间，你们继续”就想开溜。

可是室内的电灯，却在我转身的那一刹那亮了起来。

我心中一阵愕然，转身回头一看，全身的肌肉在那一瞬间一下子紧绷了起来。我直愣愣地望着眼前那个气息冰冷的男人，惊慌至极中直接从喉头蹦出：“啊，是你！”

下一秒，我忽然想起一件事来，心里也跟着蹿起一股无名火，伸手指着对方的鼻子：“你这个该死的男人，居然没有死，还敢跑到这儿来勾搭富婆！你个死贱鸭，竟然敢装神弄鬼地骗我，害我胆战心惊了好几天！”

饶辰走上前来，伸手一把扇开我指着他鼻子的手，露出一副强忍着心头怒火的表情，对我厉声说道：“死你个大头鬼，你个小贱包，你死，我都没死啦！”

我瞪他，真不明白那一夜过后，自己怎么老是碰到这个男人，莫非这是传说中的缘分不成？孽缘吧！

我感到十分的烦躁，直接用吼声去挫他的气势：“死贱鸭，你凶什么，是你自己故意制造劈腿劈死的场面来吓唬人的。”

“什么？”一股愤怒蹿上了他的脸庞。

我再一次郑重地说道:“是你自己故意制造劈腿劈死的场面来吓唬人的,现在还反过来不准我说了? 真希望你那次劈腿劈死得了。”

“啊!劈腿?”我的话犹如一道闪电,一下子击中了饶辰身后的那个女人,她在一旁疑似听出了问题的关键,皱着眉头向饶辰撒着娇,“饶少,你劈腿? 你什么时候学会劈腿的,她值得你这么做吗?”

饶辰压抑着内心怒火,嘴上这么说:“没有的事,她是在无理取闹。”可是脸上却写满了跟我之间的暧昧勾搭。

我鄙弃地瞥了他一眼,嘴里毫无意识地嘟囔着:“怎么没那回事?你一连劈了两次,最后还让人给抬了出去。群众的眼睛是雪亮的,你哄骗谁呢?”

“你给我再说一次试试?”饶辰额上青筋直跳,那敌视的目光就好像我曾经唾弃过他家祖坟非剁死我不可一样,浑身上下燃烧着的火焰,都能将沉睡的恶魔给唤醒了。

这让人情何以堪啊,我被吓得到嘴边的话全给硬生生地吞了回去,本来还嚣张的气势也跟着瞬间萎蔫了,更不知怎么去接他刚才那盛气凌人的话语。

我怕怕地往后退了一步,眼神飘忽不定地瞥了一眼在屋内跟他暧昧的那个女人。

由于先前我只顾着跟饶贱鸭吵架去了,没太去注意,这下一看,我不禁惊愕地睁大了眼睛,被刺激得大脑瞬间开窍,意识到了一个十分严重的问题。

那便是饶辰不是男公关。不然怎么会有小明星跟他暧昧呢,除非这个明星的脑袋被驴踢了才会做出这种自掉身价的事来。

再说,小明星喜欢在富家公子哥们身边周旋的事,已经不是什么秘密了。更何况,我可记得被炒鱿鱼那天,经理张口闭口称呼他为饶少,这得有什么样的身份,才会有这样的尊称呢?

我越想就越烦乱,搞不懂怎么会发生这样的事。我本来只是想看看钢琴师走得那么急是去干什么的，结果来到二楼却诡异地闻到了一股血腥味，没想到一撞进来就……

我内心纠结得都快要哭了，脑中盘算着用什么办法，才能避开饶辰那犀利得犹如要捕捉猎物的目光溜走，不然接下去的后果真的会不堪设想！

结果就在我搜肠刮肚时，那个小明星，我记得她好像叫 Be，突然拉着饶辰的胳膊，用娇艳欲滴的红唇撒着娇："饶少，她是谁啊，都没听你说起过。你要是不愿意看到她，就叫她出去嘛，杵在那儿，让人看了真心烦。"

饶辰根本不理睬她，反而专注地注视着我，然后危险地把一双闪烁着怒火的眸子眯了起来，不耐烦地对 Be 说："你先出去，我过两天再联系你，谈广告的事。"

Be 似乎觉得好没面子，明明是她要饶辰赶走我这个不速之客，结果反被赶走，就张嘴叽歪着心中的不满："饶少，我们好不容易才见面……"但是饶辰一个眼神，她便知趣地闭了嘴，却克制不住心头的火气在脸上表露了出来。

我为此表示很尴尬，眼看情势不好，也不敢再待在这儿看两人眉来眼去，赶紧转过身迈开两条小腿像条泥鳅一样直往门外蹿，哪知饶辰那个该死的男人铁了心想找我碴儿一样，一个箭步追了上来伸手一把拽住了我的胳膊，将我拖回了屋内。

我一时非常气愤，咬住嘴唇侧过头去瞪着他。

他无视我的表情，淡漠地瞥了一眼还愣在一旁的 Be，用命令的口吻跟她说："你走。"

Be 就真的走了。

我无语凝噎，看着对方越走越远的背影，心中就直来气，脸色也立刻阴沉了下来撇过头去，气咻咻地瞪着他："你抓得我这么紧干吗，又想在我面前劈腿吗？我告诉你，你那招对我已经不管用了。"

饶辰瞪大了眼睛，仿佛一下子被我的话语给点燃了心中的怒火似的，眼中愤怒的火焰都清晰可见。

骤然，他伸手一把掐住我的脖子，惊得我心中猛地一怔，被这突如其来的暴力举动，吓得整张脸都皱在了一起，一个劲儿向后退去跌坐在了床上。

他将我压倒在床，眼神意味不明地注视着我，扯着嗓子嘶哑地狂叫着："你这个该死的女人，你最好不要在我面前提起劈腿的事，也不要在我面前提电击的事，不然我会让你死得很惨。反正，现在这房里面就只有你跟我。"

听完这话，我忽然有种想要大哭的冲动，一双眼睛都惊恐地睁大了，十分憋屈地从喉头冒出简短的两个字："什么？"

"你还敢问我什么，如果不是你用电来攻击我，我会失声到现在？如果那天不是你阴魂不散地跟着我，用手撞我的背脊打翻洗手液，怎么会发生那种事？我现在给你选择的权力，你是打算用身体给我浇熄心头的怒火呢，还是在我面前劈腿来逗乐我？"

敢情住院那会儿，他一直不吱声，是因为失声了？

敢情住院那会儿，他一个劲儿劈腿，是因为踩到洗手液了？

但是就算如此他现在提的条件是不是太过分了？

"你这人怎么这么下流？"

"是我下流，还是你心怀不轨对我有所想法，你心里面比我更清楚吧。真不知你到底怀着什么样的心态，跟着我来陈先生的 Party 上毁了我一个浪漫的夜晚。你到底想做什么，你是不是上辈子五行缺贱，想这辈子补上？"

天哪！他现在的样子简直可以用"凶猛的野兽"这五个字来形容了，要不是我亲眼看见他那比翻书还要快的变脸速度，恐怕我真的认不出压在自己身上的男人是那邪魅性感的饶辰了。

我被吓得一双眸子里瞬间滚落出了晶莹的泪珠，顺着眼角滑落下来。

饶辰怔怔地看着我，神情恍恍惚惚好像有些失神，但是他掐住我脖子的手，却丝毫没有一点松懈。我也不知道他在想什么，因为他脸上是一点表情都没有，让人完全揣摩不出。

我在心里给自己加了一把劲儿，狠狠地用高跟鞋踹了他的小腿一脚，愤愤地骂了一句："该死的臭男人！"

饶辰被我踹得有些措手不及，赶紧松手直起身子，揉着被我踹痛的地方。

我哼哼唧唧着继续吐槽："你这个臭男人，是不是因为我属于那种跟碎布娃娃一样羸弱的人，所以在你眼里就变得好欺负？"

饶辰微怔，眯起眼眸望着我："你这话是什么意思？"

"什么意思你心里面比我清楚，"我从床上站起身，双手叉腰，挺胸抬头毫不示弱地跟他对抗着，"你那捣乱的作风我又不是没有领教过。人生中遇上你这种人，真是我的悲剧，你到底是什么人啊！"

饶辰接着我话茬，很挑衅地回了我一句："我遇上你，才是我人生中的悲剧。"

"我可不觉得，你遇上我，是你人生中的悲剧，"我顺着他的话，直接泼了他一瓢冷水，"因为你天生就是一个悲剧。"

"你？"饶辰气紧，脸上的表情变得异常僵硬，恨恨地说，"你今晚是不是不打算走出这间房了？"

我伸手抹去垂挂在眼角的泪珠，不服气地回敬着他："怎么，你还想杀了我，把我的尸体扔到海里去喂鱼不成？死——贱——鸭——"

"你——"饶辰皱紧了眉头，睁着一双牛铃一样大的眼睛恶狠狠地瞪着我，愤怒的情绪好像已经布满了他的全身，令他整个人都几乎要暴走了起来。他伸手一把抓住我的肩膀，将我用力地按在墙面上，手指如铁箍般扣住我的脖子，手臂上的青筋也跟着突突突直冒，似乎在告诫着我："你不要白费力气做无谓的挣扎了，你是挣脱不掉的。"

我压根就没有挣扎，连一丝挣扎的心都没有，只是用一种看似迷迷糊糊的表情看着他。他脸上的表情由愤怒过渡到惊愕，再由惊愕过渡到不可思议，他阴恻恻地质问我："你盯着我看什么看，你是不是感到害怕又在转动脑袋瓜子想盘算我了？"

"……"其实，我只是心中写满了疑问。

我在想，这个男人到底是谁呢？由于资料不详尽，光凭法莱圣雅的香水明星 Be 跟他之间的暧昧，根本就不能断定出他的身份。

而且，我这次虽然是有备而来，对法莱圣雅的老总做了各种资料搜索，但是那些有钱人的身份就跟个谜一样，除了了解一些皮毛琐碎的事情之外什么都没有查到。我感到好失望，忍不住在心中暗暗地吐出一口沮丧气。

饶辰冷哼一声，也不知他哪根筋搭错了，带着非常非常欠扁的表情质问我："你为什么不回答我的问题，你是不是觉得跟我玩心理游戏很好玩很刺激？"

"不是啊，"我一动不动地凝视着他，"我只是在想你到底是什么人？"

饶辰愣了一下，好像对我的话产生出了一丝好奇。他脸上露出沉思的表情，隔了片刻开口问我："我是什么人，这对你来说很重要？"

我无视他犀利的眼神："那当然了，因为你姓饶，法莱圣雅的老总也姓饶，所以我就想你们之间是不是有什么关系。而且我刚才在大厅没有见着他的身影，反而在这里撞见了你跟他们家的香水明星 Be 暧昧，我可记得你刚才有跟她说，过两天再联系她谈广告的事！"

话说到这儿，我观察了一下饶辰那张目无表情的脸，见他没有要说话的意思，又理直气壮地继续说着："据我所知，法莱圣雅捧红的香水明星除非是双方解除了合同，不然是不能代言自家香水以外的其他香水的。所以啦，你是不是跟饶总有什么关系呢？"

饶辰挑眉，询问我的语气中突然夹杂着一股火药味儿："你这么想知道我的身份做什么，难道，得知我的身份符合你爱慕虚荣的最佳条件，你就打算向我投怀送抱？还是说你想巴结法莱圣雅的饶总，让他捧你做下一届的香水之星呢？”

什么，这衣冠禽兽刚才在说什么？

我随身携带的如金箍棒一样粗的避雷针，都被雷断了。

觉得他的话说得好奇怪，心中也忍不住暗暗地揣摩就他那脾气，肯定跟受过高等教育在商界一直都好口碑的饶总没有一丁点关系吧，便十分挑衅地说道：“你管我，我爱怎么就怎么！再说，就你那销魂的劈腿动作，也足以证明你这个人蛮有趣，你说我是不是应该特别关注一下你的身份呢？”

我的话音一落，饶辰脸上挂起三条黑线。但没隔几秒，他突然敛了脸上那可憎的表情，用手指十分邪恶地描绘着我脸颊的轮廓，十分暧昧地看着我。

我血压瞬间飙升，一下子睁大了眼睛，不理解他这是要干吗。

饶辰妖媚至极地笑了起来，将脸凑近我：“哈！没想到两天不见，你就变得越来越可爱了。怎么又不把我放在眼里，想爬到我头顶上来叫嚣了？”

“……”我纳闷地眨了眨眼，拧着小眉头，把闪烁不定的目光定在了他那双漆黑如夜般迷人的眼眸上，却遭到他的一阵讥讽和痛骂：“你还敢这么赤裸裸地直视我？”

他这人想闹哪样儿啊，明明是他自己一副坏心眼儿地用小眼神来勾引人，还不准人看了？我表示压力好大，也在心中鼓起勇气质问他：“你不想让我看着你，你就把眼睛给我闭上呗。我问你，你这么风骚地看着我干吗？”

“你觉得呢？”饶辰很挑衅地反问我。

“吃多了撑得找不到事儿做，你这种人简直就是无聊透顶。”

我沉了脸，愠怒地瞪着他，不等他回答，又忍不住嘟囔了一句：“真是看不下去你这种人，就像个成天只会跟宫女们鬼混作乐的太子一样，勾引完小明星之后，又跑来勾引我，你当我是什么？哼！”

饶辰猛地一怔，好似对我的话来了兴趣一样，在脸上表露出了惊讶的神情。随即，他嘴角没有来由地勾起一抹邪魅又嘲弄的笑意："你带着一股子酸味儿说出这样的一番话来，是在暗示我你在吃 Be 的醋吗？难道是怪我这两天没有联络你，花时间来疼爱你？”

“什么？”我一阵愕然，被饶辰莫名其妙的话给吓得心中猛然间刮起了一阵龙卷风，浑身的汗毛都跟着竖了起来。我急忙慌乱地出声反驳他的话："你在说什么？你也太……太自恋太自大，太会曲解别人的意思了……我……我吃你的醋？我……”

说着说着，我忽然觉得胸口憋闷得好难受，说话都变得结结巴巴完全没有了底气。

这反而让饶辰抓住了我的小辫子要把我往死里逼似的，他慵懒地问："若不是，那你这么紧张做什么？”

“我……”一瞬间，我睁大了眼睛，刚从喉头咿咿呀呀地冒出一些话来，就惊觉不对劲儿，有种被对方牵着鼻子走的感觉，于是立马改口掷地有声地告诉他，“我没有紧张，我一点都不紧张，是你自己在胡乱猜测。”

“你还说自己不紧张，你的身体都在发抖了，你到底在掩饰害怕什么呢？”饶辰嘴角露出了一抹意味深长的笑意，“你难道喜欢我，怕被我看穿所以才这么慌乱紧张？”

“什么我喜欢你？你这话是什么意思？”

“难道不是？”

“……”

“为什么又突然不回答我的问题了，是怕我会拒绝你，感到伤心吗？”饶辰眯了眸，转动手指沿着我的颈项一路滑去，用指尖轻轻地滑过我的肌肤落在了我胸口的位置。

我顿时愣了一下，他露出一脸鄙视欠抽的表情，从喉头冒出一句："咦，怎么两天没见你，你那扁平的旺仔小馒头就变得这么饱满坚挺了。是挤的，还是开始了第二次发育呢？好像两者都很困难吧，就你这个年龄还发育？看来你为了这次的Party还真是下足了工夫，都把小山包挤成珠穆朗玛峰了，这工程也太庞大了吧？"

"……"听完他这满是讽刺的话，我很不是滋味地皱起了眉头，十分厌恶地一把将他的手给挥开，拿出勇气怒斥他："下流的臭男人，老是盯着女人的胸，你害不害臊？别以为我不知道，就你那点智商还想跟我玩心理游戏，你一个劲儿地说些莫名其妙的话出来无非就是想转移我的注意力，然后偷窥我的胸！"

"女人的身体本来就是给男人欣赏的，我为什么要感到害臊？至于你说我跟你玩心理游戏来分散你的注意力，我觉得你是不是太看得起你自己了。你反应迟钝，还赖在我的身上？"

"你？"坑爹的，说得好像真有那么一回事儿一样，真是太过分了！

我在心中默默地流着宽面条泪，觉得饶辰这厮跟匹种马一样，对任何女人都是一副慵懒温柔中又带着一丝奔放激情似的，真的令人蛋疼到无语凝噎中。

我也懒得跟他在这儿继续耗下去，努力平息着胸膛里面不断燃烧的怒火，打算去找爽妈跟马媛利来收拾他，免得又被他的眼神给迷惑得丢了魂魄。

于是，我哼哼唧唧着整理着身上的衣服，拧着眉头恶狠狠地瞪了他一眼："哼，真是看不顺眼的贱男人！走开点，别挡了我的路。"

饶辰不仅不让道，反而伸手一把抓住我，嘴角淡淡地扬起了一个似笑非笑的弧度，突然变了语气问我："小贱包，刚才只顾着跟你说话去了，忘记问你，你是怎么蒙混到游艇上来的？"

"谁是小贱包了，你不要给我乱取绰号，小心我去告你。"我沉着脸，带着一副非常恼怒的表情把最后六个字咬得特别的重。

“告我？那你还张口闭口叫我贱鸭，你现在是想跟我玩深奥的法学游戏吗？”饶辰轻轻地挑起眉梢，将我拉向他的胸膛，“我忽然发觉，我还蛮喜欢你的。你说你这么有趣的一个玩具，要是把你留在身边我这往后的日子会不会变得很有趣呢？”

“有时候太过有趣也会变得无趣。死不要脸的贱鸭，我警告你，我可不是玩偶，你别把我当成洋娃娃来看待，动不动就想蹂躏我。”我黑了脸，语气里的火药味十足，伸手狠狠地想要抽他的脑袋。

可是这个可恶的家伙竟然很轻松地躲过了我的攻击，似乎压根就没把我放在眼里一样，还十分挑衅地抓住我的胳膊，想将我压在身下制服我。

我登时就怒了，脚下的鞋跟被踢断了，我重心不稳，犹如一辆踩了油门直冲出去的小奔，整个身子都直挺挺地撞在了足足有我胸高的柜子棱角上，将那藏在内衣里面的假波波给华丽丽地撞爆了，发出“啵”的一阵声响。

饶辰微微一怔，面露诧异之色，一个劲儿地追问我：“刚才那是什么声音？咦，这哪儿来的水啊？”

听完他那带着惊讶语气的话，我整张脸都绿了，恶狠狠地皱起眉头，费了九牛二虎之力才忍住没有对他进行肉体上的打击，把手伸到衣服里面取出衬垫在内衣里的水波波，狠狠地砸在他的脑门上怒吼着：“你这个该死的臭男人，你这么喜欢胸老娘赏给你，你拿去！”

“砰”的一声，一股水流杀伤力超强地在他的脸上炸开，击得他整个人如雕塑般僵硬住了，然后愕然地睁大了眼睛，露出一副精神病患者的表情瞪着我。

瞪就瞪，比瞪眼我可从来都没输过，也气势暴涨地睁大了一双眼睛瞪着他。

一时间，我俩无言地互瞪着对方，直到过了三十秒后，饶辰像个幽灵一样蹿来蹿去，用不同的角度审视着我，一脸鄙视地从喉头飙出邪恶的话语:“你是不是变态啊,居然做出这种事情来! 都说一个人想恶心一下另一个人并不难,难就难在厚颜无耻地不断继续恶心下去。我遇上你之后,总算是长见识了。”

我被他的话刺激得神经痛，也用阴腔阳调挑衅地说道:“跟你学的,怎么着?你这么喜欢波波,我赏给你,你应该感动得痛哭流涕才是,惊讶个屁啊!”

“你?”饶辰满脸涨得通红,“小贱包，你最好不要得罪我,不然——”

“不然怎样?”我双手叉腰,阴恻恻地打断他的话,质问他,“哼,你是不是太看得起你自己,把自己当玉皇大帝了?我告诉你,我还是女娲娘娘呢,没有老娘你连人都不是!”

饶辰脸露目瞪口呆状,看着我的眼神随着我抿唇的速度,变得古怪起来。

我也不知他到底在想什么,竟没头没脑地向我抛出一句:“发泄出心头的怒气,心情好些了吧?”

“什么?”我脑子有点不好使,被他突然转变的态度,以及莫名其妙的话语给搞懵了,整个人都愣在了原地。

“老实说,从我身边走过的女人中,不乏娇纵性感的,也不乏善良温柔的,”饶辰一面说,一面在身侧的沙发上坐下,跷起二郎腿,“但是你这种性格,我还是第一次遇上。”

我咬了咬唇:“什么意思?”

“你很特别,”饶辰深吸了一口气，用一种滔滔不绝的语气说着,“本以为那天离开酒店之后,我们就不会再有见面的机会。谁知有个项目跟你们的公司正好在合作,去华瑞时凑巧看到了你,那会儿我就想跟有趣的你过两招,看看你能燃烧我到何种地步。不过……呵!你那阴人的手段,还真是强中手,跟你这样的女人为敌,应该是一种不明智的想法,那么就把你收归旗下好了,你觉得我的这个想法如何?”

“……”我被他的话雷得浑身上下都起了一层厚厚的鸡皮疙瘩，不知他这话到底是什么意思，我就沉默着不吱声，用手掀了掀被水浸得湿漉漉黏在肌肤上的衬衫，不再搭理他。免得他这个人在不知收敛的情况下，越来越出格、越来越雷人、越来越丧心病狂地找我碴儿。

于是乎，我转过身去一瘸一拐地往门外的方向走去。

“你打算这样出去吗，你还没回答我的问题呢。”他的声音幽幽地从我身后飘了过来。

我沉默不语，目光无比坚毅，即使雷都轰不掉我要离开这间房的决心。

饶辰就开始无耻地诱惑我了：“你不回答我刚才的问题就算了，不过你不是很好奇我的身份吗。你现在回来，我告诉你我是谁怎么样？”

我懒得理他，也对他完全没了一丝兴趣。

“你对我身份没兴趣了啊，那要不我介绍法莱圣雅的老总给你认识？”

这重量级的话一抛出，我果决地停下脚步，转过身去望着他：“这话可是你说的哦，我可没求你。那么我现在去大厅，在餐桌前等着你，你联系好他之后就迅速来找我。”

饶辰微微一怔，呆呆凝望着气场强大的我。

我撇嘴：“你不要用这种眼神看着我，这是你应该为我做的，你害我没了工作，就应该拿出诚意来向我道歉。”

“小贱包，你怎么能厚颜无耻将自己犯下的错，全都推卸到我的身上呢，”饶辰笑眯眯地望着我，不等我回答又道，“你这么想认识法莱圣雅的老总是为了什么呢？”

我瞪眼，看着他脸上嬉皮笑脸的就觉得十分的可恶，恨不得走上前去揍他两拳：“这是我的私事，你管那么多做什么？再说，我又不是你的……”话说到这儿，门外很突兀地响起一阵惊恐的叫喊声，将我喉头未说出的“老婆”二字给硬生生地打断了。

我心中猛地一惊，眨着眼睛暗暗地揣摩是不是发生了什么大事，眼角的余光瞟见饶辰从椅子上站起身朝着门外走去。

他好像被那阵撕心裂肺的喊叫声给惊得不淡定了一样，伸手拉开房门便愣在那里。

我一时惊疑，也不知道他到底看到了什么，犹豫了一下才走了出来。只见一名女侍者站在长廊上，像受惊过度后进入了癫狂状态中一样，大喊大叫着，脸上露出一种难以形容的异样表情，目光一直注视着308号房里面。

我由于站在玄关，也不知房中到底是怎样的一种场面，愣头愣脑地像手足吸盘一样，贴着墙面走了过去，胆怯地把脑袋往里凑。

可是我还没看清里面的情况，一股浓烈的腥臭味就迎面朝我扑了过来。

我赶紧伸手捂住鼻子，拧着眉头把脑袋又往前凑了凑，当看到里面的场景时，我整个人都被吓蒙了。一对缠绵中的男女居然裸死在了房内！

两名死者满脸都是血，嘴巴半张，瞪着一双充血的眼睛，空洞洞地盯着天花板。他俩的身上，从胸前到腿部都被染上了暗红色的血迹，身体所躺的地面也流淌着黏滑的像枇杷露一样的血浆，在强烈刺眼的灯光照射下，反射出一层诡异的光亮来。

另外，两名死者脖子上的皮肤都微微地翻卷着，好像被人切断了喉管，因为鲜血是从那个地方流出来的。他俩的四肢都以一种奇怪不自然的怪异姿势扭曲起来，我可以由此断定，他们的手脚骨都被人给掰断了！

看到这儿，我精神有些崩溃，毫无意识地一头扑向饶辰的怀中寻求安慰。忽然感到肩上一沉，一只手紧紧地搂住了我的肩，饶辰的声音犹如一缕气息飘入了我的耳中："居然会发生这样的事情，黄总会被人杀死在房内，到底是什么人做的？屋子里面整洁得连一丝殴打的迹象都没有，难道是……暗杀？”

暗杀？

这两个字使我猛然惊醒，赫然想起自己追逐钢琴师来到二楼时，觉察到的那些诡异的气息其实并不是出自自己的幻觉，而是308号房里面的人正在被害。

并且后来，我听到类似像喉管深处发出的奇怪声音，现在再结合房中死者的受害场面，我一下子就醒悟了，那声音其实是男死者被切断喉管时，想呼救所冒出来的响声啊！

一股寒意贯穿了我的整个身体，令我浑身上下都起了一层鸡皮疙瘩，我被一种说不出的恐怖感给紧紧地包裹住了。

突然，饶辰好像察觉到了我情绪上的失控，用手紧紧地抓住我的双肩，安抚着我："小贱包，你没事吧？你不要害怕，你看着我，什么都不用去想，我现在带你回大厅！"

身体剧烈发抖的我，喉头发不出一丝声音来回答他的话。整个人迷迷糊糊跟陷入一个无底的黑洞中一样，只能像抓住一根救命草般紧紧地抱着他的胳膊，跟着他的脚步往大厅走去，却瞧见一些原来在大厅里面的人，此时都赶了过来。

他们用一种不解的眼神注视着我跟饶辰，其中疑似跟饶辰相熟的富二代们，没有立刻发现事态的严重性，都以一种开玩笑的方式说着莫名其妙的话语。

他们说："饶少，你也太会玩了吧！"

"是啊，我们都不敢像你，一出手就把对方给吓得面无血色！"

"饶少，看来你的新马子功课做得严重不足，你得抽时间好好教教她才行。"

结果这些话一出口，似惹得饶辰心头燃起了一股无名火来，语气很不好地甩给他们一句："都闭上你们的嘴，敛了你们脸上那种表情。黄总死在了房中，你们自己去看。"

“什么?”大伙儿一阵目瞪口呆。我可以理解,真相总是让人难以接受的。大家在呆了几秒钟之后都跑去围观308号房里面的情况,其中爽妈跟马媛利也跟着赶了过来。

我一见他俩,就有种回到了组织的感觉,立马走了过去,完全不管身后七嘴八舌正围绕着命案展开谈论的人们。在马媛利跟爽妈询问我刚才消失去了什么地方的时候,我这才敛了自己脑中乱糟糟的思绪,毫不隐瞒地把遇到饶辰和Be的事吐露了出来,结果没料到爽妈的一句话,却犹如原子弹般在我的脑中炸开了。

他说:“刚才还以为你偷偷回家了,没想到这么快就勾搭上了法莱圣雅家的少爷,看来你确实有两把刷子。”

我浑身猛地一震,用一副怪异的神情望着他:“你刚才说什么?”

爽妈额头飙出了一排冷汗:“你干吗这样看着我,好吓人啊!”

“我问你,刚才说了什么?”我一时情绪激动,将嗓门提高了好几分贝,吓得爽妈都不敢说实话了。他沉默了一瞬后,居然改口敷衍我:“我是说我为我前两天说现在经济不景气想找工作就跟碰壁一样,而你的目光还这么高一瞪眼就想去饶氏旗下的法莱圣雅时奚落你的想法简直就是蠢到了极点的话,赔不是了。”

我拉长了脸,嘴一撇:“你刚才有说过这样的话吗?你老老实实把原话告诉我!”

爽妈蹙了蹙眉:“你到底是什么人啊,我不就说你怎么一眨眼的时间就跟法莱圣雅的少爷勾搭上了,你就露出这么凶的表情看着我干吗?”

我眯了眯眼:“你是说那个男人是饶总的儿子?”

“难道你不知道?不过也是,你很少来我工作室,我也是从小荃那儿知道的。上个星期饶家的大少爷从美国回来,她师姐本来想在机场搞个浪漫的邂逅去勾搭他,结果人家却一点都看不上她。”

得知这个真相,我脑中像爆发了一场大地震一样,一脸云里雾里地转过头去，看着默默不语正陷入沉思中的饶辰，突觉自己犯下了大错，犹豫着要不要去套套近乎。这想法一流露在脸上就被眼尖的马媛利给捕捉到了，她伸手捶了我一拳。

“你干吗在脸上露出那么可恶的表情？”

“我问你，你一转眼就勾搭上他，跑到二楼来到底跟他做了些什么？我们在大厅听人说这儿发出很奇怪的声音，好像有人死了。”

马媛利不说这事还好，一说这事，我的大脑就过渡到了命案中去，感到恐惧极了，脊背也直冒冷汗。我尽量控制住自己的情绪，用通俗易懂的话语把整件事情的来龙去脉，十分详细地告诉了他俩，他俩不约而同地睁大了眼睛。

随即，马媛利问我：“话说，你说的钢琴师去了什么地方，你不是说你追着他才会来到二楼的吗，你有没有见着他啊？”

我摇了摇脑袋，换了一种思维分析了一下，正想说出钢琴师说不准被人杀了扔到海里喂鱼的想法时，那些前来围观的人中不知是谁突然一阵高喊：“去监控摄像机看看，到底是谁杀了黄总！”我的注意力立马给转移了过去，却没料撇过头的那一瞬间，我的目光在半空中跟一道略带忧郁的眼神撞在了一起。

我心中猛地一震，皱着眉头暗暗嘀咕，原来钢琴师没死。但转念一想，没死好啊，能发出迷人嗓音的人死掉的话实在是太可惜了。我便敛了脑中乱七八糟的想法，积极地向他靠了过去。

“嗨！我们又见面了，我刚才还一直琢磨着你会不会也出事儿了。”

钢琴师对我的话貌似不来电，冷淡地保持着默默不语的态度，礼节性地在嘴角勾起了一抹浅浅的笑意就没了下文。

我对此感到很失望，但是又很想听听他那好听的声音，于是继续说着：“先生，你也是因为听到尖叫声才出来的吗？不过你刚才去了哪儿呢，我那会儿一直跟着你，本来想看看你走得那么急是去做什么，可是来到二楼，你就一眨眼不见了。后来我就在走廊上听见奇怪的声音，发现 308 号房里面的人裸死在了房内！”

此话一出，钢琴师果然上了钩，转过眼眸来望着我的眼睛，露出一脸好奇的表情对我说：“你说，你刚才一直跟着我？”沙哑的嗓音中带着一丝透彻人心的吸引力。

“是啊。”

钢琴师微微蹙眉：“女士，你认错人了吧，我从来就没有来过这儿。”

我心中掠过一丝狐疑，脸上立刻露出“你在撒谎”的表情：“不对啦，我明明看见你来二楼的，而且如果不是因为你，我也不会来这儿。”

“或许是你眼花了吧，我在大厅演奏完之后就去了甲板，一直在那儿给宾客们拉小提琴。再说大厅灯光耀眼，有时候很容易让人产生错觉的。”

“错觉？”我纳闷地眨了眨眼睛，垂下脑袋回忆了一下来二楼时的情景，不禁喃喃自语起来，“难道是我眼花了？真伤脑筋！可是，没理由啊……”

“女士，不如随大家去大厅看看监控，你心中的疑问不就解开了吗？”

钢琴师的提议，让我悬在嗓子眼儿边的话，一下子落回到了肚子里。我皱着眉头犹豫了一下，见他迈开脚步随着七嘴八舌的大伙往大厅走去，我便愣头愣脑地转过脑袋往四周瞄了瞄，发现除了爽妈跟马媛利两人站在前面等着自己之外，现在留在二楼的全是善后的保安人员，我就战战兢兢地赶紧离开了。

大厅。

灯光黯淡，空气中浮动着海水的腥味儿。

大家站在大厅的中央和身边相熟的人交头接耳地八卦着黄总跟他的小情人在房间被暗杀的事，沉闷的气氛一下子过渡到了紧张急促的状态中，像暴风骤雨要来临前的那几分钟，压抑得让人都快喘不过气来了。

而举办这次 Party 的陈总，一脸阴沉地从一旁走了上来，伸手接过一名侍者递来的遥控器，用手按了开关，那安装了高科技设备的天花板上，顿时投出一块平面屏幕落在人们的眼前。

陈总转过头去对那名侍者说："把三十分钟之前的录像调出来。"

那侍者点了点头，转身就离开了。

我拧着眉头，等待着录像转换的期间，脑中忽然意识到一个十分重要的问题，那就是游艇不知道从什么时候开始已经离开了港口，而裸死的两名死者看样子不像死了很久，那么换句话说，凶手很有可能还留在游艇上！

这么一想，我不禁感到一阵站立不稳，觉得情况好像真的有点不对劲儿，赶紧伸手前去拉着马媛利的胳膊，急冲冲地跟她以及爽妈展开了一番密集型的谈话，最后我们三人十分明确地得到了一个悲催的结论。那便是作案的凶手有百分之五十的可能性还留在游艇上，而我们现在所能做的，就是想方法尽快离开这个地方，或者说防着身边不认识的人。

我为此感到慌张不已，想着自己上有老下没小，二十三岁的青春没准儿今天就要结束了，冷汗就直飙。转过头去瞄了瞄一半陷入恐慌情绪一半保持镇定的富商们，真想揪出他们之中到底谁是杀了黄总。

可是没有深情呼喊福尔摩斯来附体的我，来来回回寻了个七八遍，根本分辨不出除了我、马媛利以及爽妈三个伪富豪之外，还有哪些是冒充的。我便赶紧把目光收了回来，却没料到视线落在了身侧逐渐走上来的钢琴师身上。

我心中顿时刮起了一阵强烈的龙卷风，纳闷地盯着他看了好一会儿后，发现他这人还真不是一般的冷漠，脸上完全是一副事不关已的表情。我佩服得五体投地，试图调解下心中的紧张感，开了口："嗨，先生，你不感到害怕吗，还这么悠闲。”

钢琴师带着一脸不解的神情，静静地凝视着我。我接着说：“那两个人死得这么诡异，你真的一点都不感到害怕吗？”

钢琴师怔了怔：“你想说什么？”

“我的意思是，那两个人莫名其妙地被人暗杀在了房中，而且游艇早在半个小时前就离开了珠港的港口，那么换句话说作案的人或许还在这游艇上，说不准就是大厅里的某个人，你难道不害怕吗？”

不等对方回复，我又嘟囔了一句：“现在这艘游艇就像个牢笼一样，把所有人都禁锢在了这儿。也不知作案的人为什么要杀黄总，是情杀还是仇杀？”

他挑眉：“害怕有用吗？”那让人感觉非常舒服的嗓音里突然带着一丝威严。

“啊？”我微怔，没料到对方的回话这么简洁。

他就抿唇一笑，继续说着：“就如你所说，游艇已经离开港口半个多小时，现在大家都报了案，即使用最快的速度回去，警察来也要一个小时左右，因为回港是逆行。而这一个小时里，每个人都慌慌张张的那只会乱了阵脚，促使场面无法控制。那么如果作案人还在游艇上，就会有机可趁！女士……另外我忘记告诉你，不想跟自己惹来麻烦，就不要过问命案的事，因为这案子最终会交给警察查办，而我们只需要保住性命等待他们的到来。”

我愣了一下，觉得钢琴师说的话好有道理，便断定他肯定是一个见过大场面的人，也忍不住夸他一番：“先生，你好聪明，思维好有逻辑哦。”

“我不是聪明，这个是常识，你不是也早就发现事态的危险性了吗？”钢琴师淡淡地笑了笑，将定在我脸上的视线收了回去陷入沉默之中。灯光斜斜地洒在他的身上，让他整个人都散发着智慧的光芒。

我抿了抿唇，默默凝神望了他足足三十秒，才收回目光，转过头去看着前面的屏幕。监控视频已经把画面切换到了半个小时之前的二楼休息区,上面出现了一些我不认识的人,我默默地在心中数了数究竟有多少人去过那儿。

结果刚数到五时，穿着蕾丝透视装的小明星 Be 和饶辰的身影就跟踩着祥云一样,出现在了屏幕里面。

饶辰的嘴里还叼着一根香烟,摆出各种风骚傲娇的姿态跟小明星 Be,缠绵着一路贴着墙面滚入了 306 号房内,反映出了这两人是多么的饥渴。

努力保持淡定心态的我,看了直想崩溃掉,有种想冲到屏幕里面,拔出他嘴里的香烟死命地往他脸上戳去的冲动。忍不住用眼角的余光悄悄地往后一瞥,想朝屏幕外的他送去一道鄙视的眼神,我却赫然发现他居然十分专注地注视着我!

而且那目光很不寻常,疑似带着潜台词,可惜我读不懂,心脏反而在那一瞬间没有来由地“怦怦怦”直跳。我飞快地避开他的视线把脑袋转了回来,在心中暗暗琢磨着他暗中看自己的各种奇怪理由。

一道略带不爽的质问声,便在那一刻射入我的耳中:“你刚才老是偷偷用羞羞的小眼神看着我干什么?”

我感到有点惊讶，不知道他怎么就突然来到了我的身侧，不禁“咦”了一声,在心中暗暗地嘟囔着,他这个人是不是有眼障啊,我刚才明明朝他递去的是鄙视的眼神,怎么会变成羞羞的小眼神了呢?

饶辰的眼中顿时充满了无限鄙视,瞪着我:“你咦什么? 我说你刚才不是半死不活来着,怎么一转眼就变得精神饱满了? 看来你还是那种能自我鼓舞着原地满血复活,不需要别人来安慰的女人啊!”

“……”他是在夸奖我呢,还是在讽刺我啊? 我撅起嘴巴,从喉头冒出一个象声词——“呃?”

饶辰那厮变本加厉,眼中一阵电闪雷鸣,没好气地对我怒道:“你不回答我的问题,还敢‘呃’?”

我靠，他这人是神经病发作吗，无缘无故地发起疯来，真欠抽！

我心中一阵愠怒，觉得在钢琴师面前被他这么赤裸裸地吆喝好没面子，有损自己的形象，要是换个没人的地方，我或许会像只忍者神龟一样默默地忍了。

可是现在情况不同，我就睁大了一双眼睛，目光异常犀利地瞪着他："眼睛长在我脸上，我喜欢羞羞地看着谁，就看着谁，你不想见到就把眼睛给我眯上，闭紧了。"

我吼完这话，忽然觉察到身侧的钢琴师好像正在凝视着自己。

我便小心翼翼地撇过头去，发现他不仅默默不语地看着我，连眼底都闪烁出一丝诡异难辨的神色，也不知他到底想传递什么信息给我。

我正打算无视饶辰那一脸怒不可遏的表情开口询问钢琴师时，一声轻蔑的冷哼声就钻入了我的耳中："你果然是个贱包子啊，半个小时之前还像个小屁虫一样跟着我，跑来毁了我一个浪漫的夜晚，一转眼就去勾搭其他男人，你把我当什么了？最见不得自己中意的玩具跟别人分享了，你还敢在我的面前露出羞羞的眼神看着他！"

哎呦喂，他这人的脑袋遭门卡了吗？

我不由得直皱眉，清了清嗓子正准备用毒蛇般的话语，去挫挫饶辰那唯我独尊的暴戾，钢琴师的脸上露出十分好奇的表情，随即伸手指了指屏幕对我说："女士你快看，屏幕上的那群人好奇怪。"

我微微一怔，心想，他肯定是不想我跟饶辰那厮对骂影响了我在他心目中的形象，所以才婉转地为我解围吧。我便果断地把饶辰彻彻底底地无视掉，然后将目光转了过去看着屏幕上的画面。

只见上面显示二楼走廊的尽头突然出现七八个拖着长长身影，低着脑袋快速走过的人，正朝着底舱的方向行去。过了一分钟，我的身影就出现在了屏幕上，晃晃悠悠地进入了306号房之后，那儿便没有再出现过任何一个人。

随后，也不知过了多久，小明星Be从306号房里走了出来，径直朝着大厅的方向走去，最后就是女侍者的到来，把屏幕里的那点破事给结束了。

但是黄总到底是怎么被杀的，从监控录像里面根本找不出一丝线索，因为那间房除了他跟他的小情人进去之后，屏幕上压根就没有出现过第三人，这案子便诡异地成为了典型的密室杀人遁走型。凶手究竟去哪儿了呢，恐怕让古今中外的名探诸如狄仁杰、福尔摩斯、柯南等来估计都摸不着头脑了吧！

厅内的富商们看完录像之后，也都对此表示很不解，纷纷议论起我之前那七八个低着脑袋走过的人。可是话题还没有炒热，一阵十分奇怪的声音在大伙儿毫无一点准备的情况下突然响起，像有什么东西直冲金碧辉煌的屋顶似的。"砰！砰！砰！"连续几声，吓得人们一阵尖叫，然后不知所措地四处蹿动起来。

第三章　游艇上发生抢劫事件

我心里顿时直发毛，我可不想像“那船，那人，那项链”里面一样，去演绎一段肝肠寸断的罗曼史。待真正要翻船的时候，我变得惊恐不安起来，也忽然意识到了一个十分严重的问题。

“话说，我现在想起自己不会游泳，怎么办？怎么办呢？”我带着哭腔，嚷道。

我感到一阵愕然，循声往前望去。游艇的大门就在那一瞬间迎着万道光芒“呼”的一声敞开了，走进九个目露凶光，手持冲锋枪的男人。

他们手中的枪，犹如秋风扫落叶般无情地对着天花板一阵哗啦啦地扫射。

结果，不到十秒钟的时间，犀利的子弹便果断地把天花板给射得个稀巴烂。

而且在这阵枪声中，还夹杂着劫匪们凶巴巴的怒吼声：“不准动，抢劫！抢劫，你们这群肥得流油的猪懂不懂！全都给老子闭嘴，再吵我就爆了你们的头！”

这话可是一针见血，瞬间将大厅里如炸开了锅的场面给 hold 住了，那些还处于癫疯状态中的人被吓得立时闭了嘴，心惊胆战地全蹲在地上连屁都不敢放一个。甚至还有些人，被吓得双腿一软跪倒在地上。

我感到害怕极了，不知所措地看着那几名彪悍的劫匪，心底顷刻间出现了一种跟着一群活腻了的人到游艇上来冒险寻求刺激，结果要死在另一群变态人手中的感觉。

我急得直跺脚，心中充斥着一种难以言喻的悲伤，为没事跑来凑热闹的做法悔得肠子都寸断了，打算扮演中弹断气的人，来躲过这一劫，便顺势往地上躺去。

怎料，一旁的饶辰眼疾手快地伸手一把扶住了我，硬生生将我从死尸状态中满血复活了过来。我眼中充满了恨意，便恶狠狠地瞪着他，觉得他这个人真是太可恶了，张嘴正想告诉他："亲，麻烦你松手，让我躺下去。"

劫匪老大就在那一瞬间，跟脑袋突然缺氧了似的，以一种亢奋的情绪，大喊大叫着："你们所有人，给老子男女各站一边，女的去右边，男的去左边，然后把身上佩戴的珠宝全部取下来放在地上。听到了没有，还不赶快给老子行动起来！"

劫匪老大的话音一落，劫匪老二见眼前的一个富二代愣在原地没有行动，索性直接走上去揍了对方一顿，把对方打得鼻青脸肿，连滚带爬兢兢业业地往左边走去。

整个过程看得我一阵心悸，寒毛都竖了起来。我紧紧地攥着拳头，和马嫒利往右走去。一个富商见劫匪们的注意力都集中在了分散男女中想趁机逃跑，整个人以百米冲刺的速度朝着大门外奔去。劫匪们手中的几把冲锋枪，齐刷刷直接对准了那人的后背，子弹如万箭穿心般一颗接着一颗飞射了出去。

我不禁汗流满脸，看着躺在地上犹如海绵体的死者，脸色一下子变得惨白，深深地明白了生与死之间就只隔了一条线这么简单。

突然，劫匪老大垂下手中的枪，提高了声音咆哮着："他娘的，真以为枪是拿着好看的，你们谁想跟他作伴的就出来！"

无人回应！

我闭上眼，默默祈祷："老天爷啊，耶稣……保佑我……保佑我……"

耳边，遽闻劫匪的怒斥声："他娘的，居然敢戴假货，你们知不知道山寨货什么的价格飙升，就是被你们这种人给抬高了价格……你们参加这种宴会居然就只戴这点东西……想死了吗……"

我睁开眼，下意识抬头看去，瞧见那几名被劫匪怒骂的富太太，脸上纵横交错着手掌印，这足以表明这群穷凶极恶的人，下手有多狠了。我在心中嘟囔着："这群人到底是劫匪还是珠宝专家啊，真货假货一眼就辨认了出来。戴少的要被抽，戴假货也要被抽，我什么都没戴会不会被抽得更惨呢？”

我被自己的想法吓得心神恍惚陷入抓狂状态，一道诡异的光芒很突兀地从前面直射了过来，晃得我眼睛都快睁不开了。我猛地抬起头来朝着那道光芒望了过去，瞧见饶辰居然用钻石手表，借助着室内的灯光来晃我的眼睛，还朝我挤眉弄眼。

我小小地惊讶了一下，但仅这一瞬，我觉得他好像要跟我说什么，但又不清楚他注视着自己的那个眼神到底是什么意思，总觉得自己好像眼花了一样。饶辰的脸上一下子又浮现出了一种春情荡漾的表情，再次向我挤眉弄眼着，眼神如同抽筋了一样。

我有点错愕，纳闷地眨了眨眼，还是不懂他想做什么，反而觉得他好下流，这种时候还有心情抛媚眼。看来他的脑袋果然被门夹过，不能用正常人的思维去理解！

我便把脑袋垂了下去不再看他，然后陷入短暂的沉默之中。只是我心头的悸动还没平息下来，却忽然惊觉一股寒气袭上了我的颈背，好像有人站在我的身后用嘴巴对我吹气一样。

我顿时纳闷了，谁会这么无聊，在这种紧张的时刻恶作剧呢。缩头缩脑扭头一望，同一时刻，那个该死的 Be 居然用肩膀狠狠地将我撞了出去。

劫匪们立时警觉，脸色遽变，齐刷刷地把目光移了过来紧紧地盯着我。我的呼吸十分紊乱，在心中咒骂着撞自己出来的那个三八，发誓断气之前一定要拿把刀去砍死她！

可是，这也只能想想而已，因为现在劫匪们看着我的目光很不寻常。我拧着眉头，蹑手蹑脚地往回走去，嘴里喃喃地说："对不起啊，我……我是不小心走出来的……我现在回到原位上去……"

劫匪老大才不理睬我那番带着哭腔的话，暴跳如雷地对我怒道："你这个女人，耳朵长来做什么用的？老子刚才说得很清楚，谁想跟这个人一起走就出来。"他指了指地面上的死尸，"你那会儿不出来，现在居然像个神经病一样出来一惊一乍地吓人，你活腻歪了是吗？"

我赶紧摇了摇头，眼角的余光瞟过饶辰刚才所站的地方，已没有了他的踪影！

我正纳闷他是不是趁刚才那阵骚动逃走了，劫匪老大直接举起手中的枪对准了我，似乎不打算再给我一次改过的机会。正当他准备叩响扳机的那一瞬间，一只手突然强势插入，在劫匪老大的身侧举起，挡住了枪口。

“大哥，这种皮痒的女人让我来。”

这话音一落，大厅里顿时涌起了一股难以形容的诡异气氛来。

我的心脏也跟着快速又猛烈地跳动着，强烈的恐慌使我惊愕地睁大了眼睛。说话的那个男人满脸都是油跟汗水，让人觉得一股土鳖之气扑面而来。他还露出令人厌恶的扭曲的淫笑，我就哭得更加伤心了，想把几辈子的悲屈都在这一刻透支了出来。

我吸了吸鼻子，嗓音里透出无奈的哀伤，语无伦次地说着：“呜呜呜……你想干什么……你不要过来……”

猥琐男嘿嘿笑着说：“让你死得更刺激一点。”

我眼神呆滞，战战兢兢地哭泣着：“别别别……别过来，我不想死啊，你放过我吧……”猥琐男伸手摸了一把脸上的油水，无视我的话语，迈开脚步朝我奔来。

我吓得浑身一抖，犹如吃了一只苍蝇一样恶心，慌慌张张地朝身后退去，想要逃走。但是由于我转身的动作太急，使得脚踝被硬生生地扭了一下发出嘎巴的一声响，像是骨头错位的声音，紧接着一股钻心的疼痛顺势袭上我的脚踝，我整个人顿时无力地跪了下去。

猥琐男看到这样的场面，毫无一点怜惜之心，气势汹汹地来到我的面前，伸手一把抓住我的胳膊，将情绪激动做着各种挣扎的我，连拖带拉地拽到了二楼休息室的一间房中。随后，他用尽全身的力气把我扔到了床上。

我只觉自己快要魂飞魄散了，整个心肺都不断地膨胀着，好似身上长出了一双翅膀飞了起来，然后“砰”地一下撞在床头柜上，痛得我快失去知觉了。

猥琐男一脸的淫笑，急急忙忙地脱下裤子，从腰上抽出皮带，阴阳怪气地询问我："我最喜欢玩刺激点的。嘿嘿，女人怕吗？"

我狠狠地咬着唇，极度讨厌眼前的男人，恨不得立刻弄死他。我抓起身侧的枕头砸到对方的脸上，睁大眼睛死命地瞪着他，阴恻恻地说着："老娘看到你那张似鬼般狰狞的脸，都快哭得想笑了。"

猥琐男听完我那有辱他男性魅力的话，顷刻间勃然大怒，脸上的表情跟翻书一样，盛气凌人地将手中的皮带朝我挥来。皮带落在我抬起挡住脸蛋的手上，发出一阵闷响，带动鲜血从我破了皮的伤口中流出，痛得我眼中一下子溢满了泪水，简直不敢相信，活了二十三年从来都没被人揍过，上了这艘游艇后，竟然发生这样的事情。

坑爹的，去死吧！

愤怒让我的嘴角不受控制地抽搐，挣扎着从床上站起身，毫不迟疑地一脚朝着猥琐男的心窝子踹去，那股踢劲儿震得整张床都发出吱吱嘎嘎的声响。

猥琐男被我猝不及防的一脚，踹得往后退好几步，背脊撞在身后的柜子上，表情十分滑稽地睁大了眼睛。

我龇牙咧嘴着咆哮："你妹的，我家老头子都从来没有打过我，你这个畜生居然敢拿鞭子抽我！你活腻了吗？"

"你敢踹老子？"猥琐男一声怒吼，脸上凶狠的表情反映出他心中想要施虐的欲望如窗外黑沉沉的天空一样，浓得很。

我神情僵硬，求生的欲望异常的强烈。我在心中暗暗地告诉自己绝对不能死在这儿，好不容易被老头子又当爹又当娘地拉扯大，什么都还没做就要嗝屁，谁受得了，现在老头子还在老家等着自己呢，要是死掉了留下他一个人孤零零地在世上，他会不会郁郁寡欢心力衰竭啊？会不会啊？会不会？

那三声询问如排山倒海般在我的内心里咆哮着奔腾而出，想必几千公里之外的老头子都能感受到我的那股力量了吧！我一瞬间完全忘记了脚踝跟身体上的痛楚，跳下床去伸手一把拽住猥琐男的头发，用指甲狠狠地抓他的脸，警告着他："你再敢打我，我一定会让你后悔到无以复加！最讨厌你们这种无耻又龌龊得要死的男人了，干吗要活在这世界，你们活在这世上简直就是在浪费氧气！你不要让我有这种想把青春挥霍到揍你上的冲动。"

猥琐男拼命反抗，扬起手中的皮带抽打着我，疼痛让我如热锅上的猴子上蹿下跳东躲西藏。我四处寻找着能用作武器的东西想跟对方拼了，就在这一刻，一道身影宛如刺破时空的神灵般迎着光芒毫无预兆地出现了！

这个人就是饶辰！

只见他从窗外翻了进来，伸手将我抱住，如母鸡护小鸡般把我藏在身后，硬生生替我挨了几皮鞭。

我被吓了一跳，吃惊地瞪大了眼睛愣愣地凝望着眼前的他。只见他动作潇洒地抬脚，朝着那个令人作呕的猥琐男扫去。貌似他一脚踢中了对方的胸腔，房内顿时响起一阵好似骨头碎裂的声音。

而那猥琐男受此一击后整个身子都飞了起来，重重地摔倒在地上发出砰然巨响，他似乎还没有立刻明白这究竟是怎么一回事儿，身体的疼痛就夺去了他的知觉。

"小贱包，你没事吧？"

我神情恍恍惚惚，接受能力有点缓慢，还没从刚才那惊心动魄中回过神儿来，迷迷糊糊地只顾着跟他哭诉着："贱鸭，刚才那个男人揍我，他下手超级狠，我的手臂都被他抽出血了。靠他一万次……"

我说得这么委屈，饶辰那厮不仅没安慰我，反而诡异地笑了："小贱包，你好生猛！"

"生猛你妹啊……呜呜呜……敢揍我，你们男人都不是好东西！"我满脸不爽地啜泣着。饶辰脸上的笑容瞬间垮了下来，有些不知所措地伸手抓住我的肩膀："喂！小贱包，别哭了，他已经晕了，没事了没事了。他不会再揍你了，别哭了。"

我拧着眉头，哭得更是梨花带雨，眼睛就像喷泉一样直往外飙水。饶辰感到无语极了，绷着一张帅气俊俏的脸蛋将我安顿在了床上，从西服口袋里掏出一块手帕给我擦拭着脸上的眼泪。

我稍稍惊了一瞬，正纳闷他为什么突然对我这么好，他却已起身在房内一阵翻箱倒柜着。不到一分钟，他手中拿着一支软膏回到了我的身边，从里面挤出白色的膏脂轻轻地涂抹在我脸颊和手臂的伤口上。

他的动作又轻又柔，就好像在呵护宝贝一样。我心中的委屈顿消，醒过神儿静静地瞅着十分专注地为我擦拭伤口的他，发现他此时好有魅力。他的手指就像根羽毛一样温软地拂过我的脸颊，害我整颗心居然不受控制地跳动了起来。

我有些羞涩地冲他笑了笑："我说，你好适合做父亲哦！"

饶辰愣了一下："你刚才说什么？"

我悻悻然："我说你好适合做父亲。你让我想起了小时候摔破膝盖时，老头子给我擦药膏的场景，就突然觉得你好亲切，好像我家的老头子。"

饶辰抿唇，也不知在想些什么，过了一会儿后竟然很无耻地对我说："你说我像你家老头子？那么乖女儿，爸爸觉得你刚才在大厅里配合得非常好，分散了那群坏人的注意力，让爸爸在混乱中成功地逃了出来，所以爸爸打算给你一个吻来作为奖励如何？"

"啊！你说什么？"我惊讶至极，表情一下子凝固在了脸上，很怀疑自己的耳朵是不是出了毛病，张开嘴巴准备再次询问他时，他那薄薄的两瓣嘴唇立刻温柔地凑了上来，覆盖在了我的唇上。

虽然只是轻轻一嘬，可是我依旧被惊得睁大了眼睛，露出一脸不可置信的表情看着他。他皱了皱眉，用一种半开玩笑半认真的语气问我："你没事吧，露出这种表情看着我，是想爸爸再奖励你一个吻吗？"

我歪了歪脑袋，露出无限鄙视的眼神："讨厌，你刚才干吗吻我？"

"奖励啊，我不是已经说了，你在大厅里面表现得很好，使我能躲过那群人的注视，顺利逃走嘛。”

听到这种废话般的解释，我彻底怒了，沉着脸从那个令人心悸的吻中清醒了出来，气咻咻地说：“死不要脸的贱鸭，谁是为了配合你啊，都是你的妞，莫名其妙地跑来推我，不然我也不会被揍。”

“推你？谁？”饶辰惊疑。

“Be啊，”我用手摸着被揍得青一块紫一块的脸蛋，喃喃地抱怨着，“别以为我不知道，她是存心的。明明我跟她之间隔了好几个人，可是她就跟中邪了一样，突然从我身后冒出来。都说相由心生，这句话果然不假，以前在电视上看到她的样子就十分不待见，多大个人了还各种卖萌，露肉出来制造话题，现在见了真人就更不待见！还撞我，你说这人安了什么心啊？”

饶辰脸上的笑容消失，露出沉吟的表情：“她没有你说的这么糟糕吧？”

“怎么会没有，八卦杂志上的头条，这一个月以来几乎都是她在独领风骚。”

“算了，我不想在这件事上发表任何意见，毕竟一千个人的心中就有一千个哈姆雷特。”

我轻蔑一笑：“自己的女人你当然护着她了。我问你，你怎么会到这里来？”

“我本来打算去控制室，结果半路听到你的叫声，就赶来看看。”

“你不是在大厅？”

“你记性怎么这么差，我刚才不是已经告诉了你，你在大厅里制造混乱的时候我就已经离开了！”饶辰气呼呼地扔下这句话之后，跳到床上，朝着床柜后的窗户走去。

“小贱包，快跟上。”

我愣愣地望着他：“去什么地方？”

“我带你去控制室，留在这个地方很危险。”

我皱着眉头，一脸的不愿意：“外面到处都是劫匪，说不准离开这儿一会儿又要被抽，我才不要跟着你到处跑。”

“这可是你说的啊，躺在地上的那个男人要是醒了再揍你，我可不管了。”

“……你怎么能这样呢？”

我扭过头，瞄了一眼还在昏迷中的猥琐男，想起刚才被揍的种种场面就觉得好憋屈，汗毛都竖起来了，可不敢独自一个人留在房间里。但是我的脚踝鼓着一个大筋包，很痛，根本就走不动。

饶辰撇过头来望着我，见我还在原地磨磨蹭蹭着有些不爽起来，语气也变得格外严厉：“你还愣在那儿干吗，快跟上啊！”

“我浑身上下痛得像快要散架了一样，脚也扭到了，肿得像发了酵的面团，走都走不动，你让我怎么走嘛，要走你自己走好了。”

我气咻咻地吐槽。

饶辰抿了抿唇，露出一副“你真是麻烦死了”的表情，从窗外翻了进来，在我面前蹲下身去，伸出白皙修长的手指将我脚上的高跟鞋脱下。

我为他的举动，着实吃了一惊：“你？”

“别动，”他握着我的脚，用刚才搁在床上的药膏给我擦拭着，“你这么大个人了，脑袋长来是干什么用的，明知脚伤得这么严重还乱蹦乱跳。别用这种眼神看着我，我刚才来的途中什么都看见了，你用这只脚踹那个男人。真是的，要是韧带没有恢复好，以后会经常扭到不说，说不准还会成为瘸子。”

“不会吧？你存心觉得我不够烦，想火上添油，骗我对不对？”

我被他的话吓得冷汗直飙。

饶辰一脸的严肃：“我干吗要骗你，我骗你又没有好处。”

我的脑袋就像被一把锤子狠狠地敲了一下，我哀怨地和他默默对视几秒后，就慢吞吞地在他的搀扶下，朝着窗户的方向走去，却又压不住自己的心智，在一阵胡思乱想之后，我忍不住问他：“话说，你对女人是不是都这样呢？难道你就不怕引起别人的误会，让对方以为你是喜欢她，甚至有交往的意思，而想跟你长久发展下去？”

饶辰笑了笑：“这就是她们的想法了，我不能够去阻止以及左右她们的心，对吧。再说，我对女人好，只是一种尊重女性的做法。如果这算是喜欢的话，那不是全世界的女人我都喜欢？”

他的回答，让我的情绪一瞬间波动起来。我垂着脑袋爬出窗外站在走廊上等着他时，又忍不住问他：“那你吻我是什么意思呢？”

饶辰翻出窗外的动作停顿了一下，脸上闪过一丝诡异的神色：“吻你需要理由吗？”

“说得也对啊，像你这种人，心宽广得就跟长城一样，可以同时喜欢许多人，但真正心疼的人，不见得会有吧？”我把双手交叉着抱在胸前。

“你这话是什么意思？”饶辰翻窗出来。

我清了清嗓子：“随口说说，你不高兴就当做没听见好了。”

饶辰挑了挑眉梢，脸上瞬间没了一丝表情，转身在我身前蹲下，冷冰冰地吩咐道：“你脚伤得重不宜多走路，快趴到我背上来，我背你去控制室。”

他这冷冷淡淡中却又不乏关切的语气，让我突然间觉得自己好像公主一样，便乖乖地趴在了他那宽厚又结实的背上。我把脸深深地埋在他的背脊里，用手抱着他的颈项，低声问他：“喂，你说那群劫匪是怎么上船的呢，莫名其妙地就来了，一点风吹草动都没有。还有啊，裸死在房中的那对男女，你说会不会也是他们杀的呢？”

“不太清楚。不过那群人八成是装成侍者蒙混到船上来的吧，这次的 Party 太过高调，不想引起有心人的注意都难。而且，像你这样的人都能浑水摸鱼登上船来，那群人当然不在话下。不过希望经过这次的教训，陈总那做什么事都十分高调的个性，能有所收敛点！”

“切，我怎么浑水摸鱼登船了，我可是有邀请函的，你也太小看我了。”我对他挑衅的话感到异常的不爽，忍不住伸手捶了他一拳，“哼，每次一遇上你这个人都会走厄运，上次也是，这次也是……”

“我遇上你才厄运不断……”

“你一个大男人还跟我争论这种事情，你害不害臊啊？”说着，我又捶了他一拳，“对了，为什么我们要去控制室呢？”

“你猜猜！”

“你妞在那儿等你？”

“你脑袋里面除了想这种事情，”饶辰的脸色瞬间黯淡了下来，“难道就不会想别的了吗？”

“那你说，”我气咻咻地伸手推了推他的肩膀，迫不及待地追问，“你带我去控制室做什么？”

“因为我打算将整艘船倒扣。”

“倒扣？”我脑中蹦出一串串问号，“你……你去控制室是打算将整个游艇翻过来？”

“对。现在那群劫匪控制了整艘游艇，我们能不能回港都是一个问题，所以时间拖得越久，估计死的人就会越多。虽然我用这种极端的手段来对付他们很冒险，但是我们或许还有一线生存的机会，你觉得呢？”

我脸上的表情随着他的话一下子被凝固住了，惊愕地张大了嘴巴：“你确定游艇上面的人都会游泳？”

“一半一半，但是总比什么都不做，等着去送死要强吧？”饶辰撇过头，露出一副将全部筹码都押上的表情。

“喂，你以为自己是杰克就算了，可是我不是露丝，也没有那么大的命啊！真是的，明明有更容易的方法来解决这件事，你却偏要绕弯子去翻船。你刚才在房间里面，不是很厉害的吗，一脚就把对方给干掉了。”

“我是人不是金刚，不过你告诉我，现在有什么好办法来解决，嗯？”

“呃……嘻嘻……”我被他的问题给考到了，随即一抹尴尬的笑从我嘴角溜过。

饶辰挑了挑眉梢:“怎么突然就不说话了?听你刚才的语气,你应该还有许多话要说才是!”

“你这个人怎么老是喜欢揪着我不放,找我的碴儿呢?我是在想,难道就没有别的办法了吗,要不我们把船开回港口去,说不准开回去警察就到了,到时候我们不就得救了?”

“开回港口的这段期间,如果发生了意外怎么办?甚至更有可能会死上许多人,你难道没有发现我们现在不是朝着回港的方向行驶吗?要是开回港口,起码也要两个多小时。”

“啊?不会吧?”

我惊讶地睁大了眼睛,撇过脑袋瞧了瞧舷窗外,这才发现他说的话是真的。

本来劫匪出现在大厅那会儿,我通过舷窗还能看见对岸的一些山石甚至灯塔,可是现在黑漆漆一片,什么都看不见了。我不禁沮丧起来:“好吧,你赢了。但是我们现在去控制室,会不会也有危险呢?你刚才都说我们已经离港越来越远了,那么换句话说,那些人的同伙很有可能也在控制室哦。”

“你怎么这么啰嗦,去了不就知道了,总比待在大厅等死要强,对吧?”

不可否认,他的话还是蛮有道理的,而且我发现他的眼中总是带着一种坚毅和执著,使我心中的那份恐惧也跟着消散得无影无踪。

待我随他踏入了控制室的大门后,却陡然瞧见七八个鼻青脸肿的男人,横七竖八地躺在地上,像晕厥了过去似的。

控制台前,正站着一位身形修长,穿着白色衬衫的男人,只见他背上积满了黏糊糊的汗迹,将衬衫都浸湿了。

对方以背相对,我跟饶辰根本就看不清他的长相,但是却能肯定躺在地上的这些人都是他干掉的,因为他身上明显带着打斗过的痕迹。

就在我暗暗猜疑对方到底是敌是友时,那人似是察觉到了什么,一声不吭地转过身来，手中拿着的手枪对准了我跟饶辰。我立马惶恐起来，待看清他的长相后，惶恐却被一抹惊喜给替代了，因为这个男人是那个钢琴师。

我忍不住出声嘟哝："咦！先生，怎么会是你，你是怎么从大厅里逃出来的呢？"

钢琴师愣了一下，像在严肃地思考着我的问题。

我的嘴便又张了："对了先生，你刚才拿枪的姿势真是帅呆了，你以前是不是当过兵？"

钢琴师皱了皱眉，带着一脸复杂的表情，把手枪收了回去放在控制台上，冷漠如刀的眼神也变得柔和起来："我怎么来的这儿并不重要，我倒是好奇，你们怎么会到这儿来？"

我偷偷地瞟了一眼他那如宝石般璀璨夺目的眼睛，喜滋滋地回答着："我们来——"

"我们来是想控制整艘游艇，"饶辰突然用十分不爽的语气打断了我的话，"那你呢，你来这儿的目的是什么？"

我挑了挑眉，不懂他抢我话干吗。

钢琴师面无表情地回避饶辰那道淡漠中闪烁着犀利光芒的视线，侧过头去望着前面像铺了一层碎金的海面轻描淡写地说着："我打算将整艘游艇翻过来倒扣在水面上。"

"咦，你怎么跟我们想的一样呢？先生，你好聪明耶。"我强行插入，并送上了自己崇拜的眼神，却不料惹来了饶辰的不满。

饶辰脸上露出一抹古怪的神情，恨恨地盯着我："怎么他一说出这个想法，你就笑嘻嘻地直夸聪明呢？"

我瞪圆了眼睛，都懒得鄙视直往外冒酸水的他了："你干吗这么幼稚，问出这种问题？"

"我幼稚？你怎么不说你刚才说出的话幼稚呢？"饶辰皱了皱眉，像机关枪一样"突突突"地直朝我发射着炮弹，"我当初跟你说将整艘游艇倒扣水面时，你还叽歪一番，他说出这种想法，你就送上了仰慕的眼神，你这是什么意思？你又不把我放在眼中了吗？”

“因为他比我们早一步到达这儿啊，说明他比你早一刻想到了这个办法！”我扔出这话之后，索性懒得再搭理饶辰，把目光投向钢琴师，问他，“啊，先生，差点忘了问你，你是怎么来到这儿的呢，难道也是因为我的关系，所以才在那时逃出来的吗？”

钢琴师嘘出一口气：“女士，我不懂你在说什么，不过我是刚才见那群人出现在屏幕时，突然觉得事情好像有点不对劲儿，就跑去二楼的玄关处想看看情况。结果没过一会儿就瞧见大门外走进一群持枪的人，发觉事态的严重才到这儿来的。”

“原来你在那个时候就发现事情不对劲了，先生，你的反应速度还真是出人意料呢！”我眼中充满了狐疑，忍不住转过头去瞄了一眼拧着眉头陷入沉思中的饶辰，他好似对钢琴师的话有所怀疑。

钢琴师腼腆地笑了笑：“我在没有找到这份工作之前，当过拳击手，所以纯粹是条件反射罢了。”

“噢，”我脸上闪过一丝惊讶，“那……那地面上躺着的人都是你打趴下的吗？”

钢琴师点了点头。

饶辰疑似从中发现了什么，强行插入：“如果说你是从那个时候就来了控制室，那么这么长的一段时间，你为什么还不将整艘游艇倒扣水面？”

钢琴师略微迟疑了一下，回答他：“我不会开船，所以面对这些控制键感到很苦恼，正在研究到底怎么操作。”

“是吗？”饶辰的眉头一下子皱了起来不说，他还丧心病狂地在皱眉的同时朝钢琴师送上了鄙视的眼神。

我不知道他为什么这般不待见钢琴师，并且钢琴师对饶辰的那个眼神好似也十分的敏感。他居然也用眼角的余光打量着饶辰，接着各种藐视饶辰的表情在他的脸上飘了飘，就不着痕迹地消失了。

我不禁“扑哧”一声笑了，打破两人之间的沉默：“你们在干吗，这个时候想要打架吗？表情糗糗的难看死了。”

我的话音一落，他俩脸上的表情顿时有些不太自然起来，随后流下三条黑线赶紧变换着神情。饶辰撇过脸去，以直视前方的姿态说："我会开游艇，你们去找找这里面有没有救生衣之内的东西。半个小时之内，我应该能将游艇翻过来，你们要做好心理准备。”

钢琴师微微一怔，对饶辰的话有点半信半疑，定定地似笑非笑地扔下一句："希望能如你所说的那样！”然后转身离开了。

我愣在一旁沉思着。

饶辰撇过头来，好似钢琴师的怀疑让他感到受辱了一样，眼神僵硬地投到了他的身上，定定地看了一分多钟才转过头来。我都不知道该用什么语言来形容他的反常，但更怕无辜遭殃及，赶紧行动起来去找救生衣。

可是，我翻遍了左侧立体式的柜子也没有发现救生衣，不禁抬眼瞄了一眼身侧的钢琴师。见他好似也没有找到一样，两手空空，我便向前跳了两步，结果一时没站稳，整个身子都失去平衡往后倒去，一只手就在那一瞬间撑住了我的腰。

“小心。”

钢琴师的声音在我耳边响起。

我心中一暖，侧过头冲他笑了笑："谢谢。”

“你的脚，好像有伤？”他眼中滑出一丝关切。

我长嘘一口气："先生，你才发现啊，我刚才在大厅的时候就扭到了。”

“我的观察力不是很灵敏，如果我早一点知道你受了伤，找救生衣的任务，我也不会让你来帮忙。不如，我先扶你去那边休息？”

我欣然接受，觉得他这人温柔得就像王子一样，正准备把手交给他，让他搀扶我去一旁的椅子上休息，控制台那边就莫名其妙地发出一阵阵"砰砰砰"的声响来。

我感到奇怪，忍不住将视线移过去一看，吃惊地发现，饶辰那厮也不知是中邪还是患了失心疯，眸中居然透出一股杀气，十分厌恶地用脚踹着控制台下的遮拦物，扯着嗓子酸溜溜地吐槽道："什么烂游艇！还XXX亲临造势，简直暴殄天物……极烂，极差……这么喜欢说话，干脆每天日日夜夜在一起说好了……"

听完他这话，再看他的举动，我犹如被人当头一棒惊醒了，忍不住嘟囔："你在发哪门子的火，就算游艇不好，也不能乱踹吧！万一踹破了，漏水怎么办？而且你后面那句话是什么意思？"

饶辰脸上的表情沉了下来，脸色如被虫蛀，用刀般锋利的小眼神瞥了我一眼："我怎么做是我的事，难道需要向你申请不成？你们还愣在那儿干什么，再拖延时间，估计事情会很麻烦。我需要个助手，那个谁，你过来帮我一下。"

我瞪圆了眼睛，完全搞不懂他这人怎么突然神经兮兮地发起火来，语气里的那个火药味儿，浓得都快让人窒息了。

再看一旁的钢琴师，疑似没有要过去帮饶辰的意思。也不知饶辰那厮会不会又用脚踹船，甚至从嘴里冒出一些莫名其妙的话语出来挖苦人，那可就有得受了，他那喷粪的功力啊，简直可以说是一流……真是小心眼！

我将垂在身侧的小手攥紧成了拳头，艰难又蹒跚地挪动着双脚。刚往前迈出一步，钢琴师却突然伸手一把抓住了我的胳膊，我不解地侧过头去望着他。

他抿了抿唇："你留在这儿吧。我看你的脚伤得很严重，若是再扭到，恐怕很难复原！"

"呃？"我有点疑惑，不清楚他刚才还一副死活不愿去帮忙的样子，这会儿怎么又改变主意了？

他眉头隐皱，似是将我的心思看穿，一脸严肃地补充了一句："他明显是想让我过去帮忙，你过去无济于事。"

我傻笑，饶辰的声音就从一旁幽幽地传来："这种事当然是让男人来做，她一个女人能做什么。呆头呆脑的，估计帮倒忙最拿手，你难道还想指望她？呵！"

这人吃尿激素长大的吧，怎么说别人的时候老爱把我卷进去打击一番呢？我拧着小眉头，哼哼着质问他："我怎么笨了？我聪明得很，我从小到大，大大小小的奖状都能铺满墙，而且每年都能拿奖学金。我怎么就笨了？你说啊？"

"你这人是不是还来劲儿了？"一抹难以捉摸的神色掠过饶辰的俊脸，他狠狠地瞪着我，眼中一片深沉，"你想找碴儿，吵架吗？"

"你？"我满头黑线滚滚而下，实在想不明白，世上怎么会有这样的人？一次又一次地不给我面子就算了，干吗每次都要选在钢琴师的面前吼我啊！

去他的，整个人就一刻薄的代名词！

我也懒得理他，气咻咻地前往一旁，坐在了凳子上，等待着计划中的结果到来。没过一会儿，事情进展得似乎太过顺利了一点，整艘游艇伴随着一阵呜呜声开始剧烈晃动起来，简直像要爆发一场大地震似的。

我心里顿时直发毛，我可不想像"那船，那人，那项链"里面一样，去演绎一段肝肠寸断的罗曼史。待真正要翻船的时候，我变得惊恐不安起来，也忽然意识到了一个十分严重的问题。

"话说，我现在想起来自己不会游泳，怎么办？怎么办呢？"我带着哭腔，嚷道。

"什么！"饶辰腾地一下转过身来，用气恼的眼神盯着我，"这种时候才想起自己不会游泳，你刚才不是说自己很聪明的吗！"

"……"我觉得自己好委屈哦。

饶辰手指僵硬地握紧成了拳头："真没见过你这么笨的女人，你敢再笨点吗？"

"……"我泪流满面。

饶辰狠狠地瞪了我一眼，提脚朝我走来。那一瞬间，整艘游艇都如脱缰的野马一样，顺着海中的浪潮起伏摇晃着，让人产生一种坐过山车似的感觉。身体里的所有器官都被搅动了起来，我心脏骤然一紧，目光之中流露出了惊恐之色。

“小贱包，快把手给我！”

突然，饶辰眼疾手快地伸手抓住控制台前的扶手，不让身子失去平衡，然后将空出来的另一只手朝着我伸来。我整张脸都皱了起来，下意识地蹙了蹙眉，频频发动着咆哮功来减轻心中的慌张。

可是，我却忘了咆哮会耗尽人的体力。

结果不出所料，我刚从半死不活的状态中加满 BUFF 时，那紧紧抓着柱子的双手，猛然间滑开了，接着整个身子无力地软了下去，“砰”的一声摔倒在地上，跪着滑行到了另一边去。

那姿势销魂威武极了，目睹这一切发生的饶辰，很不厚道地咧嘴笑了起来，嘲笑我：“哎哟，你真是太搞笑了，可怜苦逼的娃，你有够悲催的！”

这话说得真是人神共愤，可是我没心情去搭理他，要是换做平时我肯定会浑身充满愤怒的火焰扯着嗓子跟他对骂。

但是现在情况不同，我慌慌张张地伸手想要抓住前面的柱子来稳住身形，却不料一切都太晚了。

那随着风摇摆不定的游艇，顺势立了起来发出“咚”的一声。我整个人顺着船身的斜度飞出了窗外掉入了海水里，像条躺在砧板上做着垂死挣扎的鱼一样，恨不得身边能立马出现一块浮木或者一个救生圈。

并且我敏锐地意识到，掉入水中时被突然卷起的一股浪潮带离到了另一个地方，难道我就孤身一人了？

我顿时欲哭无泪，有种身陷沼泽等待死神来临的感觉。

身子也在这一刻瑟瑟发起抖来，我无助地挥动着双手双脚一阵乱抓乱蹬，拼命瞎晃着想要离开水面。一口海水进入我的口鼻，呛得我呼吸困难，脑中缺氧严重，感到一阵头晕目眩。

最后进入一片浑浑噩噩的状态里，意识也变得越来越模糊，最后陷入无边无尽的黑洞中昏睡不醒，身体也渐渐往海底沉去。

也不知过了过久，在鬼门关晃悠的我，忽然感到一缕缕气息硬生生地挤进了我那积满水的肺部，令我将里面的水给尽数吐了出来，进而能顺利地呼吸到空气。

可是我皱巴巴蜷缩成一团的心肝脾肺肾，却像被一双无形的手，不停地捶打搓揉似的，一阵一阵地抽痛着。

而且我的耳边能听到的声音，是一个接着一个朝着岸上涌来的浪花声，跟催命似的讨厌极了。

我头晕脑胀，神经异常衰弱，喉头呢喃出一阵阵呻吟声来："好难受……好痛……"

"小贱包……小贱包……"

谁，是谁在叫我？

"小贱包，小贱包？"

是谁？到底是谁在叫我？

我吃力地转动着眼珠，想要睁开眼看看不停呼唤着我的那个人，却感到眉心处有一道温温热热的温度，化作了一波暖流通过扩张的细胞进入了我的心中，使我从一场又一场的暴风骤雨中寻回了一丝清明。大脑意识的最深处发出求生的讯号，让我那僵硬如岩石的身体都感受到了那阵威力，从天地混沌成一片的世界里一下子清醒了过来。

我霍地睁开了眼睛，怔怔地凝望着面前盯着我的那个人，也不知是不是因为心境变了的关系，让我忽然发觉此时的饶辰，就像不苟言笑的天神宙斯一样。

他真的就像神一样，天地间的光芒都因为他的存在而大放光彩。

我冲他笑了笑，他却瞬间愣住了。

过了三十秒之后，他像受了严重的刺激，脸上涌现出一股难以言喻的恐惧表情来，一屁股坐在地上，惊恐地叫着："啊……啊……你……你……你你你……"

"……你这么激动干什么？是不是感到很惊讶，连自己都不敢相信我居然被你从鬼门关中救了回来？"

我发出虚弱的声音，用如雾般的小眼神怔怔地望着他。

他皱了皱眉头，脑袋就跟短路了似的，凶巴巴地厉声质问我："你刚才说什么，你不是在装神弄鬼地吓我吗？"

"什么啊？我的头好痛，你这么大声跟我说话，我会很容易精神衰弱的……"我软绵绵地从沙滩上坐了起来，懒得再去搭理他那神经兮兮的话语。

饶辰的表情变得格外僵硬起来，好像岩石一样："你到底怎么了，怎么忽然变得怪怪的？"

我一脸讪讪地咕哝："你才怪怪的吧！不过，谢谢你救了我哦。"

"我救了你？"饶辰摸摸下巴，好像连他自己都不确定一样。

我拧着小眉头，柔声回应："嗯。"

"……你没事吧，你知道我是谁吗？"他神情恍惚了一下，脸上的表情也和刚才完全不一样了，闪过一丝忧虑。

"你是饶辰啊！"我心里感到纳闷，怀疑他是不是傻了居然问出这么幼稚的问题来，忍不住用诧异的小眼神悄悄地瞥着他。

饶辰抿了抿唇，也不知到底在想些什么，脸上露出时而痴呆时而焦躁时而懊恼的表情，像极了《阴谋阳谋》的腹黑公公，让我顿时震惊了，不清楚他到底是怎么了。我忍不住用手去抽他的脑袋瓜子，想看看他会有什么反应。

哪知他一下子怒了，撇过头来瞪着我，抬起手想抽我似的。结果掌心快落在我脸上的那一刻，他却猛然收了回去握掌成拳打在了地上，愤愤地骂了一句："你想死了是不是？"

我眨了眨眼，感到委屈极了，赶紧用手拽住了他的胳膊，免得他抬拳来揍自己，立刻换了一种语气，可怜兮兮地嘟囔着："我也是怕你傻了啊，瞧你憋闷了半天都不说话。"

饶辰怔了怔，露出一副非常欠扁的表情警告我："不准这么色迷迷地看着我，小心我抽你。"

哎呦喂，他脑子进水了吧，刚才还觉得他是个王子，现在就变成恶魔了。

我一脸的鄙视。他目光立时一沉，眼神变得复杂起来："你黏着我做什么，你想用你那平板身材来勾引我吗？"

这二十一个字，顺带着那个问号，像富有神秘的力量，变成了一支支冰冷的箭，狠狠地刺入了我的耳中，奸污着我的耳膜。我无比惊讶地望着他："谁勾引你了，是你邪恶地在脑中幻想着我勾引你吧！"

"哎呀，说你两句你就不高兴了。居然还敢露出哈士奇的眼神，丧心病狂地看着我，是想把我吃了吗？"

他这人是想找碴儿，跟我吵架吗？

"看着你又怎么样，你不想让人看，就把脑袋取下来放包里好了，一辈子都不让人瞧见。"

"你——"

"你什么你！我告诉你，以前你跟我吵架，我吵不赢你，是因为我有素质，特意让着你，而且后来知道你是法莱圣雅的少爷，所以才没有跟你斤斤计较，你别以为我一直忍让就好欺负了一样。我警告你，你少招惹我，我现在把你弄死在这儿一点都不难。真的不难哦，反正整艘船都沉了，少了一两个人也很好解释。"我双手叉腰，一副掌控了他生死的模样。

饶辰顿时一脸的震惊，随后垂下眼眸，露出沉吟之色，大概过了三十秒的样子，他开口问我："你是怎么知道我是谁的？"

我踢了踢地面上的海沙，咧嘴一笑："爽妈告诉我的。"

"爽妈是谁？"

"我的一个朋友，他真实名字叫郑爽，不过入行之后就改名为爽歪歪了。"

他敏感地询问我对方的性别："那个爽歪歪是男人还是女人？"

"男人啊！"

"你男性朋友还真是多！"他气咻咻地扔下这句话，从沙滩上站起身，把双手揣在裤兜里就朝着前面走去，神情宛如天神宙斯要回归天庭一样。

我的思绪被他的话给惊了回来，搞不明白他怎么突然间就不理睬人了。

我闷闷不乐地把两手抱在胸前，摸了摸泛起鸡皮疙瘩的胳膊，看着他逐渐走远的背影，心中十分害怕一个人孤零零的，赶忙屁颠屁颠地移动着双脚朝着他离去的方向追去。

迎着海风，我忽然觉得胸前凉飕飕的，低眸一瞧，赫然发现自己身上的衣扣被人给解开了。我的神经就在那一瞬间变得敏锐起来，扯着嗓子，一边扣着衣服的扣子，一边火速冲上去朝着简直就是奇葩的饶辰嚷道："你这个混蛋居然趁我昏迷得人事不省时，想脱我的衣服，你的手怎么这么贱！真没想到你俊朗的外表下竟然隐藏着堪比禽兽变态般的人格！"

饶辰脸露诧异状，喉头冒出一句："什么？"

我一个爆栗甩在他的脑门上。

他一副茫然地伸手摸了摸脑袋，随后恶狠狠地瞪着我："真是烦人，最讨厌动不动就动手动脚的女人，你跑上来黏着我干什么？"

他这话像一把钢刀般硬生生刺入了我的心中，我小心肝一阵阵绞痛着，也不知自己为什么会这么在意他刚才这句话。我悄悄地把心绪藏了起来，咬牙切齿地回瞪着他，为表示自己是个很有素质的人，文绉绉地说着："请务必对此感到抱歉！不然让解开我身上扣子的人去死，不死不足以平民愤！"

饶辰挑了挑眉头，很挑衅地反问："就算是我解开的扣子，不为此感到抱歉又怎么样？"

我挺起了胸膛，定定地望着他："我现在非常的恨你。"

"恨着恨着就会爱上，你小心点，可不要爱上我。"饶辰脸色阴晴不定地吐槽道。

什么？我浑身猛地一震，被他这囧囧的话雷得陷入无语的状态里，睁大眼睛瞅着他。

他却黑着一张包公脸，伸手抓着我的胳膊，拖着我哼哼唧唧地就往前面走去。

我微微一怔："你拽着我干什么？"

"带你去等回城的船，不然愣在这儿做什么？"听他说要带我回城，不会扔我一人在这儿，我就安心了。一面跟着他的脚步，一面和他有一句没一句地聊着天，心绪突然漂浮了起来。

他突然问我："话说，我一直好奇，你为什么会叫林车车这么奇怪的名字，到底是谁给你取的？"

我撅着嘴，笑眯眯地说："当然是我家老头子啊！我家老头子说，希望我像车子一样，即使前面的路程再坎坷，但是只要我紧牙关就会畅行无阻到达终点。而他呢，就是途中的加油站会一路上给我打气加油。"

"可是飞机比车子跑得更快，为什么你不叫林飞机、林飞飞或者林机机呢？"

这人吃尿激素长大的吧，我对他露出轻蔑的笑意。真不知到底是什么给了他如此销魂的灵感，举个例子也能举成这样。

"你这个人一点常识都不懂，你难道不知道，跑得快更容易坠机，坠机之后就会连渣都不剩吗？再说，你饶家祖祖辈辈都是卖香水的，你们这么喜欢香水，你爸怎么不给你取名为饶香水，饶香香或者饶水水呢？"

"你是不是脑子进水了，居然学我说话！真是的，懒得跟你争论下去。"饶辰小声嘀咕，"上天扔给我一个脑子不好使的女人也就算了，要是在这种话题上再展开密集型的谈话那就真的是脑残了。对了，你有没有男朋友？"

"干吗突然问这个问题？"

"我好似每次看到你，都是一个人，你是不是没人追求？"

什么，他居然敢这么赤裸裸地说出这样的话来。我这么一个彪悍而又通透的女人，居然说没人追求我，他是想死了吗？算了，我极力忍住想要骂他的冲动，免得他一会儿把我扔在这儿，我到时候找谁哭去呢？

我默默不语地把小眼儿往四周一阵乱瞟来发散下自己的思维，免得老纠结这事，却赫然瞟见碧蓝色的海面上突然出现了一艘漂亮的豪华游艇，朝着这边漂游了过来。

我忍不住一阵激动："船来了！"

"什么？"

"我说船来啦，你观察力怎么这么差，你看海面上。"我兴奋地抓着他的胳膊，伸手朝游艇的方向指去，引导着他往那边看。

哪知他的目光刚一瞥过去，脸上就露出一种十分古怪的表情，像凝固住了一样。

并且，他那飘忽着的眼神中还夹杂了一些捉摸不定的情绪，让他浑身上下都透出一股冷漠的气息来。

我不知他为什么会变得这么奇怪，正想开口问他，那辆白色的游艇就在那一刻停靠在了岸边。从游艇上走下来一个陌生的男子，而他的身后，还跟着马媛利跟爽妈。

我不禁愣了一瞬，随后激动地朝着两人奔了过去，搂搂抱抱中展开了一番密集型的谈话才知道原来他们落难时，被那个名叫许立的身为饶家佣人的陌生男人所救，然后搭他的顺风船前来找我。

我顿时感动不已，哭得稀里哗啦正呜呜咽咽着，眼角的余光却瞟见那个叫许立的男人行往饶辰的身边，然后毕恭毕敬地弯下腰，也不知他具体跟饶辰说了些什么，只见饶辰点了点头，神情恍恍惚惚地朝着游艇上走去。

可是没走几步，他突然扭回头来望着我，拧着眉头："你打算留在这儿过夜吗？"我摇了摇头，赶紧屁颠屁颠地一溜小跑，在他之前上了游艇，跑到甲板上蹦跶着。

没过一会儿，华丽丽的游艇像接收到了使命，缓缓地漂荡在蔚蓝的海面上。

饶辰站在甲板上，呼吸着新鲜空气，伸了一个懒腰，望着广阔的海面。

我的肚子突然发出一阵强烈的抗议声，我从一旁蹦跶了过去很无耻地对他说："饶先生，我肚子好饿哦。"

饶辰瞬间陷入石化中，愣愣地瞥着我。

我见他不语，立刻送上一道"不要鄙视我话语跟存在"的眼神。饶辰这才缓了缓脸上的表情，对一旁的许立下达命令："许立，你去准备下。"

"是，少爷。"许立毕恭毕敬地应了一声，刚转身准备离去，又把脑袋转了回来，好像想起了什么一样，向饶辰补充了一句，"少爷，忘记告诉您，Be 女士正在里面等着你。"

Be?

那个女人也在这艘游艇上?

我拧眉沉思，饶辰脸上的表情却在那一瞬间，显得有点不太自然起来，随后朝着从控制室走来的一名老者扔下一句"沈伯，接待下三位客人"，就随后转身离开了。

我望着他的背影，心情瞬间跌到了十八层地狱中去。我们三人在沈伯的带领下，往休息室的方向行走着。

我一面走，一面想，Be 到底找饶辰去干什么，还在房中等他，两人之间到底暧昧到了第几层，我要不要从沈伯那儿打探下两人之间的八卦呢。但是转念一想，我觉得只有傻女人才会问那些问题，所以经过一系列的心理斗争之后，我在纠结中最后选择了放弃。

沈伯一路沉默着把我们三个人带到一间房里，留下一句"午餐准备好之后，我会派人来通知你们，我先失陪了"便忙他的事情去。

我坐在一旁的沙发上，脑中没有来由地冒出各种奇怪的想法来，譬如饶辰跟 Be 同在一间房中到底会做什么之类的。刺激得我神经一抽一抽地疼，最后实在是忍不住，索性撇下在房内看着电视节目的马媛利还有爽妈独自去一探究竟。

离开房间，我通过游艇上的一名佣人，得知饶辰的房间在什么地方，便立刻马不停蹄地朝着那个方向奔去。

眼见只差五六步的样子，却没有一点预兆地在转角处，忽然闪出一道如泰山般的身影，把我的去路给硬生生地挡住了。

我心中微微一惊，不知立在自己身前的沈伯是什么意思，冲他笑了笑后赶紧挪动身子往左边走去想绕开他。哪知沈伯就在那一刻风骚地走位起来，跟我跳起了芭蕾似的，在一二一、一二一、一二三四五六七的节拍中互不相让着。

我顿时郁闷极了，停下脚步，痛苦地笑着询问他："老伯，你这是做什么？"

他敷衍我："少爷有吩咐，说他很疲倦想休息，不想见任何人，特别是一个月流血七天不止还死不了的生物！"

那厮有说过这种话，我纳闷了："可是，我有急事找他啊。"

沈伯眯着眼，笑嘻嘻地摇了摇头。

别看他的笑容和善，指不准这人心里在阴暗地发着誓，做着绝对不让我靠近饶辰的觉悟吧？而且他那句什么一个月流血七天不止还死不了的生物，八成就是在说我！我感到气紧，默默不语地和他对视了一分多钟，见他好像真的不打算让我过去，我心中就忍不住犯起嘀咕来："你有张良计，我有过墙梯！想拦住我，有那么容易吗？"

我十分不痛快地转身离开，跑到外面的走廊上，一个舷窗接一个舷窗地挨着瞧，搜索着里面有没有饶辰的身影。没过一会儿，我终于在一扇舷窗内发现了他。只见他此时正站在房中央，也不知在干什么，薄薄的两瓣嘴唇一张一合着，好像在跟人说话。

并且他好像变了一个人，浑身上下都散发出一种令人不寒而栗的气息来，再加上他脸上的神情，是一种深沉和凌厉的结合，已经完全把以往他那副狂野不羁吊儿郎当的形象给彻彻底底颠覆了，让人丝毫找不出那些影子来。

难道这才是真正的饶辰？

我小小地震惊了一下，忍不住拧着眉头把脑袋往前凑了凑，想看看到底是谁在房间里面跟他说话，将他变成了这样一个中规中矩的人。因为我的潜意识里，觉得应该是一个很正派的人物出现在了饶辰的身边才会引导他走入正轨。

所以换句话说，要是房间里面的正派人物是 Be 的话，打死我也不会相信的！

可是我瞄过来瞄过去，除了看不见的地方，我的眼睛都像雷达一样寻了个遍，却没有发现其他人的存在。我不禁暗暗思考了一下，觉得这种事情不是自己应该关心的，就抛到脑后不再去想，抬起手臂敲了敲舷窗上的玻璃。

房内的饶辰立时惊觉，抬起头来用一种吃惊的表情望着我。

我对他挥了挥手示意他出来，但是又怕他不懂自己所要表达的意思，我就哈了口气在舷窗的玻璃上，用手指写着："你出来，我有话跟你说。"

饶辰稍稍愣了一下，随即嘴角扬起一抹笑意，嘴巴翕动着，我以为他要跟我说什么，正竖起耳朵聆听，Be 的身影却在那一瞬间出现在了我的眼前。

只见她脸上挂着一抹慵懒的笑容，从衣架上取下外套走到饶辰的身边，动作轻柔又熟练地把衣服穿在了他的身上。

也不知她是想用自己的温柔将饶辰留下呢，还是故意在我面前秀恩爱给我看，反正我整个神经都变得敏感起来。我腾地转过身去把双手交握着放在护栏上，望着碧波荡漾的海水。

也不知过了多久，我突然听见饶辰用一种饱含深意的声音呼喊着我："小——贱——包——"我转过头去，神色凝重地看着他。

他挑了挑眉，气咻咻地朝我靠近："你那是什么表情，你叫我出来，就是让我看你在这儿发神经吗？"

我皱了皱眉，耷拉着脑袋："你就站在那儿吧，别再靠过来，我们就这样说话。"

“你怎么了,饿晕了吗?算了,你说吧,你叫我出来有什么事?”

我抿了抿唇,在心中稍稍犹豫一下,才张嘴:“我问你啊,你刚才跟Be在房间做什么啊?对了还有一个事,就是你在公司是不是无论做什么事,比如说随便安排一个人去公司上班,都需要向董事长汇报呢?”

“你问这个做什么,我跟Be不过就是谈合同的事情。”饶辰蹙眉说,一丝复杂的神色从他的脸上掠过。

我撇嘴:“好奇呗。”

“这有什么好奇的?”饶辰似乎洞悉出了我那阴暗的心理,随即追加的一句,声音很哀怨,“不过你刚才问我公司的事,你是不是想让我安排你去法莱圣雅当CEO,让我把位子给你坐?”

“没有没有,”我赶紧挥手否认,像这么高级的董事长之下万员工之上的位置,我哪敢胜任?“人家只是没工作,没工作就要饿肚子,肚子饿就会死掉,所以想你给我一份适合我的工作而已!”

他很鄙视地看着我:“你存心是想用雷来雷我吧?”

“没有啊,我是认真的,你们法莱圣雅现在不是在招聘包装设计师吗?我可是学设计的,而且我很能吃苦,也很能忍辱负重。甚至可以不惜牺牲自己的各种休息时间来完成大量的工作,我真的能忍常人所不能忍!”说完这话,我觑着眼,偷偷地瞄了一眼饶辰,观察着他脸上的神情变化,瞧见他脸上就像刮起了一阵北极风一样,看似阴郁极了。

“哈,忍辱负重这种修饰语都用上了,你语文学得可真好!!”

“一般般。”

饶辰眯了眼:“你还好意思回答!其实,我发现你更擅长用幼稚带雷的话语来轰炸人的大脑,设计师的位置你不适合的。就拿设计香水外包装来说,没有几年的经验是很难在外观上就能抓住人的眼球的。而你呢,我真的很怀疑你的眼光,觉得你跟搞设计完全不沾边,更适合去干一份跟电有关的工作。”

“什么意思?”我心中闪过一丝疑惑。

“当然是随时发动动感光波啊!你看啊,我们在华瑞杂物房那会儿，你不是玩电玩得很嗨皮吗？”

你妹的，贱人！

我真想骂回去，但是想想还是算了，现在是非常时刻所以要非常对待，所以我依旧笑眯眯着：“饶先生，你考虑下吧！我不做总设计师，也可以做设计师的助理的！”

“是吗？”饶辰露出一副沉思的神情，隔了片刻，他眼中忽然一亮，疑似部署好了阴谋阳谋似的，“看你这么有诚意，那我就考虑下好了。明天早上九点你来找我，我就给你安排一份工作。”

“真的？”

“决不食言。”见他下了保证，我顿时开心得不得了，激动地摇晃着他的胳膊。突然感到好像有人在身后紧紧地盯着我，害我背脊都生出了一阵轻微的疼痛来。我神经质地转过身去往四周望了望，瞧见饶辰刚才所在的那间房的舷窗上，冒出了半个人头！

我略感奇怪，正犹豫着走过去看看，许立的身影就从通往大厅的玄关处走了过去，阻止了我。

他开口：“少爷，午餐准备好了。”

饶辰点了点头，撇过头望着我：“去餐厅吧。”

“你先去吧，我先回房叫马媛利跟爽妈，回头就来。”

“那好，我就先去餐厅等你，别磨蹭太久。”饶辰把话说完，就跟许立转身离开了。我抬头再次看向那个舷窗口，见那半个人头已经不在了，心想对方可能离开了吧。

我这才慢悠悠地往二楼走去。

第四章　他真是个谜一样的男子

我硬生生地吞了一口口水，望着眼前如山峰般挺拔的男人，有点不敢相信竟然会是那个忧郁帅气的钢琴师。只是，他突然翻窗闯入人家的小窝想干什么，是想发横财还是劫色啊？好像两样都不是吧。他身上还淌着血，貌似有伤。

结果，我兴高采烈地从甲板上走下来，一过玄关进入二楼休息区就碰上了Be。

只见她站在前面不远处，双手环胸，带着一股危险的气息瞪着我，双眼都冒着愤怒的火焰了。

我有点搞不清楚状况，自己那会儿在大厅里面差点被她害死，还没找她理论呢！她倒好，跑来先发制人，想吵架吗？不过，我肚子好饿，没有力气跟她吵架，也怕打不过她，就努力无视她那快瞪裂的眼睛，尽量贴着墙走不去招惹她，等回房找来马媛利跟爽妈之后再来收拾她。

可是Be不给我这个机会，在我与她擦肩而过时，她直接从喉头冒出一句极其嚣张的话语来，那个阴阳怪气的语调，直接触动了我的神经。

“你很得意嘛！”

我愕然地睁大了眼睛，不知道她到底要表达什么，正想发话询问，就遭到她的一阵抢白：“现在川城刮起了一阵傍富二代的风潮，好像不管是什么样的人，都喜欢跟着流行走。”

“什么，你到底要说什么？”我变了脸色，心情也随着她的话变得糟糕透了，“你直接拣主要的说吧，别拐弯抹角，听着怪怄人的。”

Be恶狠狠地瞪着我，态度出奇的强硬，像是她内心里面的某样东西要爆发了一样：“你这个不知道天高地厚的家伙，你很神气是不是？你勾搭上了饶辰，就在脸上露出这种神情，是想在我面前炫耀吗？”

哎哟，这人是吃撑了想找抽吗，不搭理她，她还真来劲儿了。

“你到底想说什么，我很忙，没有多余的时间在这儿听你发牢骚，我也不是你的影迷加歌迷，没必要忍让你。”

“你还真会装蒜。我问你，你靠近饶少到底是为了什么，是不是小说看多了，想嫁入豪门？你也不打量下自己，像你这种货色，满大街都是，他搭理你，你就真以为自己是公主了吗，嗯？”不等我回话，Be又继续发泄着心头的火气，鄙夷地朝我吐出一句，“饶少现在不在这儿，你也没必要装出一副娇弱、小可怜的样儿。你这种人我见得多了，你就老实说吧，你靠近他是为了什么？”

听完她这带着硝烟的讽刺话语，我终于明白过来她莫名其妙像个幽灵一样冒出来挑衅自己是什么意思了。

只是，她是不是太强悍霸道了一点呢，被她的那群BB粉整日追捧着就真把自己当Boss了？真是神经有病！

我不爽地挑了挑眉：“我说你这个人是不是有毛病，懒得搭理你。”

Be怒了，伸手拉住我：“我问你的话，你还没回答我。”

“只不过是饶少他给我一个发展的平台，我到这来混口饭吃而已，可以了吧！你快放开我！”

Be轻蔑一笑：“你是掉钱眼儿里了吧？”

我拧着眉头，挣扎着甩开了她的手：“你在说什么？”

Be提高了音量：“你少跟我装蒜，你不就是抱着把他勾搭上床，祈祷着能怀上他的孩子的想法，你真以为自己能咸鱼翻身吗？”

这人脑袋有问题吧，说出这么难听的话来，还硬逼着人去承认。

我对她的厌烦之情，犹如黄河泛滥一发不可收拾：“我警告你，你不要招惹我。昨晚在大厅，你把我推出人群害我险些丢了性命，这笔账我还没找你算！你最好识趣点，别以为自己是公众人物，是女人，我就不敢动手揍你。”

“你的老底我可是知道得清清楚楚，即使招惹你，你又能怎样？你以前是住在屋村的，我听人说那儿又脏又臭，全是给穷人住的。你以为你跟我斗，你斗得过我吗，我一只手就能盖住你，让你没有好日子过。”

Be 用手指勾起我衣服的一角，鄙弃地瞧了瞧，“这些东西，是小商铺买的吧？”

我被她露骨的鄙视眼神以及话语刺激得脑仁一抽一抽地疼，怒气再也无法克制住了，厉声道：“我说你还是维护下你的形象吧，说话怎么这么难听？我要靠近谁难道还需要向你申请吗，你管得是不是太多了，你以为自己是谁？”

“你这是什么语气，你这个想往上流社会挤的人，你是不是太欺负人了？”

“你……”也不知是不是我跟 Be 在走廊上争吵的声音过大，我的话语还没说完，一竿子人全涌了过来，其中包括爽妈跟马媛利，甚至连饶辰都来了，气氛一下子变得紧张起来。

饶辰站在二楼通往大厅的楼梯上，深邃的眼眸里隐隐地透出一种肃杀的气息来。

他锁着眉头，瞄了一眼因他的到来将神情全都隐藏起来的 Be 以后，就把目光凝定在我的脸上，我的心头霎时笼上一层不祥之感。

“发生了什么事？”

见他开口问我，我便在脑中组织了一下语言，从喉头刚冒出一个“她”字，Be 就强行插入把话给抢了过去：“也没什么，就是她想找我签名。可是，我有点不太想和她互动，所以语气上可能太过了一点，刺激到了她让她发火了。”

我瞪大了眼睛，简直不敢相信她的脸皮这么厚，竟然将事实掰弯把罪行推卸得一干二净，最后还反咬我一口！

我被气得头晕眼花，当场揭发她的罪行：“你怎么睁着眼睛说瞎话——”

Be 歹毒地用比我高十分贝的声音，赤裸裸地直接将我的话给盖了下去，用一副既严肃又具有威严的表情瞪着我：“请你克制一下你自己的情绪！”

“是谁该控制情绪……”

“够了，别说了。”突然，饶辰一阵高喊，用一副不想再听下去的不耐烦表情硬生生将我的话给打断了。

我感到诧异不已，胸口像被什么东西给堵住了似的，而且有些话不说出来憋在心头很不舒服。

“为什么别说，是不是因为他是你的女朋友，你就想将她犯的错一笔盖过，打算不分青红皂白地胡乱批判人？”我瞪大眼睛跟他理论着，马媛利跟爽妈也不知是不是中邪了，跑上来抓着我的胳膊。

饶辰如深潭的眼中燃起了一丝残忍的光芒，语气颇为严厉地回应我：“不要把你的想法强制性地搬到我的头上，劳烦你用点心听我的话，别再继续说下去了。”

我身体一僵如被电掠过，怔怔地凝望着他那冰冷的眼神以及紧紧抿成沉默线条的薄唇，心就在那一瞬间不受控制地抽痛了一下。我烦闷又焦躁地攥紧小拳头，带着委屈和愤怒的表情，转过身不打算再搭理这些蛮横无理的人，径直朝着房间的方向走去。

马媛利跟爽妈赶紧尾随而来时，我隐隐约约听到Be用一种喵咪般细软的声音说着：“干吗为了这种小事发这么大的火呢，其实没必要的，每天都会发生好几次这种事，所以很常见。你没必要，为了我跟别人大动肝火。”

“是常见的小事还是纯粹的挑衅呢？这种事情，我以后不想再看到。你应该很清楚，你是公司培养出来的香水之星，我这次当着别人的面维护你，不仅仅是给你面子还为了公司的形象，要是下次再出现这种事，我会考虑找人换了你。”这话是饶辰说的，连语气里都带着一丝威胁的意味。

“饶少……”

“我很烦，你先回房吧。等我想见你的时候，自然会联系你。”

接下来，由于我回了房，所以两人后来说了些什么，我可是一句也没听到了。

并且马媛利跟爽妈随我回到房间以后，都保持着沉默，不打算在这件事情上发表任何意见以及追问我事情的原由似的。

我躺在床上，揣着一颗憋闷的心，不停地翻来覆去着。可是不管是闭上眼睛还是睁开眼睛，脑中都会浮现出饶辰刚才那冷酷的样子来，我气急攻心。谁知，这时肚子竟也很不争气地咕咕咕直叫着，向我抗议："我要吃食物。"

我抽了抽鼻，用手抱着肚子，纵使心中万般挣扎万般犹豫，想要厚着脸皮跑出去吃大餐，可是我的自尊心却在这一刻比任何时候都来得更强，让我根本拉不下脸来。

可是，可是，真的好饿啊！

我已经饿得浑身乏力直咽口水了，实在是忍不住便从床上坐起身，趁马媛利跟爽妈不注意时，悄悄地移动双脚来到房门口。打开门探头探脑地往外瞧了一眼又一眼，期盼落空后才沮丧地关上房门又回到床上。

大概过了两分钟，门外突然响起一阵敲门声。我抢在马媛利和爽妈之前，黑发飞散一路奔放着冲了过去，刻意绷着一张脸，努力露出"我心情很平静"的表情，拉开房门嘟哝着："你来做什么，别以为向我道歉，我就会原谅你刚才给我难堪让我下不了台的事……"

"那个，女士……"

我微怔，听门外说话人的嗓音不对，这才撇过脸去瞄了瞄，一看不是饶辰，我整颗澎湃的心顿时失望到了极点："你是谁，走错房间了吧？"

"我是沈管家沈伯的秘书，许立。三位客人，少爷让我来请你们去大厅用餐。"

"为什么身为主人的他，不亲自前来呢？"

许立沉默。

见他不吭声，我就实在忍不住了，烦死他那死鱼一样的淡定范儿了，眉头一挑，正想再说两句，结果马媛利跟爽妈手拉着手像两条泥鳅似的从里面蹿了出来兴高采烈地说着："走走走，用餐去，用餐去！"

我眼神都僵直了，不理解这两人在这个节骨眼上是什么意思，存心想气我吗，明知这种情况下我怎么可能低下头出去，他俩还死命地得瑟。我见了就烦，索性猛地一下甩上了房门，却听爽妈在门外悄悄地询问马媛利："我们去还是不去啊，车车好像发火了。"

马媛利答："当然去了。别管她了，我猜她不出十分钟自己就会冒出来的，走走走。"

这话音一落，门外便再无一丝声响。

我垂下脑袋，忍着饥饿灰溜溜地回了床上，发散着思维吐槽道："这世界上除了性无能和爱无能的男人之外，还有一种男人，就是必须去死却老是死不下去的男人。哼！有什么了不起，才不稀罕你的东西。见异思迁，有异性没人性，亏我把你当成朋友，真是的。贱人啥样你啥样，你和贱人一个样……"

我话音刚一落下，一道气焰嚣张的声音，狠狠地从我身后砸来："看来你是真的不饿啊，还有力气骂人。有人说你胸口痛，我正纳闷你这三缺一的身材还胸口痛，你是蛋痛了吧？"

听完这话，我犹如当头一棒被吓了一跳，沸腾着的热血逐渐冷却，赶紧坐起身像个做错事的孩子一样，觑了一眼偷偷摸摸跑到房里来的饶辰。

"你怎么突然就跑来，想要在背后捅我刀子吗？"

"你这个该死的女人，你在背后骂过我几次，你给我诚实一点告诉我。"饶辰大步走了上来，扳起我的脑袋，让我直视着他的眼睛。

"我没有在背后骂你啊，你听错了吧，我怎么会骂你呢？我还担心着你会不会为了刚才我惹你女朋友不高兴，赶我下游艇，扔我到海里去喂鱼呢！"我望着他那双喷着愤怒火焰的眸子，小小地发泄了一下心里头的不爽。

饶辰瞪大了眼睛："你这是什么意思，你这种阴阳怪气的语调，是跟谁学的？"

"你什么时候变得这么蠢，竟然不知道我在说什么？"

“你存心想我揍你是不是？”

“呵！你跟那个 Be 还真是蛮登对的，一个动不动就想揍人，而另一个动不动就讽刺挖苦人。你们要是双双出动，法律都制裁不了你们了。”

“你！你哪根神经不对了，硬要找麻烦吵架心里才舒服吗？”饶辰拧着眉头，将嗓门提高了好几分贝道，“我说你这个小心机鬼，你还在为刚才的事耿耿于怀，你难道就不能胸怀宽广点，难怪你的胸会这么小。”

这话说得太打击人了，胸小跟胸怀有毛线关系啊！他的话直接引爆了导火线，我带着一脸被击中要害的表情，急匆匆地说着：“我胸小怎么了，你还不是整天想偷窥我的胸。哼！你胸怀大，大得你波波跟两颗小珍珠一样！哼……突然冒出一个人，讽刺打击你，你会一点都不介意吗，你不暴跳如雷才怪！”

“你！”饶辰拧紧了眉头，用冷飕飕的目光盯着我。

我不甘示弱地挺起胸膛，睁着眼睛也回瞪着他。

饶辰狠狠地咬了一下嘴唇，腾地转过身去不再看我，从喉头冒出一句没头没脑的话来：“我怎么会遇上你这种蛮不讲理的人，脑袋里面到底装了些什么……真是脏死了……弄得我满手是沙……许立跟沈管家是怎么做事的，没有给你送来衣服更换吗？”

我莫名其妙。

“真是该死……什么事都要让我来……”饶辰嘴里嘀嘀咕咕说着，也不知道他那话是在跟谁说，好像也不是特意要跟谁说，纯粹就是为了发发牢骚似的。只见他移动双脚走到衣柜前，伸手拉开柜子也不知在里面翻找着什么，接着就扔出一大堆乱七八糟的东西来。我正准备上前询问他在找什么，他就转过身来，将握在手中的东西扔到了我的腿上：“拿去换上，然后跟我出去用餐，现在距离回城还有两个多小时，你熬得下去吗？”

我微微一怔：“你在关心我？”

“随便你怎么想，”饶辰脸上泛起了一层很不自然的红晕来，“我都不想解释。还有，我警告你，不准再色迷迷地看着我，不然小心我抽你。”

我扬了扬眉，鄙视地瞟了他一眼，笑眯眯地伸手拿起裙子抖开瞧了瞧。闻到上面传来一股淡淡的香水味时，我的心情又低落了：“这是其他女人留在你游艇上的吗？”

“你问这个干什么，还不赶快去换上！”

我把裙子随手一扔：“我才不要捡其他女人不要的东西。”

饶辰怒了，彪悍地朝我咆哮道：“你个蠢蛋，这是为客人准备的！”

“你这么凶干吗，我也只不过说说而已。”我嗫嚅着，见他脸上的表情糗糗的，也不敢再招惹他，拿着裙子赶紧往洗手间走去。

门外的饶辰，也不知在嘀咕什么。隐隐约约间听见他好像在说很担心我，我手中的动作便停顿了一下，随后拉开房门从里面走了出来望着他。

“喂，你刚才在外面嘀咕什么，我在里面听得不是很清楚。”

饶辰没有回话，缓慢地抬起头来，目光落在我身上的那一瞬间，他眼睛居然亮了一下，陷入痴呆中。

我弯下腰，用手在他眼前晃了晃：“你怎么了，怎么突然不说话了？”

“你好漂亮。”

“……嗯？”我心中一怔，心潮有些不平静，却也不敢确定他是不是真的在夸我漂亮。为了不混淆了视听，毕竟自己很少被人夸漂亮，我忍不住询问他：“你刚才说什么？”

“你明明听见了，还装！”

“可是我听得也不是很清楚，要不你再重复一遍？”

“好啊，这可是你要求的？”饶辰邪邪一笑，随即伸手一把抓住我的胳膊，将我往回一拉。我重心顿失，不受控制地朝他扑去，这个该死的男人就抓准了时机，将两瓣薄薄的嘴唇轻柔地覆盖在了我的双唇上，用力地吻着我。

我被他这个突如其来的举动吓了一跳，眼睛都快瞪裂了，愕然地看着他那完美的脸庞，发现他居然把带着一股香草味的舌头钻进了我的嘴巴里。

讨厌！我慌慌张张地伸手一把推开他，拼命地擦着嘴唇："你嘴巴好臭哦，满嘴的烟味儿，最讨厌抽烟的男人了。"

"你……我都没嫌弃你像条死鱼一样，只会睁着眼睛乱瞟，你还先发制人了！吻技这么烂，以后你求我吻你，我都不会再吻你。"饶辰露出一副受辱的表情，气呼呼地哀号着。

"谁想你吻我了？"我露出一副"你欠扁"的表情瞪着他，发现他眼底闪过一丝黯然的神情。

饶辰好似见不得我这么赤裸裸地一直盯着他看一样，立刻敛了眼中的失落，凶巴巴地问我："你看什么看，不打算出去用餐了吗。你要是不去，我可要走了。"

凶什么凶，真是的！我撇了撇嘴，没有吱声，默默地跟在他的身后来到了餐厅。里面的人就跟中了魔法一样，全转过头来以一种静止的姿态，凝视着我跟他。

我特地稍稍留意了 Be 一眼，发现她脸上的神情很是古怪，让人难以揣摩，有点像在认真思考着什么，又有点不像，恍恍惚惚的总之让人难以搞清楚。

我也懒得去研究，坐在马媛利的身边，看着满桌子的菜，心情顿时大好："呵，午餐好丰富哦，还有这么多甜点啊！"

饶辰淡淡一笑，一副春心荡漾状："那你喜欢吗？"

我含着笑意，伸手从如水晶般透明的盘子里拿了一片生菜在手心里摊开，然后夹了两块牛肉以及一些配菜放在里面，包好递给他："很喜欢，这个是给你的。"

饶辰脸露小鹿迷乱状，略显惊讶道："给我？"

"当然，像这种美味，第一口一般都会给请客吃饭的主人！"我见风使舵，拍了拍他的马屁，为明天新的开始打好根基。

饶辰露出一副意味深长的表情，笑嘻嘻地伸手接过。一旁的马媛利就跟精神不正常了一样，强势插入，矫情地跟我说："车车，我也要吃生菜包肉。"

我没好气地赏她一句："你自己没长手吗？"

马媛利嘴角抽搐了一下，眼睛逐渐睁大，陷入悲戚戚要死不活的状态中。沈伯从一旁走了上来，俯身在饶辰耳边小声嘀咕了几句。我也不知他具体跟饶辰说了些什么，只见饶辰脸上立刻出现了一种失落的表情，连眼中都闪过一丝隐隐的不舍。

"我们已经回到了珠港。"

"……"我微微一怔，他接着又说："忽然发现跟你们在一起，时间过得特别快，好像两个小时只是一眨眼的事一样，真的太奇妙了。小贱包，把你的手给我。"

我沉默，对他给我取的这个绰号已经完全适应了，直接把手朝他伸了过去。

他握着我的手，从许立的西服口袋里抽出一支笔，在我的手心里写下了一串数字："这是我的电话号码。你记住了，明早打电话给我。"

我看着手心里的数字，浑身的血液莫名地一下子全涌到了头顶。

他把笔放在桌上，一面朝着门外走去，一面笑着问我："你住在什么地方，下船后我开车送你回去。"

"不用了。"我跟在他的身后，不假思索地一口回绝。

饶辰纳闷地问我："为什么？"

"呃？"我哪敢让他送自己回家啊，在外租的小窝哪是他这种少爷能去的呢。况且 Be 在二楼走廊上所说那些话，已经给我心灵上留下了很深很深的阴影，让我除了自卑之外还是自卑。

于是，我编造了一个理由敷衍他："我打算跟利利还有爽妈逛会街再回去，我明天出来之后给你打电话。"

"那好，你路上小心，我先回公司。"饶辰一面笑着说，一面转身下了楼梯。可是没走几步，他好像想起了什么，扭过头来补充了一句："对了，回去之后给我打个电话。"

我点了点脑袋，呆呆地望着他的背影，心想他现在去公司说不准是给自己安排岗位做疏通工作吧。我兴奋地拉着马媛利跟爽妈匆匆地下了游艇，打算找个地方庆祝一下！

哪知却碰上了几名警察，他们立在港口的石阶上，露出一副等候多时的表情，把我们三个人全请去警局做了一份关于陈总以及劫匪事件的口供，才让我们离开。

回到家时，已是晚上七点半。

我累得已经没什么心情来做饭了，打算去浴室泡个澡，等睡醒了再说。

这么决定之后，我便来到浴室，在浴缸里面放了满满一缸水，脱掉衣服钻到水中，跟老头子打了一通电话聊了聊最近的情况，典型的报喜不报忧。

老头子没说什么，叮嘱我照顾好自己就将我跟他之间的谈话早早结束了。

我随手放下电话，贴上一张面膜，瘫软在浴缸内，陷入昏昏沉沉似睡非睡似醒非醒的境界中，好像跟做梦一样。

也不知过了多久，我耳边突然没有来由地听到一阵急促的脚步声，我猛然惊醒。

我把脑袋转向浴室外神经质地喊了一声："什么人在外面啊？"外面没有一点回应。

我正纳闷刚才是不是自己昏昏沉沉间出现了幻觉，充满黏糊糊湿气又安静的浴室内，倏地响起了一阵很奇怪的声响。随即，浴室的玻璃窗竟然猛烈地颤动了起来，像有谁要闯入一样。

我一阵愕然，条件反射地伸手扯下脸上的面膜，从浴缸里站起身，笨拙地趴在台阶上想往外瞧瞧是不是起风了，窗户没关牢固才会被吹得颤动的。哪知就在那一瞬间，窗户上很突兀地出现了一只手，吓得我心脏怦怦怦跳动起来。我还来不及做出思考，窗户就被那只手给拉开了。

紧接着，一道盛气凌人的身影从外面翻窗蹿了进来，发出摩擦地板的叽叽声。来人带着一股危险的气息和浓浓的腥味儿，挺立在我前面不远处的洗衣机旁。

我猛然一惊，一屁股跌坐在了浴缸里，激起一阵水声，引起了入侵者的高度重视。他立刻侧过身来想要对我行凶，待看清双方面貌后，我俩都像被人当头敲了一棒似的愣住了。

我硬生生地吞了一口口水，望着眼前如山峰般挺拔的男人，有点不敢相信竟然是那个忧郁帅气的钢琴师。只是，他突然翻窗闯入人家的小窝想干什么，是想发横财还是劫色啊？好像两样都不是吧。他身上还淌着血，貌似有伤。

我拧着眉头，陷入了沉思中。

钢琴师抿了抿唇，干咳了两声来打破这股沉默，接着用一种低沉而又轻缓的声音来安抚我："我不会伤害你，我想在这儿待一会儿，然后就走。"

我都不知道该怎么回答他这话，真希望这个时候能出现万能的马赛克。

我尴尬地皱了皱眉，伸手指着放在洗衣机上的一块白色浴巾："你能给我拿一下浴巾吗？"

钢琴师没有回话，抓起上面的浴巾朝着我递了过来。我赶紧伸手接过，用浴巾裹好身子就匆匆离开，回到卧室换上衣服，这才又走了回来。瞧见他还杵在那儿，一直注意力高度集中地望着窗外。我不禁好奇他到底在看什么，便来到他的身边，踮起双脚往外瞧了瞧，可是由于自身条件不足的关系，我除了看到几片树叶在风中轻轻地抖动了几下外，什么都没有看见。

我忍不住出声询问他："你到底在看什么？"

他垂下眼眸，将目光凝定在了我的身上，和我默默对视了十几秒后，他把眼睛移开，随口说了一句："没什么。"

我一脸的狐疑，也不知是不是因为他长得不像坏人，再加上昨夜又跟他聊过天的关系，我对他完全没有一丝戒心，只是心中有两个小小的疑问："你是不是惹了什么麻烦？还有，你突然闯入别人的家里，到底想干什么？"

钢琴师轻轻地皱了一下眉头："我只是想找个地方避一避。出门时，遇上几个找麻烦的人被他们一路追赶，也不知怎么就来到了这儿。看到有间房子的窗户没有关牢，所以就进来了。"

听完他的解释，我便明白他突然翻窗进来的目的是什么了，本来刚才呆坐在浴缸中就想问的，只怪我当时太紧张了。

可是，这一切是不是又太凑巧了呢？

他被人追着追着就跑到了这儿来，然后还进了我的小窝，正巧我正在洗澡，再然后一个不小心就被他给瞧了个精光？

我沉默地垂下脑袋，脸跟诈尸一样，一会儿变得煞白，一会儿又变得绯红，实在是思考很无力，审判力也很无力……

我只能以幽默的心态来对待这件事情，正想跟他说两句话来缓解室内尴尬的气氛，却忽然意识到他身上的伤口还在淌着血。我便伸手摸了摸他，想查看下他身上伤口的深浅。哪知，我指尖刚一触摸到他那强健的肌肉，他就猛地撇过头来，眼神冰冷，像要把我给吃了一样。

我胆怯地把手缩了回来，慌忙解释："我见你的伤口还在流血，想看看你的伤而已，你用不着这么紧张吧。我记得家里好像有止血药，你跟我过来我给你包扎一下。"

"你不害怕我吗？"

我正朝着卧室走去，听见他这样问，我摇了摇头："不害怕，我跟你也不算是陌生人吧，我们昨晚在游艇上还聊了很久呢。只是，你一直没有告诉我，你叫什么名字。"我转过身，"我叫林车车，你呢？"

"明哲，欧阳明哲。"他一面说，一面转过目光打量着我的小屋。

我挑眉，蹲下身在电视柜的抽屉里翻找着药箱："原来你的姓是复姓，欧阳明哲。”

“嗯。”

“复姓的人很少吧。啊，你的眼睛真的好漂亮，你应该是个混血儿吧，可是你的样子看起来又跟那些混血儿不太一样。”

明哲坐在身侧的沙发上，好像不太愿意回答我这个问题似的，随口问了我一句：“你平时都一个人住吗？”

我笑着回应：“当然，难道你还跟你父母住在一起吗，或者你跟你女朋友一起住？”

明哲微微地皱了一下眉头，然后就陷入了沉默中，似乎他这个人有把别人的问题无视掉的习惯。

这让我不禁更好奇他到底是怎样的一个人。此刻，他那双幽蓝色的眸子像被覆盖上了一层水雾似的，静谧地凝视着窗外，脸上透出一丝浓浓的忧伤之色，他像完全陷入了自己的世界里。

我就觉得这个男人应该是一个有故事的人，因为我记得有人曾对我说过，有故事的男人是最吸引人的，不然他浑身上下怎么会充满着诱惑的气息呢？

我情不自禁地笑了起来，起身提着药箱前往他身边，把药箱放在身侧的小凳子上，从里面拿出棉签沾上消毒水后，侧过身望着他：“把衣服弄上去，我先给你消毒。”

我话音一落，明哲脸上的表情突然起了一丝变化，显露出他的心境在此刻好像很复杂一样。但是他也没拒绝我的要求，动作缓慢地将衬衣往上拉了拉，腰间一道长长的伤口就展露在了我眼前。

我吃惊地看着那道伤口：“话说，你这是刀伤吧？”

明哲没有回话，似乎也不打算开口说话告诉我这道伤口的秘密。我自觉地闭了嘴，弯下腰坐在他的身边，用棉签轻轻地擦洗着他伤口四周已经凝固成血块的血渍。

“会不会很痛？要是你伤口很痛，你就告诉我。”

“不是很痛，只不过我感到好奇，你对任何人都没有一点戒心吗？”

我愣了一下，没有立刻明白他刚才那番话到底是什么意思，过了片刻才回答他："也并不是对任何人都没有戒心。"

"那你为什么要救我，你就不怕把自己卷入其他人的圈子里？"

"你的圈子有多复杂？你看你人长得又帅气，连嗓音也好听，眼睛更迷人，所以遭人嫉妒是很正常的吧。而我呢，没有一点遭人嫉妒的地方，所以我不怕。再说我刚才不是说了吗，我们不是陌生人啊！"

不等他回话，我又补充了一句："况且，你跟我即使是陌生人，我不救你，其他人也会救你的。虽然我看到的世界很悲观，但是人有选择乐观的权利，对吧？"

明哲脸上掠过一丝淡淡的笑意。

我也跟着笑了起来："对了，你平时都在什么地方给人弹琴呢？我以前听人说过，你们这种工作会赶场，一家酒店弹完后，就去另一家。"

明哲点了点头，嘴唇微启好像有话要说，门铃却在那一刻很不是时候地响了起来，并且那声音非常的刺耳烦人。

我拧起眉头，也不知这个时候会是谁过来打扰我，略略沉思了一下对明哲说："你等我一下，估计是物业大爷来收管理费吧。"

明哲没有回话，用眼神回复了我的话。我便像弹簧一样从沙发上走了下去，来到房门口用力地拉开大门，几个面露凶光的陌生男人立时出现在了我的眼前。

我顿时愣住。

对方问我："女士，我们是警察，你不用慌张。我们刚才在捉拿一个杀人犯，不小心让他逃掉了。当时，我们其中的一个工作人员，见他翻窗进了你的屋子，所以冒昧地问一句，你一直都在家吗？"

我心中一抖，目测这些人有点不太像警察，并且其中一个自称是警察的男人，那腰间从衣服缝隙里透出明晃晃的东西好像是刀，好恐怖哦。我一阵心慌，结结巴巴地说着："没有吧，我一直都在家里，并没有发现有什么人闯入。"

对方说："女士，为了你的完全起见，我们想进屋搜查。"

这话让我犹如被雷劈，正想拒绝，可是他们几个人已强悍地破门而入，完全无视掉我的存在。我的内心顿时如排山倒海，我慌慌张张地撇过头去，望着明哲刚才所停留的地方，发现那儿已经没了他的踪影。但是卧室的房门却紧闭着，我由此可以断定他应该躲在我的卧室里面吧。

我稍稍松了一口气，在原地呆愣了几秒，见那群自称警察展开着搜索的流氓，在一无所获后，都把目光齐刷刷地转向了我的卧室。我心中猛然一惊，身子腾地一下闪了过去将路堵住，用比平时高十分贝的声音说着："你们有发现那个杀人犯的踪影吗？警察爱民，也不能随便进入居民住宅窥视别人的隐私吧，我一直都没有见着你们的搜查令！"

对方缓了缓脸色："不好意思，谢谢你刚才的配合。如果你发现可疑的人，希望你能立刻通知我们，这是我们的电话号码。"

对方递来一张卡片，我默默不语地点头接过。目送那群人离开后，便匆匆跑上去关上大门反锁着。随后，我压低声音朝卧室的方向喊道："明哲你出来吧，那群人走了。"可是屋内静悄悄的，好像从来就没人来过一样，更没见明哲从里面走出来。

我忍不住在心中冒起奇怪的想法，大步走了过去推开房门，房间里已没了他的身影。而前方靠近街道的窗户，此时正微微地敞开着，窗纱被一缕清风吹得在半空中轻轻地扬了起来。

我便由此断定，他应该是在进入我的卧室后，从窗户这儿离开的吧。他这个人还真像个谜，来也匆匆去也匆匆，甚至连句话都不曾留下。

我在心中吐出一口沮丧气，躺在床上纠结着刚才那群人到底是些什么人，毕竟警察怎么可能会做出给我留下电话号码的异常之举呢，眼角的余光突然就瞥见了一个U盘静静地躺在窗台下。

这东西应该是明哲不小心落下的吧？

我歪着脑袋想了想，觉得今天真是不可思议的一天。明哲到底得罪了谁，会受那么重的伤不说，对方还找上门来，想要干掉他。难道他是勾搭上了谁的老婆，所以遭到追杀？

呃……

算了算了，不纠结了，反正又不关我的事，我拉上被子便蒙头大睡。

第二天，由于我心里装着去法莱圣雅报到这事，第一次打破了不到七点不起床的记录。一切准备就绪后，我便匆匆忙忙赶去了法莱圣雅找饶辰，可是接待小姐告诉我，他一般下午才会来公司。

我唯有遁到一旁的电话超市拨通了他的号码。

电话接通后，我清了清嗓子喊他："老板。"

可是电话里的那位，很不耐烦地询问我："你哪位？"

我喜滋滋着："我啊！"

"你谁啊？我说你吃错药了吧，你到底是谁，我可没时间搭理你，你要是不说我就挂了。"

这是什么态度？我吐血吐内脏地眯了眯眼："我是林车车，你昨天不是让我九点来见你吗，我现在在法莱圣雅的大门外，你快点赶来吧。"

"哎呀，你脑袋进水了吧，你打电话给我不知道先报出自己的名字，还一个劲儿我我我的，谁知道你是谁？"

我肠子都快怄断了："……我以为你会记得。"

"我整天几百个电话，鬼才知道你什么时候会打来。还有，你去公司做什么？"

"你不是让我九点准时来见你吗？"

"我……"饶辰在电话的另一头好像感到挺无语似的，"好，你现在就在公司门外等着，我派人去接你，不准到处乱跑，听到了没有？回答我。"

"哦。"我挂了电话，心情很不爽地跑到法莱圣雅的大门外等待着他的到来。

大概二十分钟之后，一辆跑车像道白光似的，从街道的另一头"嗖"的一声开了过来停靠在了我的身前。

我还来不及走上前，许立就从车内走了下来对我说：“女士请上车，少爷正在家里等着你。”

家里？我心中一怔，被搞得一头雾水，不明白走走过场的面试为什么要去他家里。但是在许立面无表情的注视下，我也不好意思多问，默默无语地上了车，随他朝着饶宅的方向行去。待到了饶宅，我才发现事情跟我昨天预想的完全不一样！

花了足足半个小时，我才领悟到饶辰所答应安排给我的事，跟设计师、设计师助理，甚至连打杂这样的工作都沾不上边啊！

特别是他睡袍加身，往沙发上这么一坐！

哦，上帝！

绝不是任何人都可以担当起“装逼”这个词的！

我为此纳闷极了，感到人生都因为他这诡异的行为而彻底灰暗了。我皱着一张小囧脸站在摆着一脸严肃状的饶辰面前，咬牙切齿地望着他：“我说，你这是什么意思，面试需要在家里吗，你还穿着睡衣接待我？”

“谁告诉你面试不可以在家里了，而且我有那个必要搞得那么隆重吗？”

“……”他这话是在暗示我，我是一个小人物？

饶辰变换了一下姿势，见我不吱声，又一脸正经地说着：“你脸上那是什么表情？我昨天可是记得你说过自己很能吃苦，但是我却从你的个人资料中发现你并不是一个什么苦都能吃的人，也发现你没有任何出众的能力，所以我想来想去决定先考察你一段时间，再安排你去公司上班。每天八个小时的工作，你只需要负责我的吃住行就行了，很轻松的哦。”

我瞬间感到心情非常的飘忽，梗着脖子跟个要英勇就义的革命烈士一样，定定地看着他：“你是没睡醒呢，还是存心想玩我？”

饶辰俊美的脸上浮起了一抹淡淡的笑意，用一种类似瞪人的眼神瞅着我：“你要是不愿意，现在就可以离开。不过机会我只给你这一次，公司现在在裁员，你说身为CEO的我安排一个连自己都不清楚对方特长到底是什么的人进去，我下面的人会怎么想？”

我拧眉，露出一副不太相信他这话的表情。觉得他今天十分的奇怪，这过于严谨的气氛害我小心脏都在颤抖了。

突然，他斜眼瞄了瞄我，嘴角逸出了一缕笑意，起身行往落地窗前。看着花园里面的景色，他颇为认真地说：“别用那种眼神看着我，我的这个做法已经是为了你才破了先例，你要是觉得我在玩你，我也无话可说。”

“……”我默默不语。

他继续说：“不过，你要是认可我的这个提议，就让我观察你三个月的时间，逐步了解到你的能力之后，我会考虑安排你去法莱圣雅，或者其他公司给一个适合你的岗位，让你继续学习。而且这三个月期间，我会将公司给设计师的任务，也同样给你一份。也就是说，过了这三个月，你要是连一份作品都无法让我感到满意，你就别盘算着去我公司当设计师的事了。”

我有点费解，总觉得他这番话说得好像有两层意思似的，我初步了解为，他想要暗中栽培我。毕竟我一没作品，二没经验，三没硬学历，所以他怕安排我进去之后做错事会丢了他的面子，才想要私下里让我大量吸收这方面的知识，巩固一下。

可是……

我的大脑就跟受到周围磁场的影响，主板暂时中断正在维修中，也不敢确定自己心中所想的这个想法，是不是就是他所要暗示的意思。于是乎，我犹豫纠结了许久才咬了咬牙，点头答应了下来，询问他：“是不是真的就只有三个月的观察时间？不过，一个人付出之后总要有报酬吧，这三个月里我要像保姆一样照顾你，你会不会支付我薪水呢？”

饶辰侧过身来，伸手弹了我脑门一下：“我有欺骗过你吗，欺骗你我又能得到什么好处？你真是笨得可以。薪水方面嘛，市面上给多少，我给你双倍。”

双倍?那不就是五位数,上万了吗?这待遇比在小公司打杂可要划算,说不准眼睛一眨一闭之间,考察就结束了呢。我的灵魂在空中无力地飘着,觉得有钱人出手还真是大方。

“话说,这个受法律认可吗?你可不要骗我,我已经相信了你的话,你也不能食言哦?”我十分专注地注视着他脸上的神情,想察探他刚才那句话是不是在开玩笑。发现他并没有撒谎,我不禁一阵激动,急匆匆地想先了解下这栋别墅的环境,然后开始做事表现自己。

哪知,饶辰伸手一把抓住了我的手,迎面朝我扔来一本全是英文说明的书。从封面上斗大的几个字母中,我可以准确无误地翻译出是法莱圣雅公司的体系以及一些介绍,但是下面的一行小字母我就完全不懂了。

饶辰斜眼瞄着我:“你这么开心干吗,薪水可不是这么好领的,今天之内看懂第一篇文章的内容,再来向我汇报你到底从里面读懂了什么。”

“……”我蹙了蹙眉,一脸的难色,“我不太懂英文,怎么看啊?”

“要是不懂,你进法莱圣雅的概率就只有百分之二十。饶氏的总公司可在巴黎,我们卖的不仅仅是香水,还有外观,所以每季要推出新品时,子公司的设计师和经理都会前往巴黎参加新品概念会。你说你这样一个人,就算我安排你去了公司真的成为了设计师,这个位子你能坐稳吗?”

我无语凝噎,被他这句话打击得泪流满面,立刻低眉顺眼道:“我会在晚上看懂第一篇到底在讲述什么,我会去学好英文的。”

饶辰满意地点了点头,在我准备去沙发上研究书中的内容时,他又开口叫住了我,没头没脑地朝我抛来一句:“小贱包,我忽然想起,你不是很讨厌身上有烟味的男人吗?”

我面露莫名状:“……你突然说这个干吗?”

“我是想告诉你,我从昨天起戒了八个小时的烟。”饶辰一整脸上的表情，露出了一抹魅惑狷狂的风中凌乱笑。

“骗人吧？”我心中瘆得慌，搞不懂他怎么一下子又变得不正经了。

“你要是不信，那你闻闻。”饶辰靠近我，风情万种地垂下脑袋朝我脸上凑了过来，让我闻闻他嘴里有没有烟味儿。

我立刻拒绝，我可没这么重口味的爱好。结果就在我俩推推躲躲间，饶辰这厮竟然毫无一点自觉性地顺势在我的唇上一吻然后直起身子，露出色魔得逞的表情：“我没骗你吧？”

“……”我瞬间僵硬如石，不知作何反应，恰巧这时，矮桌上的电话突然响了起来。饶辰侧过头去，伸手抓起电话听了一会儿后，嘴里简短地吐出一句“让他们进来”就搁下了听筒。

我偏了偏脑袋：“电话是谁打来的？”

“Be。”饶辰的话音一落，Be 跟着一个女人便有说有笑地在沈管家的带领下从门外走了进来。

当 Be 的目光落在我脸上的那一瞬间，她脸色一暗，整个人都愣了一下，随即眼底浮起了一丝诡异的神色。她阴阳怪气地说道：“很少瞧见饶少的家里会来其他客人，你还真是个稀客。”

我没回话。

饶辰开了口：“你来找我有什么事？”

“也没什么，正好我前几个月拍的一部片子，在这边开新闻发布会，所以抽空过来看看你。并且还有个事忘记告诉你，姗倪说昨晚接到总公司下达广告拍摄具体地点的通告，所以想跟你谈谈合约的事，我们之间的合同明天就到期了。”

“好，你们先去书房等我，我换上衣服就来。”饶辰扔下这句话，转身回了卧室。

我坐在沙发上，心不在焉地看了几眼手中的书，忽然想起昨天明哲掉在家里的那个 U 盘，也不知里面存放的东西对他来说重不重要。

本来我以为去法莱圣雅走走过场，然后明天正式上班的，而剩下的时间就可以回家等他来取走 U 盘，现在看来只是我的一厢情愿罢了。不过现在可以趁饶辰跟Be谈合同，我先请个假回去看看，免得明哲真的去了我家，却找不到我人，白走一趟。

这么拿定主意之后，我立刻起身去了书房，敲响房门，听到里面传来一声："进来。"我小心翼翼地把脑袋凑了进来，目光在房中巡视了一眼，定在了饶辰的脸上对他说："我……我想跟你说一声，我有点事要回去处理一下，下午两点再过来好不好？"

"可以，你让许立送你……"

"我正好要回新闻发布会的现场，不如我载你一程？"饶辰的话还没说完，Be就将他的话给抢了过去，细声细气地询问我。

我心中感到有点惊讶，立马产生一丝不好的预感，便回绝："不用了，我自己搭计程车……"

"没关系，反正都顺路。"Be完全不给我一丝回绝的机会，话一说完就从椅子上站起身，走了出来。

我困惑地眨了眨眼睛，将目光转向饶辰，饶辰没有发表任何意见。Be便顺手关上房门，高傲地斜眼瞄着我："走啊，你还愣在这儿干什么？"

"其实，我可以搭计程车，你真的不需要特意载我一程。"我十分婉转地说着。

Be一阵冷笑："都说穷人受教育的程度有限，你总是这么回绝别人的好意吗？"

我气紧，从她眼中看到了恶灵闪现，也深知再也推脱不了，战战兢兢地跟在她的身后往外面走去。哪知一上车，她劈头盖脸地就朝我抛出一句莫名其妙的话语："你喜欢当别人的第三者？"

"什么？"我怔住，皱着眉头沉吟了一下，"你想说什么就明说吧，我知道你载我是有目的的。"

Be发动引擎，将车子开动起来："你为什么会出现在饶少的家里，你们之间到底是什么关系？"

我胸口一滞："这些都是我的私事，我没有义务要全告诉你，也请你不要窥探。”

“呵！你这理直气壮的语气是在向我宣战吗，我就搞不懂，像你们这种人，难道心中没有一面打量自己的镜子吗？一心想进入上流社会，当临时床伴也愿意，你这样跟交际花有什么区别？”

不等我回答，Be又朝我抛出一句：“呵！像你这种连自己的基本生存都保障不了的人，才会琢磨着去傍富二代吧？现在新《婚姻法》已经颁布了下来，你能从中捞到多少呢？每个月拿点赡养费吗，嗯？”

“……”我被她的话气得心中直掉冰雹泪，一颗接着一颗往心坎里砸去。

Be挑了挑眉，强悍又刻薄地继续说着：“我要你离开饶少，我知道你很缺钱，多少，你自己开个价吧。”

我讨厌她那唯我独尊的口气，气恼地盯着她：“你做人不要这么蛮横无理行不行？我从一开始并不知道饶辰是谁，后来才知道他是法莱圣雅的CEO，那个时候我们之间已经开始熟络起来。而我靠近他不是为了他的钱，只是想他给我一个机会。我从小的梦想是成为一名顶尖设计师，而饶氏旗下的法莱圣雅享誉国际，他们的设计师出类拔萃，让人仰慕。我只是想得到法莱圣雅的青睐，让他们的设计师把我当做旗鼓相当的对手，借此来提高自己的鉴赏力。所以，这世界上并不是每个人都往钱看的。”

“呵，你的话说得比唱得还要好听，还成为顶级设计师？或许你绑住他，让他给你一个虚名我想也能满足你的虚荣心吧。不过，你靠近他不是为了钱，难道想要感情？你了解饶少多少，他这个人很风流，你知道吗？”

饶辰风不风流我真的不知道，也不想知道，但是我的心却像被一件尖锐的东西硬生生刺了一下。

“你这样死缠烂打，硬生生介入我跟饶少的爱情中，把自己弄得那么狼狈又是何苦呢，父母的脸也会被你丢光的。”

Be说起话来，就像脑子里面没装过处理器一样，太过嚣张跋扈，把不在压力中成长就在压力中灭亡的我给彻底击怒了。我这一辈子从来没有想过，那些只会出现在电视里，只会落在小三头上的话，却会用在自己的身上。

我撇过头去恨恨地盯着她："你老是说我介入你跟饶辰之间的爱情，爱情这种东西，没有介入不介入，不是你一个人说想继续就能继续的。"

Be 冷笑，轻蔑地挑起了眉梢："你喜欢他？"

这个问题像一道闪电，硬生生劈中了我的脑袋，我脸上一下子没了任何表情，垂在膝盖上的手指也不由自主地在抽紧。

我不知道那算不算喜欢，每次跟他在一起时，虽然都会很生气，但是随后都会被一种喜悦所取代。

如果这是喜欢，那么我确实喜欢上了这个男人。

Be 见我不说话，又发话道："你真的喜欢上了饶少，呵，你以为你能吸引得了他多久，何不趁现在能捞到一点好处就乖乖地离开呢？像你这样的女人，跟自己匹配的男人就是那些整天挤在小车厢里的人。"

自尊心一次又一次地被她践踏在脚下，我气得想尿遁："麻烦你停车。"

"我想停车时，自然会停车，用不着你来吩咐我做事。"

我极度厌烦了眼前的这个女人，觉得跟她待在一块儿，就跟吃苍蝇一样难受，忍不住再次郑重地告诉她："停车！"

Be 被我的话惹得很不高兴了似的，脚下猛踩油门开始加大马力，一路朝着我家的小区狂飙而去，颠得我快吐血吐内脏了。随即"叭——"的一阵轻响，Be 一个急刹车车子就冲进了小区，停靠在了一旁。

我头昏脑涨地从车内摇摇晃晃地走了出来，很生气地甩上了车门。

"你给我站住，我还有话要跟你说！"Be 用刀锋般的眼神盯着我，嚣张的声音就如同龙卷风一样，强大得可以摧毁四周的一切。

我挑了挑眉，内心血泪斑斑，语气生硬地说着："我现在不想再听你继续废话下去。不过，还是感谢你特意载我这一程。”

Be 伸手一把扯住我的胳膊：“我告诉你，搞阴谋诡计的人是永远不会成功的，你最好尽快离开饶少的身边，不然我不排除用其他办法来让你离开他。”

我对这种虎视眈眈的威胁，以及那如蛆附骨的压力，感到伤不起啊，心中也跟着掀起了惊涛骇浪：“你这个心理变态的人，你想怎么样？”

“你觉得呢？这里是一百万，收了钱就滚，不要再出现在饶少的面前。”

我在心中冷笑，宁可站着死也不愿跪着生。眼睛瞄都不瞄一眼她递来的支票，很生气地把憋在心头的话给抖了出来：“就算你赶走我，但是还会有其他女人出现在他身边，下一次你也打算故伎重施用同样的办法来对付对方？”

Be 沉默，像被我的问题问住了一样，眼神也变得越来越犀利了。

我微微皱眉：“为什么不回答我的问题？其实你这种人，就只会欺负我这种没权没势的小百姓，等有一天可以压住你的人出现，你还会这么嚣张吗？”

Be 不满地沉声说：“我不想听你啰嗦，把钱拿着。”

“我不要。”我拧紧了眉头。

她神情倨傲：“拿着！”

我咆哮了，撇下一句狠话：“都说不要了，你放开我，不然别怪我对你不客气。”

Be 勃然大怒，强行将手中的支票塞给我。我烦透了，那沉淀于心底的愤怒也被她的行为触动得波涛汹涌。第一次遇上你不要她的钱，她还偏偏要给你的人，她这女人真是神经有毛病！

我伸手挥开她的手：“你还是留着这笔钱，给自己多打几针肉毒素吧。”

Be 愣了一下，随即张牙舞爪地把我拉扯了回来，愈发凶悍起来。

我用尽全身力气跟她争执着，岂料一番折腾后，“刷”的一声，我衣服都被撕扯破了。我心中的怒火顿时燃烧到了极点，伸手猛力地推了她一下，想挣脱掉她去找保安来。

怎料，气场强大又张狂的她，瞬间变成了一枚弱不禁风的小女子，我那一推，竟使得她整个身子都像失去了平衡一样，脚步踉踉跄跄着从花园的人行道上冲了出去。

我感到一阵愕然，木讷地看着双手，心想自己没这么斯巴达吧。一辆黑色的小车，就在那一瞬间，始料未及地从门外速度极快地开了进来，像凶猛的野兽般直冲向 Be，“砰”的一声将 Be 的整个身子都给撞飞了出去。

这场面吓得我整颗心就像被无形中的一双手给勒紧了，我猛地睁大了双眼，几乎无法接受这诡异的事情，脸上的血色也一下子褪得干干净净。

紧接着“哐——”的一声巨响，Be 的身子重重地砸在了一辆白色的小轿车上，轿车前面的挡风玻璃被她的突袭砸得粉碎，发动机盖也被撞瘪了一大半，发出刺耳的警铃呼叫声。Be 从机盖上面瘫软了下去，躺在地上一动也不动，黏稠的鲜血从她身体里面缓缓地流淌了出来，阳光照在上面闪烁出一种诡异的色泽。

我浑浑噩噩，脑中顷刻间像爆发了一场大地震般。一群陌路人，就像幽灵一样围了过来，嘴里七嘴八舌地发表着个人的意见。

不待那阵朝着密集型发展的话语声落冷，一个极其耀眼的重量级人物，扯着嗓子阴森森地质问我：“你是伤者的朋友吗？”

我拧着眉头，看着眼前赤裸着上身，脖子跟手上挂着一根根粗粗的金色链子，横飞的肌肉上文着各种不明物的光头娃，就被吓傻了眼，浑身哆嗦着：“什么事啊，我跟她不是很熟。”

“少啰嗦，你朋友砸坏了我的宝马，你说你怎么赔？”光头娃气势汹汹地叫嚣着，像幽灵一样摩拳擦掌着在我面前晃来晃去，“打个电话把你男人叫来，叫他赔钱。”

“我……呜呜呜……我没有男朋友……”我太过紧张，明显还没有从刚才那场事故中过渡出来，有些语无伦次，“……我跟那个女人又不是很熟，你找我干吗？她家老板有很多钱……你该找他去……”

正在我唠唠叨叨个没完没了时，我的双肩突然往下一沉，好像有谁将手放在了我的肩上。我吓得半死，战战兢兢地侧过头去，当一双温润如水般迷人的双眸落入我视野中的那一瞬间，我心中的紧张一下子减轻了不少，像抓住救命草般一把抓住了那人的胳膊。

“明哲，你救救我！”

明哲抿了抿唇，脸在龟裂般的阳光中略显阴沉。

他看向光头娃：“别找女人的麻烦，你的车需要赔多少钱？”

“三百万。”光头娃不假思索地说着，声音冷如冰刀。

我呆了一瞬，瞪大眼睛躲在明哲的身后吐槽道：“你这车哪儿值这么多钱，你是想趁火打劫吧！”

光头娃举起拳头，张牙舞爪了起来：“臭女人，你想挨揍吗，砸了老子的车，没有个三百万就想了事……”

我吓得缩了缩脑袋，明哲伸手一把握住光头娃的拳头，好像稍稍用了一点力，光头娃脸上的表情立马过渡到另一种境界去了。光头娃嘴里哎哟哟地叫着：“兄弟！兄弟！冷静点！我只是想吓吓你女人，今天咱俩站在这儿也算是有缘认识一场，以后就是朋友了……”

明哲面无表情，随即松开了光头娃的手，回头对我说：“你去看看那个女人的情况，我已经叫了救护车。”

我愣愣地点了点头，哧溜哧溜地拖着双脚来到 Be 的身边，战战兢兢地喊着她。可是 Be 却没有一丝反应，像完全晕死了过去一样，保持着斜卧的姿势一动也不动着。

我的内心一阵抽搐，惶惶不安地蹲下身去，试着将 Be 的身子翻过来看看她的情况到底乐不乐观。只见 Be 那张全是血的脸孔，被又尖又细的玻璃碴割破了好几处，有些碎片甚至还深深地陷到了她的皮肉里，惊悚得让人都无法识别出她到底是谁了！

这娃也太悲催了吧，倒霉到了这种程度！

我眼皮不受控制地跳动了几下，脑中闪过一个个稀奇古怪的问题时，明哲的声音忽然从我身后响起："这个女人的情况怎么样了？"

我努力压抑着心头的恐慌，急噗噗地说着："好像情况有点不太好，她的脸……你自己看吧……"

明哲蹙了蹙眉，瞄了一下 Be，抬起头来好像有话要对我说，这时响着警报器的救护车呼啦啦地便从门外开了进来。医生护士三言两语地向我询问完事情后，就将昏迷不醒的 Be、惶恐不已的我以及淡漠范儿的明哲一起塞入车内，然后呼啦啦地朝着医院的方向开去。

轮胎发出"吱——"的一声，车子稳稳当当地停靠在了医院的门口。

我赶紧跟着医护人员朝着里面走去，坐在了手术室门外的凳子上，思绪乱糟糟地翻腾了起来。

明哲从一旁走了过来，将手放在了我的肩上轻轻地按了按，安慰着我道："她应该不会有事的，相信我……这件事完全跟你无关，不要给自己太多的压力。"

话虽然这么说，但是我却不敢这么想，就 Be 那个脾气，她可以把全部责任都推到别人的头上去，游艇上我就见识过一次了。再加上她现在的脸，受创严重到她妈估计都不认得了，不把矛头对准我才怪呢，这次我肯定死定了！

我愁眉苦脸着，眼神十分茫然地望着明哲，喉咙里像被什么东西卡住了一样，发不出一点声音。

这时，一名护士拿着入院申请表来到我们的身前，询问我们："请问你们谁是伤者的家属，麻烦跟我来一趟，办理住院手续。"

我迷迷糊糊地刚站起身，明哲就拉住了我的手："我去吧，你也很累了，就留在这儿守着。对了，你想喝点什么，我办完入院手续后，去下面的超市买点东西上来。"

我摇了摇头，表示自己什么都不需要。明哲也没继续多说，跟随着那名护士就朝着电梯的方向走去。

我忽然想起一件事，忍不住开口叫住了他。

“明哲！”

“……”明哲侧过身来，静静地凝视着我，等待着我继续把话说下去。

我皱着眉头，稍稍犹豫了一下：“刚才……你是不是给了那个光头三百万？你今天出现在小区，是不是来拿你的东西？”

“不要把这些事放在心上，这件事我也应该负上一点责任。”明哲轻描淡写地把话说完，转回头就跟着护士消失在了我的视野中。

第五章　五千万，从此你我各不相干

“喜欢你？当然。”饶辰笑容慵懒，疑似也不想再与她转弯抹角了，便直截了当地告诉她，“我那个时候确实很喜欢你。不过，有趣的玩具当然能带给主人一时的兴趣。你当时能满足我，我自然会喜欢你，可是现在我不需要你了，你也该知道自己的价值，一个月的时间就拿到公司的广告，你也没损失什么！”

两分钟之后，医院的另一头不知怎么突然出现了好多记者，估计是Be出车祸的事走漏了风声，将他们引到了这里来。他们把我给团团围住，争先恐后地举着摄像机和话筒，询问着我一些莫名其妙的问题。

这种密集型的询问，顿时给我带来了一股空前绝后的压力，我感到十分的恐慌，瞬间便丧失了语言能力一样都不知道怎么说话了。我用上吃奶的劲儿，奋力挤出人群想要逃走，这时，一道英挺修长的身影却撞入了我的视野中。

那个人面无表情地向我走来，他的身后还跟着沈伯、许立，以及几十个清一色穿着黑色西服的生面孔。

他们的出现，将那些原本围绕在我身边的记者们的注意力全给吸引了过去。记者们癫狂地蜂拥而上，想将饶辰包围起来似的。饶辰原本无表情的脸上立时闪过一丝厌烦之色，他轻启两瓣薄薄的唇片，用冰刀般冷冷的声音下达着命令："我不想看到这些记者。"

沈伯点了点头，朝许立使了一道眼神，群魔乱舞的记者们立马被黑衣人们给拦了下来，带到了另一个地方。我这只犹如迷途的羔羊这时才敢移动双脚朝他靠近，可是还未张口，他就神经紧绷着询问我："Be的情况怎么样？"

"不知道，她被推进去之后，就没有再出来过。"我小心翼翼地回答着，随后观察着眼神变得越来越复杂的他，胆怯地问了他一句，"你说她醒来后会不会找我碴儿？”

饶辰幽怨地赏我一句：“我怎么知道？”

我泪流满面：“呜呜呜……”

“别哭了！我让你别哭了！真够心烦的，怎么一转眼事情竟然就变成这样了，公司再过几天就要拍摄广告推出新品了，你让我怎么给董事会一个交代？还哭！”饶辰勃然大怒，冲我狂嚎了起来。

我的脸一下子抽住了，十分哀怨地看着他。

饶辰瞬间尴尬无比，在脸上露出愤怒以及怜惜两种极端的神色。然后将我拥在怀里，温柔地在我耳边小声嘟哝：“对不起，我刚才没控制住自己的情绪，所以……别哭了。”

“……”我抽了抽鼻子。

饶辰淡淡地问：“你跟她之间到底发生了什么，她为什么会发生车祸？”

我抿了抿唇，小声嗫嚅着：“她一直叽叽歪歪地辱骂我……”

“就因为这个，所以你就露出了你那狰狞的魔鬼本质，动手揍她？”

“我没有，是她非要给我一张支票让我不要再出现在你面前。我都说了不要了，可是她却依旧要硬塞给我，我一时心急就跟她发生了争执，不小心推了她一把，哪知她冲出了人行道被突然开过来的一辆车给撞飞了出去。”我把话说到这儿，本来还想提一下明哲垫付赔车费那事，但是当我抬起头看着饶辰那张乌云密布的脸时，到嘴边的话都不敢再继续说下去了。

沉默，顿时就像一抹毒药，在我俩之间蔓延开来。

半晌，手术室的牌灯熄灭了。医生从里面走了出来，取下脸上的口罩，目光好像在搜索着 Be 的家属。饶辰赶紧走了过去，声音略显紧张：“医生，病人的情况怎么样？”

医生无奈地叹了口气：“患者的情况怕是很不乐观，身体多处骨折，并且脸部受伤严重，可能要进行植皮手术，我们还不能排除其他方面的隐性伤。"

植皮手术,那是不是意味着她真的毁容了?

我跟饶辰惊得瞪大了眼睛,真不敢相信居然会听到这么震撼人心的消息。

果然孽造得多了,是要偿还的!

我抽了抽鼻子,开口问他:"医生,什么叫隐性伤?"

医生把口罩放入白大褂里,很深沉地对我说:"我所说的隐性伤,是指目前在没有发现相关病状的情况下,不排除病的存在,比如说失忆这种。另外,伤者的眼角膜破裂,可能以后会影响她的视力,当然这个需要进一步的观察。"

"影响她的视力,那换句话说是不是失明了?"

"可以这么说。但是不管情况怎样,我们都应该保持乐观的心态。"

"那她有生命危险吗?"

"暂时没有,不过现在患者陷入了昏迷的状态,尽量不要打扰病人。"交代完这些之后,医生跟饶辰寒暄了几句就起步准备离开了。我瞧见沈伯从一旁走了过来,极为小声地把医生招了过去,也不知两人在那边具体说了些什么,只见沈伯突然拿出手机没接一会儿便走了过来,在饶辰的身边高呼了一声:"少爷——"

"什么事?"饶辰立刻警惕,侧过头去望着他。

"老爷的电话。"

饶辰顿时石化,三秒之后快速解冻,猛吸了一口气,眼神闪烁不定地把电话从沈伯的手中拿了过去,语气变得温和谦虚起来:"爸,是……这件事我会处理……不用了,真的不用了……没什么,就是脸部受了些伤,我会想办法处理,真的不用……什么……"

听到这儿,我忍不住瞄了一下饶辰脸上的表情,虽然不知道电话里头饶总跟他具体说了些什么,但是从刚才饶辰的话语信息里面,似乎已经透露出饶总知道 Be 的事情。再加上饶辰脸上神情的转变,我勒个去去去去去，就跟走马灯一样，便足以断定饶总的火气是非常的大了！

饶辰一放下电话，我立刻走了过去，心虚地问他："你爸爸跟你说了些什么？"

哪知，不等我把话说完，饶辰像变了一个人似的，愤怒地将电话砸在了地面。一阵刺耳的响声在走廊上回荡，惹得众人莫名回望。

他无视我的存在，侧过头去望着沈伯："我出门之前有说过这件事不要传到我爸爸那边去，你为什么还要告诉他？"

"Be 是公司里面捧出来的香水之星，这次面部毁伤达到了百分之五十以上，公司再过十天就有新品推出，这广告不管是换人还是暂停拍摄，总得给老爷一个交代。少爷您才回国不久，刚接手公司，对公司具体的运营模式不太了解，许多事也不能亲力亲为，所以我才擅作主张。"

饶辰挑起了眉头，从他脸上那愤怒的表情我可以断定他对沈伯篡权的做法生出了不满。

"你这话是什么意思？"

"Be 是公司里的人，公司在这件事上应该为她讨回一个公道，"沈伯把话说到这儿，稍稍犹豫了一下，将深沉的眼神投射过来瞥了我一眼，"我已经联系了警方，决定把这件事交给警方来处理。所以少爷您，不用再为一些不必要的事操心了。"

"你这话的意思是想在这个时候，将她推出来，让她站在风口浪尖上，承受媒体跟 BB 粉们的污言秽语，把她当箭靶子然后任其万箭穿心而死吗？"

听完这话，我被吓得半死，仿佛进入了一个混沌的空间，一些奇怪可怕的不明生物在里面发出无数的噪音。我茫然而惆怅地自言自语起来："不关我的事，真的不关我的事啊，我只是想摆脱她的纠缠，哪知道她会被车撞伤……"

“这些话，到了警局再说吧。”沈伯一副他是一家之主的姿态，对我下达着命令。饶辰直接引爆了心中的怒火，高声怒斥：“沈伯，在我没有发话要追究这事之前，停止你的行为。”

沈伯一怔，眼中闪过一丝异样的神色。

饶辰危险地眯起双眸：“我既然站在这儿，那么这事我自然会处理。别忘了，我才是法莱圣雅做主的人。”

沈伯沉默。

我愣在一旁，呆呆地看着两人。

饶辰紧紧地抿着嘴唇，几十秒钟后，他似乎不愿再呆在这弥漫着战火硝烟的地方，转过身伸手一把抓住我的胳膊，对沈伯扔下一句：“Be 醒后，立刻通知我。”然后带着我往医院外走去，身后一群保镖赶紧尾随而来。

我不知道饶辰到底要带我去什么地方，但是我一个人也不敢留在医院，只能默默无语地跟着他往大门的方向走去。谁知一出医院大门，那些埋伏在外面的记者顿时群蜂扑蝶般一下子涌了过来，把我跟饶辰重重地包围了起来。接着他们提出各种犀利的问题，试图挖掘我跟饶辰之间的关系。

一旁的饶辰，冷静阴沉地盯着他们，额上的青筋突突直跳。

我没见过这样的场面，吓得一个劲儿地往后退去，想回到医院里面避开这群人。

然而就在这时，混乱的场面下，一颗不明飞行物“哐”的一声，狠狠地砸在了我脑门上，擦破了我的皮肤，涌出一股黏糊糊的液体顺着我的额头进入了我眼中，刺得我眼睛一阵阵火辣辣的刺痛。人群中，不知是谁，带着强烈的恨意高声谩骂了起来，将那好似脱缰野狗一样的气氛瞬间带到了顶峰中去。

“你这种女人，一见有权有势又有钱的男人就屁颠儿屁颠儿地跟在人家的屁股后面，不知害臊吗？你最好搞清楚自己的身份，像饶少那样的男人，是你这种人能高攀得起的吗？”

这阵话语声一落下，几十个嘴巴锋利的 BB 粉，因为接受不了他们心目中的女神被我摧残的事，为了把堆积在心中的疼痛发泄出去，也跟着叫嚣着，搞得就好像他们知道内幕一样。

“你这个没有道德的女人，停止你那作恶的行为，不要再伤害 Be！”

“你做出这种事来，素质真是恶劣得没底了……”

“你简直就是畜牲，真想一脚踢肿你的脸，看你还能不能活得这么潇洒？”

“看看你那豆芽菜的样子，你还神气牛叉什么嘛……”

“你是不是想火想疯了，介入 Be 跟饶公子的感情中，还把 Be 搞得住进医院，真是该死！”

“你伤害了我们的 Be，你去死吧！去死吧！”

“去死——”

满嘴喷粪的 BB 粉们让我连给自己辩驳的机会都没有，他们简直就是一个模子里面批量生产出来假装成地球人的女王分身，被女王 Be 派到这儿来折磨我的替代品。

这让我怎么活啊，一个 Be 就让我难以招架了，更何况现在冒出这么多个。他们简直就是粉丝中的精英，精英中的奇葩，奇葩中的战斗机，战斗机中的最强杀手。空气里都染上了一股浓烈的火药味，紧紧压迫着我的胸膛。

饶辰眼中闪过一丝心痛的神色，接着整张脸都绿了，像只母鸡似的小心翼翼地将我护在身后，紧紧地握着我的手，带着我在保镖的围护下踉跄地朝着前方走去。

可是这样混乱的场面下，不是我跟他想走就走得了的！

那些牛叉哄哄的 BB 粉，就跟开了外挂点过天赋一样，全变身成了一堵堵坚不可摧的抗洪墙，嚣张蛮横着不让我们离开，将我们硬生生又推回了原位！

我有些不知所措，涔涔冷汗不断顺着我的额角一路滑下至我的下颌。

身旁的饶辰再也按捺不住翻腾在胸膛的怒火，声音阴森寒冷地对身旁的一名保镖下达着命令："立刻通知警察。"

可是他的话音还没落冷，我身侧十厘米的位置，突然发出"砰"的一声巨响，也不知是什么东西发出的。紧接着一股蘑菇形的白色气流，很突兀地在我的身侧弥漫开来，犹如乌云盖顶很是灰暗，吓得我睁大了眼睛不知作何反应，嘴唇也微微地颤抖了起来。

一旁的饶辰身子僵硬如石，脸上的表情仿佛凝固住了一样。

似乎不仅仅我跟他被吓得呆住了，全体人员都一个样儿，现场极其安静，直到一阵极具穿透力的警笛声，从街道的另一头突然传了过来，大伙儿这才回过神儿来四处蹿动起来，整个场面又混乱成了一片。

饶辰撇过头来瞄了我一眼，随后紧紧地握着我的手，我这才随着他在保镖们的保护下，不假思索地朝着停车场的方向走去，跟着他回了饶宅。

此时，天空逐渐变得昏暗起来，由明媚转变成了一种藏青色，再由藏青色转变成了一抹墨黑，时间因此过渡到了宁静的夜晚。

可是关于 Be 出车祸的事情并没有就此结束。

媒体的恶意报道将事实扭曲，一篇名为《二女争夺富豪男》的八卦新闻，直接引起了 BB 粉们对我的不满，令他们的愤怒达到了极点，流连于各个论坛发帖唾骂我。

Be 的经纪人姗倪，半个小时以前在接受电话采访时，对此事没有表态，只是对外界声称 Be 的情况很稳定便不再多谈。

我为此感到很是心烦，连家都不敢回，坐在饶宅的院子里面，抱着双膝看着天空中眨着眼的星星。

饶辰从一旁走了过来，递来一盏莲花形的水晶香薰灯，放在我的手心里。我心突地一跳，怔怔地看着手中的水晶香薰灯，随后抬起头疑惑地看着他。

他的手轻轻地抚了一下我的脑袋，柔声对我说："我听人说洋甘菊香薰，能镇静神经，缓解紧张的情绪，本来要拿到你房中让你能睡得更舒服一些的，却没见到你人，我就知道你应该在这儿了。为什么这么晚了，还不回房去休息呢？"

我跟泄了气的皮球一样，叹出一口气后，懒懒地说："睡不着。"

"你是在想白天的事吗，你不是一向都很豁达吗，怎么现在变得这般悲观了呢？"饶辰把手搭在了我的肩上，偏着脑袋望着我，眼中掠过一丝宠溺。

我抿了抿唇："即使再乐观，遇上这种事，也难以彻底放开。我问你啊，我真的就这么遭人恨吗？在医院外那团像蘑菇云的东西，也不知他们是用什么东西造出来的，要是当场砸中我，这场风波或许就真的能彻底平息掉了。"

"我不喜欢听你用这样的语气跟我说话，这件事情我会摆平，你不要想太多。我不想看到你这样，你知道吗？你最吸引我的地方，就是你对任何事情都保持着乐观的态度。"饶辰将手再次抚上我的脑袋，漆黑如曜石的眼中燃烧起了两团小火苗，语气温柔爱怜，"相信我，这件事我会摆平，你什么都不要管，你只要抱着能进法莱圣雅的决心就行了。我饶辰看中的人，不会是经受了一点挫折，就将自己的最终目标都放弃的懦夫，所以你不会继续软弱下去的对吗？"

他用手拥了拥我的肩，将我拉向他的怀中，在我额上印下了一个吻。

我微怔，愣愣地看着他，他的脸颊就在我注视的目光中泛起了一层红晕。好像很不好意思似的，他飞快地撇过脑袋望着天空，喃喃自语地说着："哈，不知不觉好像到了凌晨。你还不回房去休息，难道还想欣赏星星，或是让我哄你睡觉？"

“流氓！”我朝他丢去一道鄙视又不失温柔的眼神，随后笑了笑便起身回房去休息。

第二天，本来说好要带我出海放松心情的饶辰，接到医院打来的电话。电话里说Be的情况有所好转，人也苏醒了，但是情绪非常不稳定，哭嚷着要请律师控告我，让饶辰立刻过去处理一下。

媒体记者一收到Be醒来的消息，就跟蚊子见了血一样，立刻赶往医院进行采访。医院的保安抵挡不住这如暴风雨的突袭，有机可趁的几名记者偷拍下了Be的病容，将她标准型欲哭无泪的模样刊登出来之后，再次引起了BB粉们的不满。

撞伤Be的车主，在顶不住BB粉们跟媒体的骚扰威逼下，终于出来接受了采访。可是他将责任推卸得干干净净，一口咬定车祸之前看见我跟Be发生争执，Be是被我故意推出了人行道才会发生这场意外的。这则消息一透露出来，川城里的各大论坛上，几乎全是BB粉们肆意辱骂我的帖子。

我得知这个消息时，心中也难以保持淡定的态度，打算跟饶辰说说随他一同前往医院看望Be来平息我跟她之间的战火。却发现饶辰此时正坐在餐桌前，十分镇静地用着早餐。十分钟之后，他才不慌不忙地准备动身去医院，并对我说着：“你就留在家里吧，这件事我会处理。你……你去找陈妈，让她给你准备一下出海需要的东西，要是我回来的时间还早，我们的计划就依旧。”

“不行。”我一口回绝。

饶辰纳闷地拧起眉头，用眼神询问我——“为什么？”

我犹豫了一下，跟他说：“我也想去看看她。虽然我不喜欢她，但是她确实是因为我才会这样，我也应该在这件事情上负点责任。”

“可是昨天的情况，你又不是没有见到，竟然有人用鸡蛋来攻击你。更甚，还有人用上了烟雾弹，你最好还是别去！”

“你让我跟你一起去吧，至少看到她真的没事，我才会安心。”

饶辰抿着唇，神情显得有些复杂起来。隔了片刻，他应许了：“好吧，你让陈妈给你找套衣服，免得被人认出来，不然又会惹来一些麻烦事。”

我笑嘻嘻地点了点头，雄赳赳气昂昂地就跑去找老佣人陈妈。结果三分钟之后，当我换上T恤、牛仔裤戴着鸭舌帽奔到大厅，却不见了饶辰的身影。

这个臭男人，居然把我给撇下了！我愤怒得直咆哮，拧着眉头在别墅里面寻了个遍，都没有找到他，只能调转脚步，飞快地往门外的方向奔去。待我风风火火地杀到医院，却瞧见饶辰的人把Be所住的那间房封锁得严严实实，让人无法靠近。

我唯有偷偷摸摸地跑去医院的休息室乔装成护士，随手取过口罩戴在脸上，推走一旁的药箱，装出一副要进去换药水的模样，成功骗过在门外把守着的人，蒙混了进去。

推开房门，我抬眼稍稍瞄了一眼病床上的Be，只见她撕心裂肺地号叫着，情绪就如传闻中一样，很是失控，哭嚷着要控告我。不过，她脸上是何种表情，没人知道，厚厚的白纱将她整张脸都掩藏了起来，怎么我老觉得这张脸上贴满了鲜亮的陷阱标签。

饶辰正坐在一旁的沙发上，闲闲地抽着烟。

旁边还站着Be的经纪人姗倪。

我埋着脑袋慢吞吞地走了过去，装模作样一副正在配兑药水的样子。

Be沉默一瞬后，又哼哼唧唧地嗷嗷叫了起来：“这件事我是不会就此善罢甘休的，我一定要让那个女人付出相同的代价。她将我害成这样，一句跟她无关就想了事，我的前途全毁在了她的手中！”

饶辰清了清嗓子，将目光望向Be的经纪人：“姗倪，你先出去，我有几句话想单独跟Be说。”

姗倪没有回话,瞄了一眼饶辰跟Be,直接走了出去。

我赶紧变换了一下姿态,只见饶辰灭掉香烟,冷漠地看着在病床上呼天抢地的Be:"现在这里也没有其他人, 你也可以不用再演戏了。"

Be似乎为饶辰的这句话感到震惊, 睁大一双眸子怨怼地凝视着他:"你在说什么,你说我在演戏?我现在遭受这样的事情,你居然说我是在演戏?是谁都不希望这种事情发生在自己身上!"

"你不要在我面前哭哭啼啼装委屈,还用幽怨的眼神看着我。你是什么样的人,你我心知肚明。"饶辰再次蹙眉,深邃邪魅的眼眸里此时多了一丝狠厉, 好像对她已经失去了耐心似的,"这件事发生之后,那些冒出来的粉丝真的是你的拥护者,还是你让姗倪去请的枪手想借机炒作,你应该比我更清楚。还有那个车主,你给了他不少钱吧?"

啊,昨天冒出来的那些粉丝,全是她派人去请的枪手?我被这个真相惊得手抖了抖,险些将手中的药水袋掉在地上。

Be貌似也感到很吃惊,她睁大了眼睛,却不吱声,也不知她是被当场揭穿了伪装的面具感到难堪,还是气得在吐血中。

饶辰一阵冷笑,阴恻恻地说着:"你现在老实告诉我,你想要什么,我也不想在这种无聊的事情上,继续浪费时间。"

Be张了嘴:"我什么都不要, 我只想你来关心关心我……你难道忘记了,你曾经说过你喜欢我!"

"喜欢你?当然。"饶辰笑容慵懒,疑似也不想再与她转弯抹角了,便直截了当地告诉她,"我那个时候确实很喜欢你。不过,有趣的玩具当然能带给主人一时的兴趣。你当时能满足我,我自然会喜欢你,可是现在我不需要你了,你也该知道自己的价值,一个月的时间就拿到公司的广告,你也没损失什么!"

"呵,我应该早就料到你会是个冷酷无情的人!只是你难道真的对我没有一点感情吗,你非要对我这般绝情?"Be撕心裂肺地叫喊着。

“你我之间只不过是逢场作戏，我饶辰身边应该出现什么样的女人，我很清楚那绝非是你。至于绝情，你从接近我时就应该知道会是这种结果。我饶辰最讨厌死缠烂打的女人，也不在乎你借此事闹得满城风雨，因为这对公司、对我都造成不了一丝威胁。”饶辰眉头微微皱起，“我最后给你一次机会，你想要什么，钱？一千万如何？”

Be的睫毛颤了颤：“你喜欢上了那个女人对不对，那个玩具就这么让你上心？还是你依旧是逢场作戏呢？”

“这是我的私事，你无权干涉，”他目光冷凝，随即加价，“两千万？”

Be：“你——”

“三千万？”

“……”Be喘息，像被饶辰不断加价的数字鼓动得内心不断起伏。

“四千万？”

“……”Be丧心病狂地不再开口，仿佛等着饶辰再加价一样。

“五千万？”饶辰冷静地说着，见Be一脸无动于衷的表情，便起身朝着门外走去想要结束掉跟她之间的谈判。

可是就在他伸手拉开房门的那一瞬间，Be开口了，做出了对自己最有利的选择：“好，五千万。从此之后你我各不相干。不过，身为公司里的人，我希望这件事平息之后，公司能给我安排两部戏。”

“我下午会安排律师跟会计师过来。另外，明天公司会以你的名义召开记者招待会，平息这无聊的事情，剩下的事，不需要我教你，你应该知道怎么做了吧？”

Be冷哼了一声，我明显瞧见她垂在身侧的手，揪住了雪白的床单，目光阴冷地盯着饶辰逐渐离去的背影，眼底暗芒如针：“饶少，像你这样对待女人，总有一天你会栽在女人的手中。”

“我等待着这一天的到来，也希望有个女人能长久住在我的心中。”

饶辰淡漠地回应着，好似完全不把Be挑衅的话语放在心上，甚至那五千万的安抚金以及 Be 要的戏份，就跟区区一碟小菜一样，这让我心中竟然涌起一种难以言说的感觉来。不知道今后，他会不会也这样对我?

但我也不敢在这儿继续待下去，怕 Be 在冷静下来之后会看到我的存在。我便搁下手中的药水，露出一副落下东西没拿的样子，急急忙忙地走了出去，却不料到在房门口碰到了饶辰。

我被当场吓了一跳，只见他背脊靠在墙面上，露出一丝意味深长的神情："一个女人，有时候好奇心最好不要太浓，这样会伤害到自己，也会伤害到别人，你懂吗？"

我四十五度迎风洒汗，默默不语，心想他不会真的发现我这个假护士了吧。只见他脸上的那个神情啊，变了又变，都能惊起十滩鸥鹭了。

我感到害怕，往后退了一步。

他直起身子，朝我走来，伸手拉下我脸上的口罩："下次想要装呢，记得把你的鞋子换成一双我没见过的，也别慌慌张张眼神闪烁着，更不要我每说一句话你都露出十分吃惊的样子来望着我。"

"我有吗?"我撇了撇嘴，很不服气地回了他一句，"谁叫你不等我，还让人在门外阻拦人进去，所以我才……我还是蛮聪明的吧！"

"懒得跟你争论，"饶辰挑了挑眉，从口袋里拿出电话递给我，"拿去，打电话给你的朋友们，叫出来一起出海玩。"

我贼贼一笑，拿着电话拨通了马媛利跟爽妈的号码，哇啦哇啦地把饶辰邀请他们出海的事告诉了他们。可是他俩就跟商量好了一样统统谢绝了，他们说："上次的事情差点要了我们的命，还出海？出你妹，不去不去！"

这让我感到很伤脑筋，失望地挂了电话，正想干脆回家看书吧，却忽然想起有个地方或许我跟他一起去放松一下也不错，就直接拽着他像阵风一样来到了城西的一座公园。

这座公园并没有任何神奇之处，只是这儿四周绿树成荫，空气湿润柔和，弯弯曲曲的青石路边有一条清澈的溪水，倒映着一棵棵柳树，忽狭忽阔的丛林深处点缀着一座座亭阁。

我就是喜欢这种平平淡淡的感觉，只是饶辰好像不太喜欢，瞧了瞧四周后露出一副十分纳闷的表情："小贱包，你脑子没坏掉吧，你带我来这种地方干什么？"

"我带你来当然是放松身心了。你不觉得这样很浪漫吗？慢慢地走在青石小路上，聆听着枝桠间跳跃着的鸟叫声。我以前每次不开心时都会来这儿，走一段路心情就会变得很舒畅，任何烦恼事都会统统消散，这个秘密我只跟你一个人分享哦！噢，你快看，那边的小溪里面还有鱼。"

"你自己慢慢去看吧，我去那边歇一会儿。"饶辰有气无力地说着，走到一旁的休息椅边。他屁股刚一坐下，沈伯跟许立就像幽灵一样从大门外火速赶了过来，或许这两人是他的贴身保镖吧。

我默默无语地敛了心绪，无视两人的存在，跑过去拽着饶辰的胳膊，让他陪我去抓捉鱼。可是这厮不仅死活不肯，还小小地抗议了一下，在嘴里埋怨地吐着槽。我拧着眉生气地望着他好一会儿，他才极不情愿地随我下了水。

结果我们花了足足一个多小时，不仅一条鱼都没有捞上来，还弄得满身是水。他很不耐烦地嘟哝着："怎么会有你这么笨的人，有你这么捉鱼的吗？算了，算了，这儿鱼太少了，我带你去个鱼多的地方捉鱼吧。"

我心情郁结，气鼓鼓地直起身子看着他。

在几十分钟之后，捉鱼的地点更换到了小溪尽头的一处湖洼内。

饶辰像中了化骨绵掌一样，一副半醉半醒的神情，躺在一块石头上，用手支撑着脑袋看着我在水中的各种表演，目光还瞄了一眼立在一旁的沈伯，沈伯偷偷地用手打了一个暗号过去，他这才悠然自得地把目光转向我。

我也不知道他们在搞什么,不过这边真的有好多鱼,水波粼粼中只见它们在我脚下游来游去。我的心情瞬间大好,不到一分钟就从水里抓到一个条……比目鱼?你妹的!真的是只会栖息在浅海里的比目鱼啊,还活蹦乱跳着!

我即使浑身插满避雷针都无法避开这阵雷击, 感到纳闷极了,屁颠屁颠地跑去问饶辰:"饶辰,你看这儿怎么会有比目鱼?"

饶辰面露痴呆状,深思了好一会儿后,用不容置疑的霸道口吻质问我:"你真是没学问,你见过小水洼里面会出现这种东西吗?那是因为……这一带四周都有工厂的关系,鱼群变异后的变异鱼种。你真是少见多怪!"

我拧着眉头,垂下脑袋瞧了瞧手中的鱼:"明明就是比目鱼嘛。"

"你还敢狡辩,要是真的是比目鱼,我现在就把它吃了。"饶辰瞪大了眼睛,恨恨地盯着我。

我都不知道该说什么好了,默默地忍了他的狡辩,把手中的鱼扔给他后,继续捉鱼去。哪知这次我捉到的东西更不简单了,居然是一个大海贝!而且里面还有一颗闪烁着瑰丽光芒的黑珍珠,珍珠的下面垂着一根闪闪发亮的链子。

这东西一下子就把某些人的心思给暴露了出来,敢情这边的鱼是他派人放的?

我在原地愣了一瞬,赶紧走过去,把海贝凑到了饶辰的眼前给他瞧瞧。他在我深邃的目光中,硬生生地打了一个冷战。

我跪坐在他的身边,把珍珠从海贝里面拿出来:"这一切都是你安排的?"

饶辰的脸颊一红,恨恨地咬着嘴唇,有点难为情地把目光撇向了一边,看着沈伯跟许立,十分愤怒地骂道:"谁让你把那东西放在那里面的,我不是叮嘱过你们到了晚上再给我送过来的吗!还有你们这群人,到底在水中都放了些什么鱼?"

“……”我怔住。

饶辰从地上站起身，无视我的存在朝着怕被牵连的沈伯跟许立追去。

我默默不语地望着他的背影，心中感到一阵甜蜜，忍不住跑上前去一把拉住了他，眼睛炯炯有神地凝望着他。

饶辰眼神闪闪烁烁，用拧眉的表情来掩饰着窘迫似的，随后很大声地问我：“你干什么，这样看着我！”

我微笑：“这项链，是你送给我的？”

“嗯。反正都是便宜货，前几天跟一家珠宝商一起吃饭，他说打算从波利尼西引进一些黑珍珠项链回来卖，我听他说起这东西还代表着那什么玩意儿的存在——”

我强势插入，随口说道：“是爱情，这颗黑珍珠代表着棉絮和冰裂的挚爱！我在电视上看到过这个珠宝广告，知道它的价格不菲。”

饶辰愣了一下，脸颊绯红：“随便吧，是什么的存在都一样。反正我就是见你因为 Be 的事，这两天一直不高兴，所以打算让你高兴一下。你啦，要是喜欢就戴上吧。”饶辰满不在乎地说着，但是他的眼神已经把他给出卖了。

“那你给我戴上？”

饶辰没有回话，从我手中把项链取走，来到我的身后，温柔地把项链给我戴在了颈上。我心中不禁一阵鼓动，小鹿乱撞着。

第二天，按照事先安排好的，法莱圣雅的执行总裁饶辰，以 Be 的名义召开了记者招待会，澄清车祸只是一个小小意外。期间我收到一则消息，说是 Be 在姗倪的帮助下去了韩国。也不知这消息是真是假，不过按照她脸上的受伤程度来说，她去韩国应该有很大可能。

并且这事之外，还有一条轰炸性的新闻在各家媒体杂志上成了头版新闻，那便是本城将举办史上最奢华的一场婚礼，婚礼地点在圣罗亚郊外。

由于新郎是饶辰的朋友，他得出席这个结婚宴会，所以我在好奇心的驱使下也屁颠屁颠地跟去了。

现在是上午十一点三十五分。

我随饶辰走下车来到了圣罗亚的郊外时，外面站满了八卦记者。

饶辰瞄了一眼他们之后，并没有立刻进去，而是将我带到人群稀少的地方，十分慎重地警告我不准在这种场合再给他惹来麻烦，得一直乖乖地待在他的身边，不然下次不会再带我出席这种宴会。我赶紧拍他的马屁，一个劲儿地点头下着保证。他这才一整脸上的表情，带着我进入了如梦幻般的城堡里。

一到大厅，我的原形就一下子暴露了出来。一看到那张堆满食物的长桌，我就实在控制不住自己那颗激动的心。我灵机一动，从嘴里直接蹦出“哎哟”的一声，然后装模作样地用手捂着肚子，可怜兮兮跟他说："饶辰，我肚子有点痛哦。"

饶辰一脸的阴云密布："你存心的吧，我刚才跟你说过什么？"

我露出一脸无辜的表情："肚子真的很痛诶，我要上厕所。"

他恨恨地瞪着我："我发誓，下次再也不带你来参加这种聚会了。你快去吧，我在这儿等你。"

我贼贼地笑了笑，见他和身侧的一名富商闲聊起来，这才在侍者的带领下去了洗手间，顺便和对方唠叨了几句，询问对方除了来时的路可以通往大厅之外，还有哪条路可去。侍者伸手指了指前面的方向，我便撇下对方赶紧火速奔去。

至于我为什么会这么急切，那是因为昨晚我为了反抗他我看懂他给的那本鸟语书才让我吃饭，偷偷地吃了他冰箱里面的一半零食，结果遭到他的一阵痛骂，念叨了我整整一个小时。真是讨厌。

而现在得到解放，我能不通体舒畅吗？可是就在我走到楼道的玄关处时，一没留神儿和迎面而来的一个男人撞了一下，重心顿失。双手挥舞间，一阵沉闷的声音在走廊上响起，似乎有什么东西掉在了地上。

我稳住身形，低眸一瞧，一把黑色的手枪，十分嚣张、十分霸道地闯进了我的视野中。我心中一阵震撼，猛然抬头愣愣地望着眼前的男人。

只见对方很高，有着古铜色的肤色，俊朗的外表配一身黑色的礼服，给人一种狂野不羁的感觉。而他那凌乱的刘海下，一双乌黑深邃的眼眸带着一层淡淡的忧郁。

他是……

明哲?

不对，明哲的眼睛是蓝色的，浑身都散发着王子般温柔高贵的气息。但是眼前的这个男人跟他长得真的好像，难道他俩是孪生兄弟?就在我脑中如走马灯闪过一个又一个疑问时，那人眉头突然皱了一下，随即速度超快地捡起地上的手枪，对准了我的脑袋。

我被对方突如其来的举动吓得浑身一颤，呆怔在了原地，大气也不敢喘一下，弱弱地问："你……你是明哲吗?"

对方眼中闪过一丝诡异的光芒，可是他脸上却没有过多的表情，手指移向扳机正要开枪干掉我那一刹那，楼下传来了饶辰的声音："小贱包?小贱包……你到底在不在上面啊，在的话回答我一下!"

我神经立时紧绷了起来，精神也高度集中着。

男人身子微微一震，眼神似乎因饶辰的闯入而变得让人感觉不寒而栗。我忍不住打了个哆嗦，张嘴正要喊救命，那男人几乎就在那一刻把嘴巴凑了过来堵住了我的嘴。

我被惊了一跳，欲伸手推开他，他却用手扣住了我的下颌，低声警告："不想死，就别出声。"

我一阵憋屈，胆战心惊地望着眼前的他。他将注视着我的目光瞟往一旁，疑似听到饶辰的脚步声逐渐拉近，他立刻收枪迅速走人。

我一时脚软，整个人无力地瘫倒在了地上。

这时，饶辰从楼道的另一头走了过来，从我脸上表露出的神情中观察出了什么，焦急地询问我："你没事吧，一张脸这么惨白，要不我现在带你去医院看看？"

我摇了摇头，怔怔地看着他，很想告诉他刚才发生的事情，又怕话一出口，那隐藏在暗处的子弹会飞过来。于是乎，我缄默不语着随他下了楼，去参加那对新人的结婚仪式。

但是我的心却一直惴惴不安，像有什么东西在里面搅动着，扰得我烦闷不堪。伸手捅了捅饶辰的腰，正想告诉他我不舒服让他带我回家，人群中不知是谁突然发出"啊——"的一阵惨叫，犹如一颗炸弹在我的脑中轰然炸开。

我浑身猛一战栗，跟一抹冤魂似的把脸撇向一侧，瞧见大伙把发出惨叫声的那人团团围住。我无法得知那边的具体情况，正犹豫着要不要过去看看，立马就有人出声给我解谜了。

"立刻报警，叫救护车。钱老板中枪了，情况好像很不乐观，我们必须在最短的时间内，把他送到医院进行抢救，不然后果不堪设想……"

我胸口一滞，揣摩着中枪二字，心想不会是那个酷似明哲的人干的吧，正打算上前看看中弹者目前的情况，目光却在无意间瞄见一道身影站在城堡上的楼台上。

对方的出现简直就像一枚利器一样，毫不留情地刺穿了我的脑袋。我呆怔在原地忘了逃跑，愣愣地看着对方的手指疑似在口袋里转动了一下。

我心中咯噔一跳，暗想他不会想干掉我吧。三条黑线顺着我的额头滚滚而下，我条件反射地挤入人群，躲在饶辰的身后把自己藏了起来做着各种祈祷。这时，大门外传来一阵刺耳的警铃声。紧接着，一队穿着制服的警员迅速跑了进来，疏散人群，封锁现场。

我赶紧手忙脚乱地提着裙子跟在饶辰的身后向门外走去，不过没走几步，我忍不住心中的好奇，胆怯怯地转过头望了望楼台，发现那里早已空无一人。

那么，我是不是可以大着胆子告诉警察我所看到的一切，而且让他们派人二十四小时寸步不离地保护着我呢？然而话都到了嘴边，我最终却没有那股勇气说出，只能拖着三魂去了两分半的躯壳默默不语地跟着饶辰回了家。

可是由于饶辰约了一个客户，要跟对方商谈在百货商城租借商柜之事，因而没空搭理我与我分析婚礼上发生的事情。他换了一套衣服，扔给我一句“在家看书不然扣工资”的重量级话语便离开了。

我望着他的背影，闷闷不乐地坐到沙发上，脑子里像塞满了什么东西似的。在通过几十秒钟的犹豫之后，我决定找马媛利吐吐槽去。

结果就在我把马媛利成功拐骗出来，来到一家酒吧正挑选位置时，邪门的事情发生了。

我迎面瞧见一个穿着黑色衬衣，浑身上下透着神秘忧郁气质的霸气男，正用一种观赏猎物的神情打量着我。

我头皮顿时一阵阵发麻，瞬间强烈地有了一种崩溃感，觉悟到自己的噩梦要开始了，体内的细胞立马进入了紧张的状态中。

我怎么这么倒霉，出来吐吐槽都会遇上那个杀手！

我胆怯地捂住凉了一截的胸口，眼见那个男人起身向我走了过来，我情急之下伸手推了推马媛利的胳膊，扔下一句：“我有点不舒服，先走了。”然后转身朝着后门跑去，顺着小巷一直往前，来到一家酒店的停车场内，却发现无路可走了，不禁泪流满面，望着四周有些不知所措起来。

就在这时，一阵浓烈的酒气飘到了我的鼻中。我浑身一紧，欲将转身朝身后望去，一道贱贱的声音就强势传到了我的耳中。

“妹子，喜欢电棒吗，要不要跟大叔一起去酒店过夜？”

我靠！

这犹如嗓子眼里养了只蛤蟆的说话声真让人觉得恶心啊!

目测对方有一米六五,两百多斤,鼻塌眼斜,皮黑肉黄,真是个极品货色!当我看到对方把指甲放进嘴里做了个卖萌的动作时,我浑身都打了一个寒战。今天这是怎么了,好不容易摆脱掉那个杀手,就遇上这么一个醉得不知东南西北的大叔!

我皱着眉头,慌慌张张地从皮包里翻出手机想报警,但是太过慌张,我手一抖,手机掉在了地上,把我的希望几乎都给毁了。

"妹子……"

"你走开啦,你在干什么?"我被这动手动脚的大叔弄得都快急疯了,怒目圆睁伸手一把推开他,想赶紧离开这个地方。可是那大叔就像个痞子一样,追上来一把抓住了我,一边嘿嘿地笑着,一边用自己长满胡须的嘴来蹭我的脸蛋。

"妹子,你皮肤好嫩,你要多少钱?"

"大叔,我不是路边妹……你走开啦,你这个死变态……"我火冒三丈,心脏都快虚停了,气咻咻地拼命挣扎着,却反被大叔按倒在了一辆车上。

我脸色瞬间变得惨白,用尽全身力气控制住心中那股想要号哭的冲动,使劲捶打着大叔,大叔却不以为然。这时,一个不明生物的拳头突兀地从我身侧挥来,擦过大叔的面颊狠狠地落在了他的脸上。

我一阵惊愕,怔怔地撇过头去,目瞪口呆地望着站在身前的男人,不难猜出,这男人就是那个酷似明哲的杀手男。

"该死的,你这个臭小子,敢来打扰我的兴趣!识相一点,快滚,别妨碍了我。"大叔眼中带着一股杀人的怒气望着对方,表情忒狰狞了。

杀手男气息冰冷地皱了皱眉头:"女人是我的,该滚的人是你!"

"口气真是不小啊,叫我滚,你小子活腻了吧?"大叔龇牙咧嘴,捂住被揍得像注了水的苹果脸,气咻咻地骂着。

"不滚?"杀手男目光中透出令人不寒而栗的寒意。

大叔愣了一下。

杀手男双眼立时危险地眯了起来，从腰间抽出了手枪，对准了大叔的脑袋。

我吃了一惊，嘴里毫无意识地“啊”了一声，下意识地小声嘀咕着：“枪……”

“嘿嘿，你这个是假的吧……拿个玩具枪来吓唬人吗？”大叔神经大条地说着。

“我也很想知道，这批军火是真是假，不如就拿你来试试？”杀手男说完，食指轻轻地扣响了扳机，那装上了灭音器的手枪发出“嗖”的一声，子弹飞快地从手枪里射出，紧贴着大叔的脸颊深深地嵌入他身后的墙壁上，吓得我一阵尿急。

“真的还是假的？”如鬼魅一般的声音，从我耳边溜过。

大叔硬生生地吞了一口唾沫，伸手擦了擦脸上的血痕扔下一句：“大哥，是真的，是真的，这女人给你……”然后，他连滚带爬地向大门外奔去，惊得我在原地呆愣了三秒，随即条件反射地尾随而去想溜掉。

却发现自己那颤抖着的双脚，使不出我想要的速度。跌跌撞撞中我脚下不禁打了一个趔趄，整个身子一斜，撞在了右边石柱上的钉子上，钉子刺入了我的皮肉里给我带来一阵钻心的痛。

“呜——”我忍不住红了眼眶，眼泪哗啦啦直往外掉，把这辈子所有的泪水都透支在了这一刻。对方那低沉沙哑的嗓音从我身后钻入了我的耳中：“做这些无谓的挣扎有用吗，我不喜欢跟人玩捉迷藏的游戏，你最好不要让我对你失去耐心！”

我战战兢兢地侧过头去，看着近在咫尺的男人，鼓起勇气带着哭腔问他：“你要杀我吗，我什么都不知道的，你可不可以放过我？你到底是什么人啊？”

他答非所问，喊出了我的名字：“林车车。”

我脑袋顿时被一道闪电狠狠地砸中：“你真的是明哲？”

我应该早就想到的，这个地球上，有60亿口人，没有任何两个人是完全一样的，即使长得相像，但是自身带着的那种气息，是其他人模仿不来的！

“我本不想杀你，可是你看到了不该看到的东西。”

“我救过你……我曾经救过你诶，你怎么可以恩将仇报？”我悲恸欲绝，一想起自己还当他是朋友，肠子就悔断了，把古今中外所有口诀必杀技在心中酝酿了千百遍！

他抿了抿唇：“U盘你放在了哪儿？”

我抱着一丝美好的想法，对他说：“不在身上，要不你约个地点，我明天给你送去？”

他勾唇一笑，好像有话要说，一道白色的光芒却在此时很突然地从一旁晃了过来，好像是停车场的保安巡视的时间到了。

我心弦一振，一股求生的欲望使我迸发出了一股力量，张嘴正要喊出“救命”，可惜，明哲早已将我的心思给看穿，速度超快地送上了他那两瓣柔软的双唇。

我汗颜，愕然地睁大了眼睛，如果问现在有什么能冲击到我强韧的心灵，那便是明哲隐藏在我身后随时都会开火的那把枪。此外，还有他的吻。

“喂，你们在那里干什么？”保安举着手中的电筒晃了过来，出声询问。

明哲侧身做了一个令人无限遐想的动作，用手捂住我的口鼻，撇过头去回应着保安：“不好意思，喝了一点酒，所以忍不住心情，我们马上就走。”

“哦。”保安应了一声就没了下文。

我胆怯地斜着眼儿瞥着那名转身离开的保安，精疲力尽地在心中咆哮着，祈祷对方快点回来，可是那逐渐远去的脚步声，将我心中的期盼彻底给粉碎了。

我这次真是造孽造大发了吗？

我恶狠狠地攥紧拳头决定跟眼前的人拼了，于是立马抬脚朝着他的胯下踹去。明哲吃痛，眼神顿时冷硬如石，吓得我头冒庐山瀑布汗，缩起了身子。

也不知他脑袋瓜子里面到底在想些什么，片刻之后，嘴角竟然勾起了一抹冷冷的笑意，伸手抓住我的胳膊，垂眸瞧着我受伤的地方，没头没脑地朝我抛来一句："你说你救过我，那么这次，我还你一个人情！"

他这话不是在开玩笑，真的打算放我走？

我眼中迸出了一丝希望，还未从惊喜中回过神儿，脖子却骤然一痛，紧接着我视野一暗，还没搞清楚什么状况，就栽倒在了他的怀中昏死了过去。

也不知过了多久，我在一阵昏天暗地中悠悠地醒了过来，转动僵硬的手指揉着发痛的脖子从一张床上坐了起来，瞄了一眼四周，一阵冷汗就油然而生。

这里……

是什么地方？

不足五十平方米的小屋，四周的墙面都被铺上了咖啡色带着白色雪花点的墙纸。身下是一张单人床，床边有台化妆柜，化妆柜过去一点有个半人高的柜子，上面放着几张照片，那照片上的人好像是明哲，又有点不像。

不过，这房间应该在我之前有人经常使用，因为四周十分的干净，连一点灰尘都没有，而且地面上的地板被人擦得像面镜子一样，在室内灯光的照射下，发出一层白晃晃的光。

我昏昏沉沉地从床上走了下去，在房内逛了一圈。走到房内的一扇玻璃门前，忍不住伸手扭开了门锁，瞧了瞧里面，发现这是间单独的卫生间，里面有马桶和浴池，前方墙面上还有个巴掌大的通风口。

这到底是哪儿？

我心里没底，目光有些呆滞起来，缓缓地移动着脚步回到房中，来到安装了防护的窗户前，想看看外面这是哪儿，最好还能见到个人。可是情况并不乐观，外面是一个林子，还是难见一丝人烟的那种。

这到底是什么地方？

我要打电话报警，可是没有电话！

我急了，转过身扑在大门上拍打着，透过门上的猫眼儿瞄着外面的动静儿，却在隐隐约约间瞧见前面的墙面上，贴满大大小小的照片。有些照片上还画上了红色的X，其中一个就是上次死在游艇上的黄总。

这瞬间刺激到了我的神经，我心中一紧，扯着嗓子拼命喊叫着："外面有没有人？救命……外面到底有没有人，救命啊……谁来救救我……"

"砰——"房门被人猛力地推开，明哲杀了进来，用他那双没有一丝波澜的蓝色眼睛紧紧地盯着我。我感到奇怪，他的眼睛怎么又变成蓝色了，难道他的眼睛是猫眼石？

我皱了皱眉，心想他这个人会不会跟电视里面的连环杀手、变态精神病之类的人是一样的。只见他转过身去，拿起盘子里面的剪刀，这疑似行凶的举动惊得我直想流宽面条泪。

身后，他慢悠悠地说着："你省点力气吧，我不想放你走，你是没有办法离开这儿的！"话语中带着淡定和不容拒绝的强势。

他这句话说得不假，他不放我走，我出得去吗？我杵在大门前不停地扭动着门锁，却总是打不开，很明显他已经将门反锁了。

我气恼地转过身去，看着从小屋子里走了出来的他："你说过你会放过我的，你干吗还把我关在这儿？"

"你理解错误了吧，我说还你一个人情不杀你，但不代表你就有自由。你过来，你的伤口还在流血，要是不及时处理，很容易染上细菌。"

明哲嘴里轻描淡写地说着,移动脚步向我走了过来。

我气愤,瞪着他:“你不要过来,我真后悔认识你。”

“你后悔认识我?从一开始就是你在接近我,我可从来没有主动靠近过你。”

“我……”去他奶奶的,我被他这话气得想去跳河,“是又怎么样,我没有想到你会是个杀手。”

“废话说完了?”

“干吗?我连说话的权利都没有了吗?我警告你,你赶快放了我,不然……”

“不然你想怎样?”他很嚣张地问我。

“我……”我拧着眉头,拿这种油盐不进的人完全是没一点办法。

明哲大步朝我走了过去,用力地抓住我的胳膊,将我拉扯进那间小屋,把我扔到床上。

我露出一副死人脸,咬牙切齿地瞪着他:“你想干什么,是想要我?”

“我对你没兴趣。”明哲拿着药箱来到我身边瞥了我一眼,那目光完全是在侮辱我的女性美,让我都想对着他的脑袋飞拖鞋了。

“就这样待在床上,不要乱动,伤口再流血,我就砍了你这只手,让你的血一次流个够。”

听着他这凶悍又带着冷暴力的话语,我整颗心都快坍塌了,真搞不懂他那强大的腹黑基因是遗传谁的。

我不想当包子啊,但是在他面前,我就是个不折不扣的包子。

明哲把我的衣服袖子往上拉了拉,露出我白嫩嫩的膀子来。我正纳闷他要做什么,他就拿着喷雾剂朝我膀子上一喷,随即拿出一根闪烁着银白色光芒的针头贴近我的二头肌。

我不由自主地打了个一个冷战,惊讶地叫了出来,全身肌肉都陷入紧张中:“你想干什么?你想给我注射毒素吗?”

明哲无视我脸上的表情，眼眸低垂，嘴里喃喃地说着："你的伤口是被铁丝划伤的，为防感染，我给你注射一针破抗。你可以选择拒绝，但是后果怎样，我就不跟你详细说明了。"

他这是在威胁我吗，这样一副掌握了我生死的态度。

我紧绷着的身体瞬间放松了，默默地接受他的治疗。只见他十分专注地给我包扎着伤口，动作熟练又轻又柔。我就不禁用目光对他进行了一系列的解剖，之后在心中揣摩了一番开口询问他："喂，我问你，你为什么要把我关起来？"

明哲沉默。

我心情变得焦躁起来，嗓音里都带着怒气："我问你话，你为什么不回答，还有你的真实名字叫什么？"

明哲选择性耳鸣加眼盲似的，无视掉我的存在，留下一句废话就转身离开了。

他说："你的伤口包扎好了，我过一会儿会给你送饭来。你仔细想想，你需要些什么，我来的时候你告诉我。"

我转过目光望着他逐渐离去的背影，在心底发出歇斯底里的尖叫，觉得再待在这儿什么事都不做，会有种快被逼疯了的感觉！再说我不知道，这个丧心病狂的男人会不会杀了自己。我变得越来越焦躁了，决定等他给我送饭的时候把他打晕，然后逃跑。

于是乎，我找了一个花瓶躲在了门后，等待着他的到来。

没过多久，房门轻轻地敞开了，当明哲拿着食物从门外走进来时，我从一旁蹿了出来将手中的花瓶狠狠地砸在了他的后脑勺上。"哐"的一声后，他缓慢地撇过头来望着我，眼中透出杀意。

我一下子被吓蒙了，浑浑噩噩地想不明白为什么他还不晕，是花瓶质量太好，还是他脑袋太硬啊？可是，电视上不是经常这么演吗，受击者必定会晕倒的！

这下好了，我的如意算盘打错了，心里很是失望。

“原来你喜欢玩这种暴力的游戏，现在玩够了吗？”明哲嗓音夹杂着一丝怒气问我，一张脸变得十分阴沉。

我忍着想哭的冲动：“你把我关在这儿到底想做什么？”

“别逼我杀你。另外，我最讨厌跟人玩这种弱智的游戏，你最好适可而止，我想要你的命比你要我的命容易得多。”他低声警告，伸手抓住了我的胳膊，将我拖向了他的胸膛，抬眼逼视着我的眼睛，要我给他一个满意的回答。

我无限怨念，没好气地对他吼着：“你到底想怎么样，我可以把那天看到的事情全部忘记，你放我走好不好？我想回到饶辰的身边去，我还有很多事情没有做。”

“现在你只能选择这一条路，你若离开了这栋房子，等着你的就是地狱。”他如琉璃般的蓝色眼眸中潜藏着一丝浮动着的杀气。

我大怒，忿忿地伸手一巴掌甩在了他的脸上：“真后悔昨天没把你杀人的人事告诉警察，你这种人死后会下十八层地狱的。”

他脸色一寒，像内心涌起了无法言表的愤怒般，劈手狠狠地扣住了我的脖子。

我身子陡然一震，疯狂地挣扎起来，朝着他一阵拳打脚踢。也不知道踢到了他哪儿，只见他脸色一变，反手将我甩到一旁。手指却不小心勾到了我脖子上的项链，接着一个不经意的挥手，项链被甩出了窗外。

我立时瞪圆了眼睛，急躁地伸手推开他追随着项链来到窗台前，把脑袋探出窗外四处搜寻着那条项链，可是我什么都没有看到！

我恶狠狠地转过身来，望着他离去的背影，心中又恼又气，如果可以用一首歌来形容我此时的心情，那就是《忐忑》。

去死吧，这个比鬼子还要操蛋的男人！

我悲戚戚地埋着脑袋，尽量发散着思维不去想项链的事，结果用力过度竟然有些乏困起来，一躺到床上，闭上眼睛就睡着了。

也不知过了多久，迷迷糊糊中，我突然感到有谁用手在拍我的肩膀，我眯眼一看是明哲那个坏蛋，我就继续装睡不想搭理他。隔了一会儿，他见我死活不理他，也不好意思厚着脸皮继续杵在房内，扔下一句“搁了东西在床头柜上，你饿了就吃”的话语便离开了。

我这才睁开眼睛，翻了个身从床上坐了起来，撇过头瞄了一眼床头柜上的东西。一串闪闪发亮的东西让我心中一震，不敢相信饶辰送我的那项链又回来了！

我心潮澎湃地伸手取过仔细瞧了瞧，发现真的是那串项链。心头不禁一热，对明哲的那丝厌烦之情也瞬间消散了。我挪动身子从床上走了下来，悄悄地靠近房门，眼波一动往外瞧去，正巧看见还没走远的明哲。也不知在他在干什么，像个木桩一样竖立在大厅中央，一股淡漠疏离的气息，令他仿佛遥不可及似的。

我偏了偏脑袋，在心中稍稍犹豫了一下，小声嘟囔着：“谢谢你，帮我把项链找了回来。不过你是怎么找到的呢？”

明哲没有回话，也没有回头，伸手做了一个懒腰消失在了我的视野中，也不知他干吗去。我回到床上一边吃他搁下的食物，一边想着饶辰现在在做什么，会不会因为我的突然消失四处寻找着我。

不久，我的身体突然出现了一种奇怪的症状，冒出好多红色的小疹子，奇痒无比，胸口闷闷的呼吸十分困难，好像过敏性哮喘发作。我难受至极，“咚”的一声从床上摔了下去。明哲破门而入，目光落在我脸上的那一瞬间，他表情凝固住了，整个人像石头一样僵硬。

他大步走上前来，蹲下身将我从地上抱了起来放在床上，嗓音里都透出一股急迫：“林车车，你不舒服吗，脸色这么差！你到底怎么了？快回答我！”

“我好难受……”我悲催得连说话的力气都没有了，那短短的四个字就让我呼吸短促，接着不停地咳嗽起来。

第六章　我要在这等他一个月

女人没有回话，像在思考着什么。隔了好一会儿，她才把目光定在了我的脸上，疑似想起了什么，不由得一笑，朝我抛来一些莫名其妙的话语："我一直都觉得奇怪，为什么明哲会将你救出海中，事后又在医院外用烟雾弹让你脱困，现在一看……你跟他在一起多久了？"

明哲皱着眉，脸上的神色也变得越来越疑重："你是不是有什么病？"不等我回答，他又补充了一句，"我现在带你去医院。"

我没吱声，他便将我从床上抱了起来，朝着楼下走去。

这儿应该是郊区吧，明哲带我下了楼，一路上我都没见到一处住房。我姑且断定他家离医院应该有一段的路程，不然他怎么会将我送到一家小型诊所。也不知自己是不是招惹了晦气君，接待我的护士告诉我，住在这一带的居民今天就跟崩盘了似的，集体食物中毒，一窝蜂跑来门诊住院，导致这家小型门诊的医生和护士非常的忙碌，并且没有病床了！

我欲哭无泪，被明哲安顿在椅子上，稀里糊涂地一直挠着身上的红疹。

明哲一把抓住了我的手，眼中闪过一抹慌张："别再挠了，你这样很容易抓破皮肤，让指甲里的毒素进入血液里的。"

我瞥了他一眼，冷冷地说："可是我全身都好痒，痒得我心慌难受。我问你，你今天给我注射的那支药，确实是破抗而不是毒药吗？还是你在我吃的东西里面放了什么东西？"

"我在你心目中是这么一个心肠歹毒的人？"

"……"我满脸愁容。

他眉头隐皱，眼中闪过一丝忧郁和失望的神色。半晌，他竟然伸手抚开我那被汗水黏在额头上的头发，低低地道出一句："忍一忍吧，医生很快就会来了。”

“……”他是在关心我吗？可是杀手不都是冷血动物吗，就算温柔，那也是披着伪善的皮囊，试图把自己变成了一只受过高等教育的无害大灰狼吧。

我在心中幽幽地叹了一口气，有点搞不懂明哲是真的关心自己，还是当着很多人的面不敢暴露出凶残的一面在作秀呢。我眯着眼怔怔地望着他，忽然想着自己离开了那个囚禁的鸟笼，说不准有逃走的机会哦。

哪知明哲一眼就将我的心思给看穿，阴恻恻地警告我："你在想什么有时候最好不要表露在脸上，从我手中逃走的机会，你觉得能有多大呢。而且，就算你从我眼前逃走了，我想要抓你回来简直就是不费一点力气，到时候我就不知道会不会有杀你的想法了。”

我冷汗不止，凄惨惨地望着他的眼睛，有点搞不懂，难道我透明得真的就像一张白纸吗？

我垂下脑袋，变得闷闷不乐起来。

大概过了两分钟，穿着白大褂的医生从一间房内走了出来，竟然以为明哲是病人，不询问我的情况反而去询问明哲。得知病者是我，他这才放下手中的药水，来到我身边检查着我身上的小红点。最后又将我无视抛给明哲一个黑色幽默："你太太是食物过敏，可能是吃了什么东西造成的，再加上最近气候的关系，她上呼吸道感染才会这样。输两天液吃点药就会好了，你不用担心。”

我瞬间风中凌乱，张口想解释，医生却直接无视我的存在，跟明哲像一对基友似的，展开着密集型的谈话。明哲要求医生将药水配齐全之后交给他就行了，其他的事他们不用过问，因为他说他当过护理，而且医院没床位想带我回家打点滴。

医生没有说什么，只是点了点头，然后开了单子就让护士去取药。

我顿时纳闷了，才飞出鸟笼还没顺上一口气，就又要回去被关押，那怎么行！于是，等护士把药配好递给明哲之后，我就死活不肯走，结果明哲硬生生地将我从椅子上拉了起来，然后抓住我的两条胳膊，把我强行背在背上朝着外面走去。

我心中猛地一惊，在明哲的背上陷入几分钟的沉默后，我脑中没有来由地闪过在游艇上那会儿，饶辰背着我的场景……

突然，四周吹过一阵凉风，片片落叶从我眼前飘过，里面似乎还夹杂着什么。

是花瓣！

一朵朵淡白色的四季桂从空中飘飘洒洒地落下，随风飘落在我的脸上，为我带来了一股淡淡的香气。

我心中轻叹，深深地吸了一口夹杂着花香的空气，然后悠悠地吐出。伸手揉了揉微微有些酸涩的眼睛，借着微弱的月光，撇过脑袋静静地瞅着明哲侧面的轮廓，听着他的声息，心中顿时涌起一种连我自己都说不出的感觉来。

"喂，"我轻声喊他，"你的名字是不是真的叫欧阳明哲呢？"

懒懒的嗓音从他唇齿间飘出："我没有必要骗你。"

"可是我以前看电视，上面的杀手都会有很多名字，而且有很多种身份，很多张脸，谁知道你告诉我的是不是真名。你的眼睛是蓝色的吗，还是戴了眼瞳呢？"

"这双眼睛不是我的。"

"什么意思？"我满脸疑惑。

"三年前，在一个废弃的仓库里，煤气爆炸时我没有从里面逃出，醒来后发现自己双眼失明，同时又接到自己的好兄弟的死讯。然后，博士告诉我，他临死前最后的遗言是将遗体捐赠出去。"明哲说这话时，呼吸变得有些急促，语气十分的低沉，就像此时的黑夜，难以驱散。

我也没料到他会跟我说这些："照你刚才说的，那么你朋友的眼睛是被人移植给了你？"

明哲没有回答。

我继续提问:“那这样,你应该就不是混血儿了。那你为什么不找份正常人的工作,非要干这种既犯罪又危险的事情呢?”

“因为没得选择,我从小生活在贫民窟,每天睁开眼第一件事就是如何填饱自己的肚子。后来有一天有个人出现在我的眼前,他问我,想吃饱饭吗?我告诉他,想……”正说到精彩的部分,明哲喉头突然就没有了话语。真会吊人胃口,跟说书的一样,没事总爱掐断令人情绪高涨的部分,来句“欲知详情,请听下回分解”。

我不禁急了,觉得他的童年肯定黯淡无光,但又似乎充满传奇,忍不住伸手推了推他的肩,催促他:“那后来呢,你告诉他你想吃饱饭后,他做了什么?”

明哲淡淡地说,话语里透着一股忧伤:“没有后来。”

“嗯?怎么没后来,要是没后来你怎么长这么大?你快说吧,别让人心中老是惦记着。”

“有些事情,你知道得越少越好。”明哲耸了耸肩,告诫着我。

“切,真以为是在拍电影吗,还你知道得越少越好,是不是知道得越多见死神的机会就越大呢?”我一脸的扫兴,但转念一想,像他这种有着特殊身份的人,还是少打听他的事为好,免得一会儿知道得太多,真的被灭口了。

我越想就越感到恐惧,索性闭上嘴巴,不跟他唠叨了。明哲突然开口问了我一个奇怪的问题:“话说,早上那会儿你很担心那串项链,那项链是那个男人送给你的吗?”

“嗯?”

“就是上次在游艇上,和你一同出现在控制室里的那个男人,那项链是他送给你的吗?”

我感到诧异,心中涌起一股很不舒服的感觉,有点紧张地说着:“你怀着什么样的心态,竟想八卦挖掘我的事。在那次婚礼上,我虽然看见了你杀人，但是我没有告诉他。”

“原来，你这么在乎那个男人。”明哲喃喃自语地说着，脸上的表情就好像冷风划过一样。

我顿时愣住了，将注视着他侧脸的目光收了回去。没过一会儿，他背着我回到了家里，将我放在床上，为我挂上了点滴，然后翻找着护士配的药丸子。

我也不知他看到了什么，一直怔怔地杵在哪儿。

“你在看什么？”

“在看医生给你配的药，发现有些是给你擦身子用的药膏。你打完点滴再用吧，我先去给你烧壶热水，再找找看这儿有没有盆。”

“哦。”我懒声回应着，目光一直跟着他出了房间才收了回来。

半晌，明哲手中拿着一台笔记本电脑和一床被子，从门外走了进来，见挂在铁杆上的白色药水快输完了，他就放下手中的东西换上另一袋。随后，他细心地将被子盖在我的身上，由于他靠我太近，导致我起身变换动作时，我俩的鼻尖碰巧撞在了一起。

我不禁愣了一下，睁大了一双眼睛，盯着他那双清澈如秋日的眼眸。

他拧了拧眉，嘴唇翕动，似是想说什么。可是他的喉头却没有发出一丝声响，反而扯出一抹淡淡的笑容，转过身去把电脑递给我：“我在里面下了很多小游戏，还有一些电影和电视剧，你要是觉得无聊，就玩电脑吧！”

我有点手足无措，下意识地摸了摸膝盖上的笔记本，斜着小眼神儿瞄他，哪知目光却和他的目光撞在了一起。我心中猛地一惊，慌慌张张地把脑袋垂了下去，怀着忐忑不安的心情打开了电脑。

明哲默默不语地拉过凳子坐在了一旁，看着窗外的月色。半晌，我也不知他突然想到了什么，朝我抛来一个莫名其妙的问题。

他问：“对了，你会做饭吗？”

我挑了挑眉，不明白他问我这个做什么，犹豫了一下，对他说："这个年代，谁不会做饭啊，不过你问这个问题干吗，你难道还想让我当你的女佣吗？"

"……"明哲眨了眨眼，不说话。

我心中气紧，最见不得他这种说话老是慢半拍的人："你为什么不回答我的话呢，你怎么老是不吭声啊，我问你，你把我关在这儿到底想干吗？"

明哲沉沉地吸了一口气，慢条斯理地开了口："你觉得呢？"

我想了想："你们做杀手的是不可以结婚的吧，你想让我做代孕妈妈吗？"

"这人，得傻得多透彻才会有这种想法，才会说出这样的话呢！"

"……"我眼眸半垂，选择性地沉默了。

"你到底抱着什么样的心理，才会说出这种邪恶的话？"

好吧，我承认我邪恶了，但是至少比他纯洁！

我气鼓鼓地瞪着他，他额上流下三条黑线，眼中闪过一丝决定不再搭理我的想法一样，起身走了出去。

我拧着眉头，喊他："你要去哪儿，我现在是病人，很需要别人照顾。"

"药水快输完时，我会回来。你要是有什么需要，可以喊我，我就在外面。"明哲扔下这句话，关上了房门。

我吐出一口沮丧气，靠在床沿上，在药物的催眠下，陷入迷迷糊糊之中。昏昏沉沉时，忽然听见房内响起一阵窸窸窣窣的声响。我眯开眼一看，瞧见明哲正站在床边取药水袋，而他身侧的凳子上还放着一盆冒着缕缕雾气的热水。

"你在干吗？"

"你忘了，我刚才有说医生配了药膏给你擦身上的红疹子吧，你先擦擦身子，再擦药吧。"

“怎么这么麻烦？”我小声嘀咕着，懒洋洋地坐直身子，眯着眼把手伸到盆里，拿过里面的毛巾拧干水后，擦着脖子跟胳膊。

明哲自觉地走了出去，我顿时意识到自己遇上了一个难题，我擦不到背脊啊！即使我在他出去后磨磨叽叽地擦完了胸口，那背后的红疹子怎么办？那医生也忒搞了，配什么药不好，偏偏要配擦洗身子用的。我把这些嗷嗷号叫的话沉淀到心底之后，朝门外的明哲投去一个深水炸弹：“明哲，你能进来一下吗？”

明哲带着一丝疑惑从门外走进来：“你怎么了？”

“我擦不到背上的红疹子，你帮我一下吧。”我懒声说着，把手中的毛巾递给他，躲在被子里面脱掉身上的衣服，然后用脚踹了踹被子露出大半个背脊来。

“好了，你可以行动了。”

明哲怔了怔，支支吾吾起来：“呃……我不会啊……我从来没有做过这种事。”

“洗脸你会吧，就像洗脸那样，用毛巾给我擦上面的红疹子。你擦洗完之后，再给我涂抹药膏！”

我哼哼唧唧地说着，不等明哲回答，又补充了一句：“你动作快点，我这样很冷。”

明哲低低地咳嗽了一声，就给我擦拭身体，那动作又轻又柔。他好像有些羞涩，我忍不住撇过头去看着他。

明哲手中的动作顿时稍稍停顿了一下，抬眼望着我。

我抿了抿唇：“明哲，我能不能问你一个问题？”

“你说。”

“上次游艇上的那宗命案，是你做的吗？还有那次婚礼，你为什么要杀那个男人呢？”

他不回答，反而抛给我一个问题：“我是杀手，你觉得我做这些是为了什么？”

我被他考住了，笑嘻嘻地嘟囔了一句："或许这些人很坏吧！"

他不语，我又接着问："话说，你这么紧绷着，是不是没有碰过女人的身体，我都能感觉到你跟我擦背的时候很紧张哦。"

明哲一愣，脸颊一片晕红。

我狞笑："其实你这个人蛮好的，就像饶辰。虽然，他有时候让人恨得发狂，可是他本性不坏。而你，若不是干这种危险的工作让人感到害怕的话，我想你身边一定会围绕着很多人。"

明哲神情恍恍惚惚，好像在思考着什么。片刻的沉默之后，他眼眸变得深邃起来："纵使围绕在身边的人再多，都抵不过一个知己。"

"明哲，我知道你是一个好人，你放我走吧，我不会把那天的事说出去的，我们就当从来没有见过。至于你的U盘，我回去之后给你快递过来，好不好？"

明哲没有回话，缓缓地把手收了回来，紧紧地交握在了一起。

"明哲？"在这种情况下，我被迫成了心机女，小肚皮里的算盘打得噼里啪啦的，"你别不说话啊？"

明哲蹙了蹙眉，依旧沉默着，脸上表情淡淡的，也可以说是没有表情。

"喂，你为什么总是闷闷的，是你不愿意跟我多说几句话呢，还是你没有话想对我说？你抓我来这儿的目的不就是怕我把你杀人的事情说出去吗，我现在已经向你保证，会忘记，你是不是考虑一下放我走？"

我的话语一落，明哲的脸色突然变了，好似已经意识到这是我跟他之间的谈话中，最关键的问题。但是他还是不吱声，选择性耳聋外加失明似的，取过床柜上的药膏给我擦了擦红疹子之后，连句话都没说就挥挥衣袖走了。

我头顶顿时乌鸦成群飞过，发觉这人的内部基础还真不是一般的牢固，好言好语都攻不破！不过没关系，打这种心理战就跟下棋一样，一着昏招满盘皆输。目前看来，我还有九成的把握能说服他，只要假以时日就能把他洗脑成功。所以我准备养精蓄锐，等身子好了之后再去攻明哲的内部。

第二天，当我睁开双眼时，瞧见窗外的云层很低，又厚又密，似有下雨的先兆。冷风从外面灌了进来，把窗纱吹得猛烈地扬起。而且，房间的白色木门微微地敞开着，我想大概是明哲来过，出去时忘了锁门吧。

我从床上走了下来，悄悄地拉开房门走了出来，看见靠近阳台的一张白色餐桌上，摆放着几道热腾腾的家常小菜以及一盘水果拼盘。

我微感惊讶，明哲的身影从一间屋内走了出来，那屋子应该是厨房吧。

他伸手拉过身侧的椅子坐下，似乎斟酌了一下，才对我说："不知道这些食物合不合你的胃口，不过这一带才开发出来，有些东西很难买到。如果在外面的西餐厅叫外卖，恐怕会让你身上的红疹子越发越多，过来凑合着吃吧！"

我心中微怔，脑中却冒出的一些稀奇古怪的想法，慢吞吞地走了过去："这些东西都是你做的？"

"不，都是外卖，只是这些东西我是去城里买的。你要是会做饭，下次就由你来做吧。"

"你这话的意思，是想把我关在这里一辈子吗？"

我话音一落，屋内顿时变得寂静无声，连随风飘动的纱窗也因那句杀伤力超强的话而静止不动了。恰恰这时，明哲的手机很突兀地响了起来，他赶紧拿出手机瞄了一眼屏幕上显示的名字，然后边起身朝着卧室走去边接通了电话："好……我等会儿就过去……嗯……嗯……"

片刻，他从卧室走了出来，回到了我身边。他刚一坐下，我就开口问他："是你女朋友打来的？"

“不是。”明哲拿起筷子，冷冷淡淡地说着。

“不是你女朋友打开的，那就是任务啰。电视剧里老是说那些干特殊工作的人，都是电话联系，然后去他们规定的地点集合。要不你带我去开开眼界，我绝对不会想着逃走的。”

一抹惊讶飞快地掠过他的眼角：“我实在想不通二十四小时之前的你，还像个伤心欲绝的怨妇，灰头土脸的额上刻着生人勿近这四个大字，怎么一转眼你就变得好像不太害怕我了？”

我讪讪地回应他的话：“因为你并不是一个很坏的人，不然昨晚也不会带我去医院。”

明哲浅笑，扒了一口饭，懒声说道：“是吗？”眼中那黯然的神情，像极了生命的宣言。

“那你呢，你会出去很久吗？”

明哲抿唇，心不在焉地说着：“如果一个月我没有回来，你就自由了，有人会来这儿放你出去。”

我愕然地看着他，心中竟然为他担忧起来。虽然他刚才那话，并没有直接回复我的问题，但我自动补出了答案：“明哲……”

“嗯？”他薄唇勾起一个优雅的弧度。

我默然了一会，淡淡地说：“你就没想过找份其他工作吗，你弹琴那么好，你可以当钢琴师啊，然后找个自己喜欢的女人，跟对方结婚，建一个属于自己的家。你从来没有过这样的打算吗？”

明哲稍稍思考了一下，然后意味深长地瞅着我，眼眸越发幽暗深邃，沙哑低沉地说：“我已经没得选择，有些东西离我很遥远。既然不能给别人幸福，又何必要去害别人。我不愿亲眼看着自己所爱的人，从眼前离开，我怕自己会忍不住想要克隆另一个她。”

我一脸的疑惑，紧紧地盯着他的眼睛，从他的双眼中，我发现其实他蛮渴望能像个正常人一样过日子，和自己喜欢的女人结婚生个小孩。

或许，这对他来说很难吧……

因为他没有过去和未来！

因为他随时随地都可能会死！

我垂下脑袋，无奈一笑："明哲，你什么时候出去呢？"

"晚上。"

"那你下午有空吗，不如带我出去走走？"

明哲默默不语地抬眼，将深邃的眼眸转向我，那目光已经泄露出了他的想法，那便是不可以。

我心中顿时涌起一阵失望，埋着脑袋扒着饭再也没跟他说过一句话。直到晚上，我在房内洗了个澡，拿着毛巾擦着湿漉漉的头发从里面走出来，他的电话又响了起来。我没见他说话，但是他脸上的神情却变得阴郁，挂了电话就行色匆匆地回房拿上外套往门外走去。

我望着他的背影，心中不禁有些担忧起他的安危来。我从喉头发出僵硬如蚊吟的声音，明哲好像没有听见，我便赶紧走了上去，在他快走出大门那短短的一瞬里，一把抓住了他的手臂。

明哲微微一怔，带着一脸的疑惑不解望着我。

我凝视着他，在心中挣扎犹豫了一下，伸出小拇指勾了勾他的小拇指，才开了口："答应我，要活着回来，我们拉了钩，所以你不能食言。路上小心！"

明哲的脸上掠过一丝难以言明的神色，薄薄的唇角上勾出一丝奇异的笑意，扔下一句："谢谢。"就离开了。

我坐在空荡荡的屋子里，无所事事恍恍惚惚地过了好几个小时之后，下了一个重大的决定，那便是留在这个地方，看着他活着回来，放弃这逃走的大好机会。

就这样，我稀里糊涂地把时间给过渡到了晚上，正躺在床上睡得迷迷糊糊时，突然客厅的大门一阵响动，将我从梦中惊醒。

我警惕地从床上坐起，竖起耳朵听着门外的动静，心想难道是明哲回来了。我便下床穿上鞋蹿了出去，正想开口喊他，却被眼前的人给惊得目瞪口呆了。

“你是谁？”

我拧着眉头看着出现在眼前的陌生女人，仔仔细细地将她从上审视到下，见她一直沉默着，我就再次出声询问她：“你到底是谁？”

“我是谁，你不需要知道，这是有人让我给你的东西。”门外的女人一直都是一副高姿态，斜着眼睛瞄着我，那表情很不友善，话音一落下，她就把手中的口袋朝着我扔了过来。

我一头雾水地伸手接过，打开口袋瞧了瞧里面的东西，发现全是女性穿的衣服，贴心到内衣这些都有。

难道是明哲让她送来的？

我心中狐疑，脸上的神色也跟着变换不停：“是明哲让你给我的？他现在还好吗？”

女人从门外走了进来，没有立刻关上房门，她好像在试探着什么，随后坐在了一旁的椅子上：“你跟明哲是怎么认识的？”

我抿着嘴，用眼睛瞄着她，小心翼翼地说着：“游艇上，你呢？你是他什么人，女朋友吗？对了，你需要喝水吗？”

女人没有回话，像在思考着什么。隔了好一会儿，她才把目光定在了我的脸上，疑似想起了什么，不由得一笑，朝我抛来一些莫名其妙的话语：“我一直都觉得奇怪，为什么明哲会将你救出海中，事后又在医院外用烟雾弹让你脱困，现在一看……你跟他在一起多久了？”

“什么？什么将我救出海中，什么医院的烟雾弹啊？你究竟在说什么？”我脑中蹦出一串串问号，她倒水的动作也突然停顿了下来。

“难道他没有告诉你吗，他是个杀手，除了能满足你金钱上的欲望，是给不了你幸福的。而你能活到现在也都是因为他，那次在游艇上，你跟踪明哲险些害他暴露出了身份，那时你就该死。我也实在想不通为什么你掉入水中他要救你，后来还阻止我杀你。你和那个女星的事情发生后，他还冒着那么大的危险，在大庭广众之下，用烟雾弹来让你脱困。”

“……”女人的话越说越高深莫测，害我就跟个巨婴一样，完全听不懂人话似的。

她又道："他说，让你陷入这种麻烦中的人是他，所以事后让你能摆脱掉那些所谓的粉丝的围攻，是他应该为你做的。可是你知道吗，这些微不足道的事情，有时候会要了他的命，因为我们做杀手的，是不可以爱上别人，也不可以和其他人走得太近的。就像现在，他将你这颗定时炸弹留在这儿，终究有一天会害了他。”

我拧眉，结合着她的话想了想最近这段时间发生的事，终于懂了她的话，迷迷糊糊地说着："我知道他是杀手，但是我们的关系没你想得那么复杂，我们只是……”话说到这儿，我停顿了一下，因为我解释不清楚我跟明哲之间算不算朋友，最后索性还是勉为其难地在自己与他的头上盖上了“朋友”两个字。

女人听完我的话后，脸上的表情变得太快，害我还没反应过来是不是自己哪儿说错了，女人就露出一副决绝的表情，直接地对我下了逐客令："我们做杀手的，不需要过多的朋友，也不需要其他人的关心。门没锁，你走吧，我不习惯替他照顾女人。我记得你有个男人叫饶辰，他如今在找你，你回到他的身边去吧，明哲不适合你。而我，该说的都说了，你若懂应该不需要我再多说。”

奇怪了，这个女人到底是谁，这么一副冷冰冰拒人千里之外的态度，还放我走。我也想离开回去找饶辰，不过，我更想看见明哲活着回来。于是我拒绝了她的好意："我要等他回来，所以等我想走时，我再告诉你吧。”

女人眼神瞬间一片冰冷，将一枚钥匙扔在桌上，满脸不悦地起身离开了。

我带着疑惑不解的表情目送她离开后，脑中便纠结着一些乱七八糟的问题来。

之后的这一个月里，每隔七天，那个女人都会送来食物。然后在我的面前晃悠一会，可是她却不再跟我说一句话，脸上总是带着仇视的目光，好像讨厌我到了无以复加的地步。

苦逼的我也不敢去招惹她，就一直没有表情地装作对她视若无睹般，好不容易把时间熬到了一个月的最后一天。

今夜，月色朦胧。

我心中很是澎湃，特意做了很多菜，虽然味道不怎么样，但是似乎比前几天要好一点儿。而且我还取了个别出心裁的名字叫“最后的晚餐”，虽然名字听起来一点也不浪漫，但是事实就是这样。

因为一个月的期限已经到了，今夜无论他回不回来，我都要离开了。

现在是晚上十一点五十九分。

我坐在餐桌前，喜滋滋地看着墙上的挂钟，随着跳动的秒针在心中持之以恒反反复复孜孜不倦地默默数着数，等待着明哲的回来。

可是十分钟过去了，二十分钟过去了，半个小时都过去了……你妹的，这人是不是已经被列入了全球十大未解之谜了。怎么还不回来啊？

我的眼睛都快定格在了钟表上，澎湃的心情也随着分分秒秒流逝的时间中降为了冰点。

忽然，门外传来了一阵响动，像有人正朝着这儿走了过来。

我心中不由得颤抖了一下，急急忙忙地从椅子上站起身来，跑了过去杵在大门口，在脸上挂着灿烂的笑容。

可是接下去，外面又变得寂静无声。

我顿时纳闷了，闪闪发亮的眼神也呆滞了起来，一下子竟觉得毫无存在感。我失魂落魄地回到原位，坐在椅子上在心中做了一个总结性的吐槽。

之后每隔一段时间，房门外只要有一点细微的声音，我的心中都会卷起巨大的海啸，可是最后都以失望告终。久而久之，我被那些毫不相干的声响，惊得快成一个精神分裂者了，也对门外发出动静来骚扰我的那群不明生物，由衷地表示愤怒！

我狠狠地甩上自己小窝的房门，躺在床上打算不再等明哲回来，却在床上翻来覆去自个儿折腾到了半夜，好不容易终于陷入昏昏欲睡中时，大厅外却很诡异地传来“砰”的一声闷响。

我迷迷糊糊地昂起头颅，一脸云游外太空的痴呆模样，傻傻分不清刚才那阵声音是自己出现了幻听还是在做梦。我便把脑袋垂了下去，继续昏睡。也不知过了多久，我觉得有点不对劲儿，心中老是不踏实，忍不住伸手揉了揉眼睛，从床上走了下来，慢吞吞地朝着外面走去想看看情况。

结果皇天不负有心人！

我真的等到了他的回来，只是情况好像跟我预想中的不太一样！

整个大厅都弥漫着一股异样的气息，刺激着我的整副神经。

“明哲……”我喊他。站在我身前不远处的他，缓慢地转过身来，嘴里的第一句话是：“你瘦了。”随后他身子一斜，疑似有晕倒的趋势。我赶紧跑上前伸手一把接住了他的身体，将他的重心移到自己的肩上，顺着胳膊的斜度把他放在了沙发上。

我不知道他到底怎么了，但是他刚才所站的地方，那残留着的一团暗黑色的湿迹告诉我，这是他流的血，他身上有伤。

我拧着眉头，垂着眸，小心翼翼地解开他身上的衬衫，发现他的腰间绑着绷带，那绷带的四周还残留着血块，甚至还有些温热的鲜血从里面流出，好像伤口并没有凝固住一样。我这才觉察到事情的严重性，一脸愁容惨淡地往四周乱瞟，发现玄关的鞋柜上正放着药箱，初步断定他回来时偷偷地包扎了伤口。但是这男人也太粗心了吧，伤口都还在流血呢！

我绝不能放任他不管，急急地将他腰间的绷带剪拆掉。一个铜钱大小的伤口触目惊心地展露在了我的眼前，并且伤口周围的皮肤都微微地翻卷着。

这个伤口真不简单，应该是枪伤吧。地面上的那团血迹里，闪烁着诡异光芒的一颗圆锥形的东西就血淋淋地把事实给暴露了出来。

还好他已经自个儿把子弹取出，不然我还真不知该怎么帮他了。

很快，我在他的伤口上涂上厚厚的一层药膏，帮他再次将伤口包扎了起来，动作笨拙得就像在包粽子、包肉包子一样。因为从来就没处理过大型伤口，没过几分钟，我就处理好了一切，心里顿时浮起了一种优越感，便死命地摇晃着他的胳膊。

"明哲，你醒醒，明哲，你醒醒——"

"你就不能温柔一点吗，即使去了鬼门关，都会被你的大嗓门给震回来。"明哲睁开眼睛，嘴角微微地上扬幽幽地说着。

我很不好意思地小声嘟囔着："我是怕你会死掉，有人说人在虚弱时，如果有人不停地呼唤他，就会点亮他心中的那盏灯，让他在黑暗中能寻到一条路。话说，你为什么会中枪呢？"

明哲一阵沉默，久久凝视着我的眼睛，那目光很不寻常。

我垂眸，知道他是个慢性子，有些话需要酝酿许久才能从嘴里蹦出，便自个儿找了一个台阶给他下，问他："你吃过饭了吗，我本来想等你回来一起吃饭的，可是我太饿了。你要是还没吃，我现在去给你热热，饭菜都在餐桌上。"

"好，谢谢你。"

他还真是不客气，我心里无奈地呼出一口气，起身来到餐桌前，把饭菜端到厨房加热，天空开始慢慢地变亮。

明哲站在门外，静静地凝视着我。

我感到奇怪，愣愣地望着他那苍白的面孔："你干吗老是盯着我看？"

“我也不知道为什么，自从你来到这儿之后，我总是喜欢看着你，好像这样自己才有存在感一样。长这么大，每次任务完成回来，都是我一个人！唯独这次，我有一种家的温暖。”

我心中一怔：“或许是你太寂寞了吧，不如尝试着去谈一段恋爱？”

明哲的胸口微微起伏，垂眼沉思了一下，对我说：“我该怎么去理解你这句话呢！寂寞，每个人都会有，我或许是，又或许不是。”声音显得寂寥又虚无。

我微怔，发现长长的睫毛遮蔽了他的双眼，在他脸上投下一片阴影。

他继续说：“毕竟每个人都会因某一个人的出现，灰暗的生活变得多姿多彩，也明知结局和下场是什么，还要义无反顾地往火坑里跳，为只为舍不得那美到炫目的缘分，但是往往牵手之后，会是分手。所以，也有些人的一生会因为某些人，变得跌宕起伏，或许这就是命，躲不过。”

我一脸的茫然。

“再说爱情，按照我的理解，就是将男女捆绑在一根绳子上，然后他们之间，不是你玩她，就是她玩你。”

什么？我呆了一霎，发现他的话越来越深奥，文绉绉的害我完全不懂他到底要表达什么。

他闭上眼睛，斜斜地靠在门柱上，似有感触地在沉思着什么，整个人显得异常孤冷寂寞。

“明哲……”

他睁眼，眼底迸出一抹如同深渊的颜色。

我深深地凝视着他良久，忽然想起一事，开口问他：“这一个月里，你有个朋友经常来这儿给我送食物，她叫什么名字？对了，有天她对我说，那次溺水是你将我救出海，甚至 Be 的事……不管怎样我都应该当面跟你说声谢谢。”

他脸上闪过一丝沉吟之色："她叫宋雯姵。不过那次你溺水，我救你只是顺手而已。至于 Be 的事，我本就该负上一点责任，如果当时不是因为我急着想要拿回我的东西，用石头攻击她的肩胛想快点结束你跟她之间的纷争，事情也不会变成那样，你不用向我道谢。"

听完这话，我选择性沉默了，侧过身去把饭菜从微波炉里拿了出来，往客厅走去。明哲从后面跟了过来，我把饭菜搁在餐桌上，将盛满饭的碗递给了他。

他眼中顿时闪过一丝慌乱，伸手接过碗在我身侧坐下，像个小孩子一样低着头扒着饭。我特意夹了一块红烧肉放在他的碗中，说道："别只顾着吃饭，多吃点菜啊，这红烧肉是我特意给你做的。"

明哲愣了一瞬，随即把肉放入了口中，眉头蹙了蹙："这菜的味道好像有点怪怪的。"

我心中一抖，被他的话吓得头发都竖了起来，因为我做了坏事。在半个月以前我偷偷跑到他上次带我去看病的那家诊所，买了几片安眠药，磨成粉末放在那道红烧肉中，目的就是等他回来之后，见他安康，就让他睡个好觉，我好离开。

可是现在被他发现了，我就慌张不已，闪烁其词地赶紧编出一个理由："是我手艺不好，所以味道有点奇怪吧。"

他浅浅一笑，眼中闪过一抹柔情，好像不打算在这个问题上深究，继续埋着头扒着饭。大概过了半个小时，明哲吃过饭以后，我就让他去休息，自己则忙着收拾碗筷去了厨房。

明哲却没按照我的话去做，又站在房门口外窥视我，我只好选择性眼盲，假装很忙碌的样子。也不知过了多久，他在我身后突然对我说："林车车，我先回房去休息一会儿，你忙完后再叫醒我。"

"嗯。"我懒声回应，等从厨房出来时，他已不在外面了。

我也没有去他房中叫醒他，而是回到他关押我的那间小屋，从抽屉里拿出宋雯姵第一次来这儿留下的那枚钥匙，放在了包里。

估计明哲做梦都不会想到，我已经有了大门的钥匙吧！

离开时，我特意去了他的卧室，推开房门，见他东倒西歪地靠在床上，我就慢慢挪着脚步来到他的床前，把被子抖开盖在他的身上，对他说："明哲，我要走了，能看见你安全回来我就放心了。你的东西，我回去之后会托快递给你送来。你放心，我不会把你的事告诉任何人，你好好睡个觉吧，醒来之后差不多我也到家了。"

明哲没有一丝回应，好像已经陷入沉沉的昏睡中去了，而我离开的计划，顺利得和我预想中的一样。

我也终于守得云开见月明了啊，一离开明哲的住宅，就看见了通向城里的大巴。我赶紧果断地蹿了上去，随便找了个位子坐在下，朝着川城的方向行去。

过了大约五个小时左右，我终于回到了川城。刚一靠近饶宅，就瞧见了他的身影从里面走了出来往车库的方向去，身旁还跟着沈伯跟许立。

他好像有什么急事，行色匆匆目光一直低垂，眉宇中都透出一抹淡淡的忧愁，让他看上去竟是那么的落寞和颓丧。并且，他整个人在短短的一个月里消瘦了许多，连下颌都长出了许多短短的胡茬。

我站在门外，忍不住激动地呼喊着他："饶辰！"

饶辰猛然抬头，当目光落在我脸上的那一瞬间，他眼中闪过一丝亮光。接着整个人跟个风火轮一样跑了过来，将双手放在我的肩上，露出一副不敢置信的神情不停地打量着我，眼眸深处藏着的痛涩和惊喜如潮水般流溢了出来。

他喉头似是有些哽咽，目光凝在我脖子上的那颗黑色的珍珠上。

他伸手，指尖停留在了我的颈项，不知是想触摸我的肌肤还是那颗珍珠。但是他手指所传递出的温度让我的心变得暖暖的。

"真的是你，你真的回来了！我没有做梦吧？"他嗓音里夹杂着激动不已的情绪，仿佛已经准确无误地确认出，站在他身前的人是我。这才用尽全力将我拥入怀中，一股沁人心脾的温暖顿时直蹿我全身。

我环住他的腰，感受着他的心跳，觉得自己那颗玻璃心都有点撑不住了，一种酸楚逐渐在里面膨胀。

“你真的回来了！小贱包，你真的回来了。”他在我耳畔一直低语着这句话，他好像无法控制住心中的澎湃，声音都略显颤抖。

我抽了抽鼻子，紧紧地望着他，伸手摸着他颔下的胡须。

饶辰怔怔地凝视着我，久久不语，眼中泄露出了他心中的激动以及那份害怕失去的紧张。良久过后，他拉着我的手进了屋，坐在客厅的沙发上，独自傻笑着，好像一直都没从刚才的情绪中，回过魂儿来一样。

我也跟着笑了起来，笑他像个小孩儿一样，随后从沙发上站起身，对他说：“你看你都这么大个人了，怎么还像个小孩儿不修边幅，我去拿剃须刀给你刮胡子。”

饶辰默默不语地点了点头，我就起身去找陈妈拿剃须刀。回来时他面露甜蜜状，乖乖地躺在沙发上，还在一个劲儿地傻笑。

我端着一盆热水来到他的身边，他眼角微微向上抬起，目光如花瓣般轻柔地静静地凝望着我，在阳光的折射下荡出一丝涟漪，悄无声息地在空中游荡着。

我没搭理他，用脚尖勾来一张凳子，把盆放在上面之后便弯下腰，小心翼翼地用剃须刀给他刮着胡子。

他眨了眨眼，眼底流露出一抹浓浓的情感：“小贱包，这一个月你到底去了什么地方？我以为你的失踪跟婚礼上的那宗命案有关，每天都派人四处找寻你，甚至跟你有一点关系的人，我也暗中探查过，可就是没有你的消息。你到底去了哪儿，被什么人困住了吗？”

我全身的血液仿佛瞬间凝固住了，手中的动作略顿了一下。

随即，我抹了一把辛酸泪，选择性地沉默了。

然后，就在这短短的几十秒钟里，我隐隐感觉到饶辰因见到我而产生的那股兴奋,现在已经慢慢地退去,他变得逐渐冷静起来。

“小贱包,”他叹气似的喊我,“为什么不回答我的问题呢?”

我嗓音喑哑:“因为不想说,所以你也别再问,也别逼我。即使我说了,你也会很快知道我说的那些不过是敷衍你的话。”

饶辰手指轻轻一颤,眼神黯淡了一下,思绪好像有些飘渺起来,也没继续追问我失踪一个月的事,说起了别的话。

他拧着眉头说:“你知道吗,这一月里,我本来已经做好你不会回来的各种准备。但是只要忙碌过后一停下来,脑中就会不受控制地去想你,想起跟你在一起的种种场面。车车,我根本无法承受你的离开给我带来的痛。”

“……”我心中一震,血压飙升。

他嘴角噙着笑意:“以前我从来没有想过,会被一个女人悄悄地攻占了心房。有一天那个人离开了,时间就成了我的硬伤,让我心里总是愁绪万千。”

我小声嘟囔:“你那次不是说我是一个有趣的玩具,才想留在身边的吗?”

饶辰挑眉,用一种开玩笑的语气说着:“是啊,我确实这么说过。或许,这就是一物降一物的道理吧!我也不知你的魔力怎么那么大,一言一行竟能这么惹人注意。你上辈子铁定是巫女来着,不然怎么会轻而易举地就把人的心给囚住了呢?”

我抿了抿唇,整理着脑中因他的话而变得乱糟糟的思绪,问他:“你刚才说的那些话是认真的吗?我对感情,并不是那种拿得起放得下的人。”

“我说的话是真是假,难道你感觉不出来吗?其实,这些话我本不想告诉你,我想让你自己去发现,我对你的那种感情绝非只是玩玩的心态。不然我也不会顺着你要进我公司的想法,叫你过来打算磨炼你。林车车,我现在把藏在心中的想法都告诉了你,你是不是应该回馈你的想法给我？”

“我……”我喉头一阵哽咽，像被什么东西给堵住了似的，说不出一句话来。我也知道自己心底偷偷喜欢着的人是谁，能亲耳听见对方说出这样的话，我感到好开心。赫然发现原来时间可以忘记一个人的同时，也可以看清一个人的心。

“小贱包，”他溺爱地凝望我，呢喃着，“我们交往吧。你消失的这一个月里，我去过川平找过你家老头子，本来我以为他知道你去了什么地方，可是他也不知道。我告诉他我一定会把你找回来，我是你男朋友。”

我心中一阵躁动，有种爬上了人生新高峰的错觉，导致我恍惚失神间一时没留意，手中的刀片不小心硬生生地在他下颌上割了一刀，鲜血顿时如泉涌和白色的泡沫混合在了一起。

我一怔，忍不住皱了皱眉：“对不起，你没事吧？我……我不是故意的。”

“没事，别放在心上，我自己来吧。”饶辰摇头说，直起身子将剃须刀从我手中取过，然后去了洗手间。

我愣愣地坐在沙发上，思考着他刚才说的那些话，心中就像有一万只草泥马呼啦啦着奔腾而过，让我手足无措着。隔了片刻，饶辰面容整洁地从洗手间走了出来，微笑着来到我的身边，将白皙修长的手指插入我如丝般顺滑的头发里，以无比轻缓的动作缠着我的发丝在指尖玩绕着，问我：“回馈我的话，你想好了吗？”

我白了他一眼，把头发从他手中夺了回来，窘迫地说着：“你明明知道的，还问，不然我回来找你干吗？”

“那么，我就早点安排我们父母之间的见面时间。我也是时候该收心对未来做规划了，我可不想你再像上次一样，人间蒸发了似的从我身边溜走。”

咦，爱情是不是来得太快了？

我羞羞地不知如何作答，与他十指交缠。

他一脸的陶醉和投入，伸手爱怜地抚摸我的脸颊，将嘴巴凑了过来，兽性大发。

我条件反射地缩了缩脖子想要躲开，却还是被他偷袭了。

他深情地吻着我，我的心脏仿佛猛然间被一种又柔又软的东西给紧紧地束缚住了一样。大脑在他那犹如狂风暴雨般的热吻中，一阵天旋地转，琢磨着这只大灰狼是想自找麻烦吗，居然又开始对我展开了攻击，他还敢把身体逐渐压向我，那就别怪姐姐辣手摧草了！

我直接把他扑倒在了床上，掰弯了两次，很快就将时间过渡到了第二天，却发现了一个惊天动地的大秘密。

我惊讶地从床上跳了起来，伸手指着床单上那团斑驳的血迹，把眼睛眯了起来质问他："饶辰，你看这是什么？你上次不是说我睡了你吗，你给我解释一下，这到底是什么，别告诉我是我们刚才的行为把眼红的大姨妈给惹来了！"

饶辰一脸的媚笑，斜斜地靠在床头："你问我这个做什么，你自己难道不知道吗？"

"我知道，我还问个什么劲儿啊？你上次不是说，我睡了你吗，怎么会这样？"我脸色变得极度难看。

饶辰直起身子，温柔地从后面搂住了我："你真是傻得可爱，难道我说你睡了我，你就真的相信了？不过那会儿见你当了真，所以我自然也不能让你失望，就顺着你的戏继续演下去了。"

天啊！我目瞪口呆，发现语言在这一刻是那么的苍白而无力，也彻底醒悟出从一开始他就在捉弄我。

我忍不住心中的气恼狠狠地捶了他一拳："可是，那个时候为什么你要光着身子呢，还把我给扒光了？而且，我当时浑身上下确实很不舒服啊。"

"你那天醉得跟条死鱼一样，吐了我一身，我不帮你把衣服扒光难道就那样让你上床睡觉不成？”

听完这话，我肺都快气炸了：“就算这样，那后来在华瑞，还有在医院的时候，为什么你不告诉我事实呢？”

“因为我在空手套白狼，你看我现在不是套上了？”他嬉皮笑脸着。

我拧眉，用眼白无情地鄙视了他一眼。

他亲昵地将下颌搁在我的肩上，低喃着：“小贱包，不如你搬来跟我一起住吧。你要是不在我身边监督我的话，我怕我哪天犯了错，那怎么办？”

“……”我疑惑地看着他。

话说到这儿，他轻声一叹，邪魅的眼中闪过一丝神秘的光芒，伸手前来握住我的手，让我摊开手心。然后，他将一枚银白色的钥匙放在了我的掌心里，继续说着：“现在，我就把别墅的钥匙交给你。”

“我……”我的心“咚咚咚”直跳，有些不确定地问道，“为什么要给我钥匙，我就算搬过来一起住，我出去玩，回来之后可以让陈妈帮我开门啊！”

“小贱包，我给你的这把钥匙，不仅仅是给你开门用，而且还是……告诉你我已经把自己的心为你敞开了。不仅仅只是给钥匙，我更加希望的是你能来我身边。”

好有学问的话语哦，我嘴角竟不知不觉地露出了一丝甜蜜的笑意。忽然觉得自己好幸福，世上就只有我跟他一样。

饶辰摸了摸我脑袋，双唇在我耳边轻柔地游走：“你好好考虑下我的提议吧，晚上给我答复。我先去公司了，今天约了个客户谈生意，你在家好好休息，中午我回来给你一个惊喜。”

他把话说完，眼中没有来由地闪过一丝精光。

我嘟着嘴巴呆了一瞬，正怀着好奇，思考着他会给我什么惊喜，身为BOSS 的他，就忙着去见他的大客户去了，把我扔在家里让我看他给的那本破书。

我懒洋洋地从床上爬了起来，也没心思待在家里看书，索性去了一家快递公司，打算将U盘交给快递员送去给明哲，把我跟他之间这事给解决了。

可是就在我填写单子时，不禁小小地纳闷了一下，因为我不知道明哲详细的地址，甚至连他的电话号码都不知道。我沮丧起来，最后决定索性亲自送去。

不过在去之前，我已经做了防范，给马媛利发了一条短信，晚上我十点没归家就让她报警，并告诉她我现在已经坐上了去林湾那边的大巴。

现在是十二点半的样子，巴士来到林湾时，天空下起了蒙蒙细雨。

我在车站下了车，回忆着明哲住宅的位置，摸索着前行。二十几分钟后，便来到他囚禁我的那栋别墅前，发现此时他正站在二楼的阳台上。

他好像没有看见楼下的我，整个人有些颓废地立在那儿，眼中有抹令人心碎的忧郁，仿佛被天空的颜色给渲染了一样。

我伸手擦了擦飘往脸上的雨水，张口喊他："明哲！"

明哲微微一怔，目光投往我身上时，他碧蓝色的眼中充满了欣喜之色，好像他内心有什么东西已经膨胀到了再也控制不住的地步，只能从他注视着我的眼神中溢出来。

他静默了一瞬，张了嘴："你怎么会来？"

我笑眯眯地望着他："我来把U盘物归原主。本来我打算让快递公司给你送来，可是发现自己没有你的电话号码，也说不出这儿的准确位置，就过来了。"

"U盘？你只是来还U盘吗？"

我愕然，眉头皱了起来，不懂他这话的意思。

他眼中顿时闪过一丝失落："你等我，我下来给你开门。"

"哦。"我懒声回应，在门外等了片刻，他从里面走了出来，将我领进屋内。

我把口袋里的U盘递给他后，很自觉地去浴室拿了一张毛巾擦拭着湿漉漉的头发。坐在他的身边，我突然油然而生一股“原来也可以和杀手成为朋友”的心情，便似笑非笑地望着他：“对了，你伤口怎么样了？”

“已经不碍事，不过我很好奇，你是怎么离开这儿的？”

“翻墙出去的，你信吗？你不会再想把我关起来吧，我这次要是再失踪，你就会有麻烦哦。”我以半开玩笑半认真的语气跟他说着。

明哲眼中闪过一丝亮光，低眸抿唇浅笑着。

我一时激动，用手指梳了梳发，然后将昨晚回到家，饶辰对我说的话语全告诉了他，希望他能和我一起分享这份喜悦，却没想到他浑身猛地一震，清澈如水的眼中都闪过一丝惊痛的神情。

我感到惊奇不已，怔怔地望了他好一会儿，搞不懂他的反应为什么会这么大。正想问问他，他却垂下脑袋，嘴里吐出一些奇怪的话来，比如说这一带要拆迁外面天气转变之类的问题，这让我觉得他好像在故意将刚才的气氛给打碎，尝试着转移话题跟我聊天，可是又找不到适合的主题一样。

我挑了挑眉，绞尽脑汁想了半天，试图找个话题来活跃一下气氛，可是当我分享完心中的喜悦之后，竟然也找不到话题来互动了。才惊觉我跟他之间完全是两个世界里的人，继续在这种诡异的气氛待下去，对自己很不妙。

我便把毛巾搁在一旁，从椅子上站起身，草率结束掉这种像神经病患者一样自言自语式的对话。我对他说：“明哲，能把你的东西亲手交给你，见你没事，我就放心了。我想起我还有点事，我要回去了。”

他抬起头来，脸上的表情立刻沉了下去：“这么快，可是外面还在下雨，不如你就在这边吃过午餐等天晴了再走？”

“……”我面露疑色，没有回话，心里慌慌的怕他会再把我关起来。

他疑似从我注视着他的目光中，捕捉到我的想法：“我不会用过激的手段强求你留下，因为我们生活在不同的世界里，当初留下你，我只是想能有个人跟我说说话而已。可是，我们之间确实没其他过多的话可说。”

我心中一怔，觉得他这话说得好伤感，也愈发觉得他的内心很忧郁，让人怜惜。见他把话说到这份上了，而且确实没有再打算强行把我关押起来，我就豁达地点头同意了他的提议，不多做纠结，屁颠屁颠地跟着他往外面走去。

经过电影城时，我被3D《泰坦尼克号》的宣传海报广告给吸引了过去。

明哲尾随而来："想看吗，听说这片子很快就要下线了，要是没看过3D版的话，可要抓紧时间了。"

我想了想，觉得看电影比两个人一起走却相对无言要好多了，而且这部片子有三个多小时，看完之后正好可以吃晚饭。我就冲明哲点了点头，答应了他的提议，和他一起去窗口排队买票。

大概几分钟过后，明哲侧了侧身，从人群里走了出来，把售票员给他的票和观看3D电影所需的眼镜递给我，淡淡地说："你先进去，我去买点零食，要是为了看这部片子，饿坏肚子，那可划不来。"

我点点头，觉得他这个人真好，也没有跟他啰嗦，拿着票和眼镜入了场，寻找着位置。

明哲回来时，里面已熄了灯，我瞧见他借着屏幕上的灯光在门外寻找着什么，我赶紧冲他挥了挥手，示意他我在这儿。

明哲嘴唇动了一下，由于我俩之间相隔的距离太远，我也听不清他在说什么。只见他拿着全家桶，脸上挂着笑容朝我走了过来，然后在我身边坐下，把手中的全家桶递给了我。

我一边啃着鸡翅，一边聚精会神地看着电影。当露丝的劲爆镜头要呈现时，我眼角的余光轻轻地落在了明哲的脸上，正想询问他要是那个令人羞羞的镜头没有被删减，他会不会伸手去摸时，明哲的嘴里就在那一瞬间，很突然地蹦出一句洋腔怪调的话来。

他说："爱上你我不后悔，只怕你反悔。"

"啊，你刚才在说什么？"我一脸的惊讶，把眼睛眯得又细又长，"你怎么像偶像剧里的男主角们，会说出油嘴滑舌的话来，还说得这么悦耳动听？"

"你没认真看电影吗，"他脸上带着宠溺的笑容，"这话是电影中的男人对自己的挚爱所说的。当两人从相识到相知之后，男人认定女人是他的最爱，而决定执意地去爱时，对她说的话。我觉得这句话很有意思，所以就念叨了一下。我这个人的浪漫指数很低，甜言蜜语更不会说。"

我纳闷了，这部片子里面有这么一句台词吗？

我虽然不太懂英文，但是小时候看了不下五遍，就算记不住台词，好歹屏幕下方有字幕啊，难道是做翻译的会错了意？还是明哲其实也是英文盲，在那儿乱开洋腔呢？

我露出一副不解的神情，继续听他往下说。

他嘴唇翕动间，好听的声音就像在唱催眠曲一样，害我吃完手中的零食后，不禁有些犯困，一个劲儿地打着哈欠，索性把鞋子脱掉盘腿坐在椅子上。不久，脑袋昏昏沉沉地一偏，搁在了他的肩上，竟然不知不觉地睡着了。

也不知过了多久，耳边突然听到一阵响声，我立马从睡梦中惊醒了过来。明哲猝不及防，被我惊了一跳，腾地一下将脑袋从我头上移开，盯着我默默不语着。

我伸手揉了揉眼睛，不了解他动静干吗这么大。但是我敢肯定，他趁我睡着之后，把我的脑袋当枕头了，不然他怎么会贴得我这么近不说，我脖子还感觉一阵酸痛无比呢！我拧着眉，暗瞪了他一眼，甩动脑袋，瞄了瞄四周，发现大伙都纷纷起身朝着门外走去，我这才出声，无比沮丧地嘟囔起来："啊，这么快就演完啦，错过了好多精彩的画面。

唉！我刚才一不小心睡着了，真是不好意思，害你白白花了冤枉钱，结果让这么好看的片子在我睡梦中演完了。”

明哲抿了抿唇，笑着说：“没事，这片子睡着看会更好些。我们走吧，散场了。”

“你真好，为我掩饰得这么得体。”我一脸云里雾里地回应着，把脚伸到椅子下面去穿鞋子，哪知我的脚在下面晃来晃去了好半晌，却什么都没有碰到。

我的心的不禁咯噔了一下，慌慌张张低下头往地面瞧去，四处寻望着。

明哲在一旁很困惑地询问我：“你在找什么？”

“我……”我拧着眉头，一脸的窘态，抬起头来睁着一双黑漆漆的眼睛，有些不高兴地说着，“我的鞋，不知道被谁踢走了，两只都不见了。唉，我心情本来还好好的，现在简直糟糕透了！”

“鞋？”明哲眨了眨眼，脸上的表情被凝固住了一样，露出一副想要咬我一口的怨怒神色，将我从椅子上抱起紧紧地贴着他的胸膛。

我被吓了一跳，神情复杂地拽着他的胳膊，急急地问他：“你这是要做什么？”

“带你走啊！真是的，你都一把年纪的人了，还这么稀里糊涂的。”话音一落，明哲唇边的一抹浅笑顷刻间消失，取而代之的是一抹焦急的神情。

他抱着我，脚步轻盈地往门外走去：“对不起，请让一让，我女朋友的哮喘发作了……请让一让……”

女朋友？

我挑了挑眉梢，心想他还真会占我便宜，不过他的灵机一动，让别人都不敢挡道了。我不禁偷偷地吐了吐舌，为了配合他，还不停地加快自己的呼吸扮演哮喘病人。

结果一出电影城的大门，我就忍不住“扑哧”笑了起来，凑近明哲耳边悄悄地嘟囔了一句:“话说,我今天又发现了你一个优点。”

“嗯? ”明哲颇为不解地眨了眨眼。

我泰然自若地笑了笑，给他解谜:“你随机应变的能力比我好,嘿嘿! ”

“你这话是在夸我呢,还是在损我? ”明哲皮笑肉不笑地说着,看样子他并没有因我的话而充满成就感。

“看你怎么去理解了,人家说的是真心话,可是有些人要想歪,那我也没办法,对吧? 你把我放下来,我自己可以走了,现在离电影院这么远,别人是不会发现我们在演戏的。”

“现在地面上到处都是水,你光着脚下去走合适吗? 我先带你去买双鞋,再一起吃晚餐吧。”他说,眼神真诚恳切,搂住我的那只手又紧了紧,便朝着前面不远处的百货大厦走去。

我心中一阵悸动,为他的细心感到有点难为情,像个憧憬的少女一样,脸红到了脖子,把脑袋埋得低低的,觉得掠过脸庞的微风中仿佛都带着一股麦芽糖的甜味。

他穿过熙熙攘攘的人群,把我带到一处卖鞋的专柜前。将我放在了一旁的沙发上,与迎上来的导购小姐说:“麻烦你,为她挑选一双平底鞋。”

导购小姐点了点头,目测了一下我的脚,便从新品柜台前拿来一双非常抢眼的钉珠平底鞋,递给明哲。

明哲伸手接过,在我身前蹲下,似有要为我穿上之意。我急忙拒绝:“啊……那个,等一下……我自己试穿就行了,不用麻烦你。”

明哲不予理会，以爱怜的方式抛出一句让我感觉万箭穿心的话:“听话,不要乱动,我可没力气来制服你,刚才抱你来商场的这一段路上,我已经费了好大的劲儿。真不知你怎么会这么重,你该减减肥了! ”

我眉心一皱,不懂他这话是什么意思,人家每天不过就多吃了一点饭菜和零食而已,他用得着这么打击我吗,还让我减肥!

我泪流满面，心皱巴巴地蜷缩成了一团。

他抬起头来瞄了我一眼，目光温柔得像抚摸恋人般："起来走动走动，试试这双鞋穿在脚上舒服吗？"

我咬着下唇，垂头丧气地起身走了几步："不错，挺舒服的，很合脚。"

"那就买这双吧，我发现这鞋很适合你现在这身衣服。"

"真的吗？"

"嗯！走吧，我们去前面结账。"明哲唇边绽放出了一朵灿烂的笑容，伸手前来拉了拉我的手，领着我来到柜台。结账时，他抢先替我付了款。我立刻不假思索地拒绝他的好意，让收银员把钱退还给他，可是那个收银员却跟他一个鼻孔出气不给退款，我怎么也拗不过他俩。

我跟在他的身后往百货商场的大门走去，目光深深地凝定在他伟岸的背影上。

"明哲。"

"嗯？"明哲回头，保持着这个的姿势，看着我。

我吸了一口气："你为什么要对我这么好？"

明哲一怔，似是在心底犹豫了一下，才开口对我说："原因我已经告诉了你，或许你不曾记住。"

"……有吗？"听到这牛头不对马嘴的回答，我愣了一瞬，想不起他什么时候告诉过我原因。不过，他不打算继续在这个问题上跟我讨论，把注视着我的目光收了回去，直接转移了话题："话说肚子好饿，我们现在去找个餐厅解决肚子的问题吧。"

"好啊，不过这次就由我来请客。"

"随你。"一缕笑声，从他齿唇间逸出。

第七章　恐怖女郎从海外归来

饶辰的脸色微微一变，被明哲的话惹得怒火在心中燃烧："你对你自己是不是太有自信了？我告诉你，这世界上每个女人都是公主，但是公主身边只能有一个王子，剩下的男人就只能是骑士。而她的王子，是我！"

我们离开百货大厦，来到回兴街跟人和街的交界点，站在十字路口上正犹豫着是去吃西餐还是中餐时，诡异的事情像一阵疾风一样发生了，饶辰的身影很突兀地迎面撞入了我的视野中。我似乎看到了滚滚而来的悲剧，整个人都被震呆了。

而且饶辰也以一种相当愕然的表情看着我，脸色明显十分的难看，好像心情很恶劣一样，现场倏地弥漫出一股无比尴尬的气氛。

讨厌，到底是谁在恶作剧，一点都不好玩，老天搞得未免太离谱了吧！

我在原地犹豫了一下，试图让自己想一些比较愉快的事来缓解心头的压力。做好准备后，移动双脚来到饶辰的身侧，故意用十分轻松的语调，笑嘻嘻地询问他："哈，我们不管走到哪儿都能见着，果然是一对啊！你来这边做什么呢？"

他眉头一挑，嘴上却轻描淡写地说："谈生意，你呢？"可是他注视着我的目光中却充满了无以言表的愤怒。

我缩了缩脖子，张口正想回答他的问题，他却露出一副不想听我啰嗦的表情，把目光扫向一旁看向明哲，声音冰冷毫无一点温度："朋友，我们又见面了。"

明哲浅笑，一脸的平静："是啊，还以为在游艇遇见之后，你我之间再也不会遇见。既然今天好不容易又碰上，不如我做东，请你们吃顿便饭？"

我心中一怔，不知道明哲为什么会有此一举。

饶辰耸耸肩，声音中带着一丝冷笑，却接受了他的邀请："好啊，反正现在正好有空，上次你我合作得那么有默契，是应该喝一杯。"

听完这话，我心中顿时被一股不安所笼罩，脑中也响起了危险的信号。王子皮囊下的明哲，其实是个很危险的人物，要是一会儿两人之间言语过激，明哲直接掏枪毙了饶辰那怎么办？我为此很是纠结，想着各种办法要将这顿饭局给搅黄，可是这两人铁了心要跟我对着干一样，我的雕虫小技完全对两人无效。

我只能灰溜溜地跟着两人去了一家名为"柔软时光"的欧式西餐厅。

餐厅里，客人不多，一首抒情悠扬的《Sagyman》轻轻地游走在室内的每一个角落。

我们随便挑了张桌子刚一坐下，waiter 就送来了菜单。

明哲的眼底溜过一丝诡异的光芒，嘴角却挽起一丝温柔的笑意，朝我抛出了一颗重量级的炸弹："车车，你喜欢吃什么，不如尝尝这间餐厅今日的套餐。我看了看，近日推出的东西含胡椒的不多，你应该能吃。对了，你身上的红疹子好了吗？上次给你擦药时，我忘了告诉你，要戒辛辣的东西。"

他是故意的吧，怎么在家，甚至电影院里不询问，偏偏要当着饶辰的面前说出这些话呢，还叫我叫得这么亲热！我的脸不受控制地红了起来，慌慌张张地用菜单挡住脑袋，小声嗫嚅："谢谢关心，已经好了。"

哪知饶辰怒气冲天，撇过头来瞪着我，带着讽刺的语调，说："你们关系很好啊！"

"呃，一般般啦！"我僵硬地说着，眼睛往四周乱瞟。

明哲把我立在桌前的菜单取了过去，眼眸突然变得深邃起来："你不舒服吗，怎么老立着菜单挡住自己？"

"没有啊，我只是在研究这上面的东西，看看这家餐厅有些什么特色。对了，你想点什么套餐，你身上有伤，不如点一份鳗鱼饭？我记得海鲜中营养价值最高的就是鳗鱼了……"我一时母性光芒大发，逐渐暴露出了自己话痨的特性，却不料把饶辰晾在了一边，我的话语还没说完，饶辰一个爆栗就甩在了我的后脑勺上。

我被他打得好无辜，嘴边的话都滚回了肚子里，斜着小眼神瞟着他那张满是寒冰的脸。他兀自冷冷地笑了笑："你还真是关心他啊！用你那卖白菜的智商去操卖白粉的人的心，脸上还洋溢着这么一种幸福的神情！"

"你在胡说什么，我跟明哲也算朋友啊。再说他有伤在身，我关心一下朋友是理所当然的事。"我小心翼翼地跟他解释。

饶辰把双手抱在胸前，随心所欲地调整着自己的情绪，随后将冷飕飕的目光扫向明哲，淡淡地问了他一个问题："你住在林湾这个区？"

"对，有意见吗？"明哲跷起二郎腿，以挑衅的目光望着饶辰，冷冷地回答。

他话音一落，空气里顿时充满了令人窒息的紧绷味道。

饶辰将嘴唇抿成了一根沉默的线条，浑身上下都透出一股压迫人的气息。

我目测两人之间的神情很不对劲儿，立刻吱声质问他俩："你们这是要干吗，吃顿饭用得着这么严肃吗？"

两人不语，脸上的神情却都逐渐缓和了下来。

这时，waiter 把套餐送了过来，明哲伸手接过，把沙拉搁到我面前，低低地说了一句："对了，上次宋雯姵送去家里的那些衣服，你还要吗？"

"随……随便吧，要不先搁在你那儿吧。"我深吸口气，吞吞吐吐地说着，实在想不通明哲为什么老是喜欢问这些露骨的问题，是想广而告之我跟他之间有奸情吗，这让我一会儿怎么面对饶辰啊？

只见饶辰浑身瞬间紧绷了起来，刻意压住怒火，轻言细语地对我说:“你怎么这么多话,快点吃吧,吃完之后,我带你去看电影。”

“……”电影,怎么突然把话题奔逸到电影上去了?我不明所以地叹了叹气,用叉子叉起一块水果送到了嘴里,心不在焉地吃着。

明哲好似对饶辰的这个话题产生了兴趣似的,轻缓开口问他:“你们要去看什么电影?”

饶辰神色一冷:“一部生活片而已,名字叫《偷情宝典》,讲述一个女人背着自己的老公出去跟其他的男人鬼混,然后被抓了个现形。听观看后的人说,情节实在是非常不错。正好今天有空,也想去看看。”

明哲眼中闪过一丝狐疑:“一男一女去看这种电影,好像有点不太好吧?”

“有什么不好?”饶辰突然变了语速,慢慢地一字一字吐出,“我跟车车是恋人,你觉得恋人之间看这种电影不适合吗,还是你也想随我们一起去呢?”

我隐隐猜到那是什么片子了,忍不住出声制止饶辰继续把话说下去:“饶辰,你在胡说什么?你肚子不饿吗,还不赶快吃!”

饶辰邪恶一笑:“肚子当然饿,要不回去之后你来喂饱我?”

噢,天啊,他竟然能脸不红心不跳地说出这种意味深长的话来!这让我反应很是强烈,我红着脸,露出鄙视的眼神质问他:“你今天吃错药了吗,干吗说这些话?”

饶辰一脸的不爽,像终于无法再压制住心中不断燃烧着的怒火一样,从包里拿出几张大钞扔在桌上,劈手握住我的胳膊,对明哲留下一句:“不好意思,我想起还有点事,先带车车回去了。你下次要是来川城,我们再一起吃顿便饭。”随即,他强行拉着我朝着门外走去。

我心中一阵讶然,在起身离开时,看见明哲脸色逐渐变得苍白起来,随即嘴角滑出一抹冷冷的笑意,切了一块牛排送到唇边。

“你干什么,你捏得我胳膊好痛。”出了门,我出声嚷道,不清楚饶辰哪根神经不对劲儿了,总是一阵一阵儿的,叫人好难琢磨。

他撇过头来，脸上的表情就跟翻书一样，突然十分幽怨地赏我一句："怎么，跟我走你不乐意了，那你可别因为等会看不到他，把自己给憋坏了噢！"

"……"他这酸溜溜的话，让我感到十分的不舒服。

他带着我来到他停车的地方，将我塞到车里，启动引擎之后像个飙车王一样，在高速公路上开到了二百四十码的速度。一股死亡的气息刹那间涌向了我，潜伏在我身体里搅动着我体内的所有器官。

我嘴角抽搐了几下，将紧紧抓住扶把的手，吃力地松开后猛力地抓住饶辰的胳膊，泪眼汪汪对他说着："你想死了吗，开得这么快！你开慢点行不行，我好怕啊！"

饶辰满脸的黑线，将车子的速度减慢了下来，心中压抑着的怒火也顷刻间爆发了出来："林车车，我问你，你跟那个男人到底是什么关系？你上个月一直都跟他在一起，是不是？"

我默默不语，知道他的情绪已经爆发了，不能招惹。

"回答我的问题，"他眼光阴鸷，冷得没有一丝温度，语气中带着威严，"你是不是喜欢我的同时也喜欢他？"

我慌忙出声，不假思索地说着："不是，我没有喜欢他。"

饶辰皱了皱眉，深邃的眼瞳中闪过阴暗之色，快得让人寻不到一丝痕迹："那你特意跑到这边来做什么？还有刚才在餐厅里面，他说的那番话到底是什么意思？"

我浑身一怔，面对他的怒颜，知道有些事恐怕瞒不住了，嗫嚅了半晌，才张了嘴："明哲他……他的身份很特殊，上次在你朋友的婚礼上，我发现了他的秘密。然后，我就被他关了起来，但是我们只在一起呆了两天，后来他接到任务就离开了。今天我来，只是把他不小心掉在我家的U盘还给他，不想跟他继续纠缠下去而已。"

饶辰脸上的表情从愤怒过渡到了纷乱中去："你在说些什么，婚礼上的那宗命案跟他有关？"

“我不知道。不过我知道，他是个好人，他真的是个好人。那次我溺水之后，就是他救的我，我一直以为是你救的我。Be 的事，他也都在暗中帮过我。”我很无力地说着，毕竟谁会相信一个杀手是好人？

饶辰停下车子，神色变得脸色沉重起来。我也不知他从我话语中到底理解到了多少，短暂的沉默之后，他伸手将我拥入怀中，我发现他的情绪依旧很激动。

他把下颌搁在我的脑袋上，悠悠地说道：“或许他在你眼里才会是好人，有些人就像食人花，远观极其诱人，近观却能要了你命，你懂我这句话的意思吗？”

“……”我心里沉甸甸的，正想夸他说话好有学问，结果，他却以为我不懂他在说什么，立刻做了一个抹脖子的手势，用通俗易懂的话语，把刚才的话又重复了一遍。

他说：“不要因为对方有张帅气的脸，你就以为对方温柔无害，不知检点地向对方靠近。我告诉你，他现在是把你关起来一个月，说不定下一次就有要你命的趋势了。”

“……”我额上流下一排排冷汗。

“小贱包，这下你懂了吧？以后不要再跟他有任何瓜葛，不然会惹来麻烦。”

我赶紧点了点脑袋，这便浇熄了饶辰心头那把冒着酸气的怒火，我自己心里悬着的巨石也终于放下。

我和他回到川城时，已经是下午三点，马媛利打电话来问我是否安全回来，并询问了一些奇怪的问题。

我觉得在电话里面跟她说不清楚，就约她去一家名为“水空间”的水吧。可是饶辰临时有事，有份重要的文件正等着他回公司去处理不能陪我，他就将我送到预定的地方，并叮嘱我早点回家，然后开着车离开了。

我望着逐渐远去的车影，直到它消失在了我的视野中，这才推开

"水空间"的大门,朝着在脸上露出一副早已在里面等待我多时的神情的马媛利走去。

我笑嘻嘻地坐在她的对面,点了一杯柠檬汁,和她随便聊了聊今天所发生的事情,却在无意间瞄见落地窗外一栋大厦的电视壁上,正播报着今天的新闻。

我不禁一怔,将目光转了过去,瞧见荧屏上,扬起头颅就跟奥特曼一样闪亮登场的人物,登时傻了眼。

接受采访的女人不是 Be 还会有谁呢,她什么时候又开始活跃在了荧屏上?看到她说话吞吞吐吐语意不明,一边接受着记者们的采访,一边还用眼睛鬼鬼祟祟地往四周乱瞟几眼,我就感觉她好像在打什么坏主意一样。

水吧里很多顾客也因为那个报道把视线转移了过去,嘴里面说着,Be 好像没有以前漂亮,估计是车祸整容后才丑了。

可是我并不那么认为,我真心看不出 Be 前后有什么区别,一样的尖嘴猴腮,面无二两肉外加神情猥琐。

我赶紧把目光收了回来,不想因为这则娱乐新闻在各大电视台循环滚动播出而影响了自己的心情。

马媛利突然发话,将我的心理独白给表露了出来:"我说那个女人怎么这么嚣张,原来是跑去韩国复原了外貌就又开始在荧屏上得瑟了!"

"她不是一直都很高调吗,这有什么好奇怪的?"我沉着脸说,Be 自从收了饶辰的钱之后,销声匿迹了很长一段时间,她现在高调亮相,究竟想干什么呢,难道真有什么阴谋?

这种想法渐渐地在我脑中生根发芽,扰得我心绪不宁,索性三言两语跟马媛利结束了交谈,直接拦了辆车回了饶宅。

一进门,我呼啦啦地往客厅跑去,一看墙上的挂钟,正好是五点。心想饶辰还没回来吧,正准备打个电话给他,却瞟见陈妈从一旁走了过来，手中端着咖啡往书房的方向走去。

我挑了挑眉，放下电话立刻开口叫住了她，询问一番后才知道饶辰在半个小时之前就已经回来了，现在正在书房会见 Be，她手中的咖啡是给 Be 送去的。

我有点纳闷，想不明白 Be 来做什么，便让陈妈把咖啡给我，我给她送去。陈妈也没说什么，把手中东西递给我便离开了。

我来到书房时，只见 Be 坐在沙发上，深深地凝视着一旁的饶辰，对他说着："饶少，我也没什么要求，如果能把徐导十月准备开拍的《大漠幽魂》的女一号给我，我就别无他求。"

饶辰不语，好像在做思考的样子。

我伸手敲了敲房门，立刻引起了两人的注意。

饶辰在唇边挽起一抹灿烂的笑容，注视着我。

我冲他眨了眨眼，从门外走了进去，将手中的杯子搁在 Be 身侧的茶几上，对她说："你的黑咖啡。"

Be 眼神充满挑衅，语气嚣张至极地对我说："咖啡很不错，谢谢你送来，不过能请你先离开下吗！"

我愣了一下，还来不及吱声，Be 又道："我们在谈公事，有些事情不方便泄露了出去，如果你没有别的事要告诉饶少，那请你先离开！不过，若你是为了上次的事，想留在这儿等我跟饶少谈完事情之后，向我道歉的话，我可以告诉你，我已经忘记这事了。"

这女人到底在说些什么？

我心中刮起了一阵强烈的狂风，觉得她也太看得起自己了吧，我可压根就没想过要向她道歉。我正想说她两句，饶辰的声音就从我身侧悠悠地传来："没关系，公司里的事让她知道也无所谓的。"

Be 眼睛黯淡，嘴角一扯："为什么？"

饶辰掷地有声地道："因为她是我女人。"

Be 身子猛地一震，拧起两道细细的眉毛，脸上对我露出了刻骨的恨意。片刻，她失声笑了笑，就没了下文。

但是，一抹哀伤在她眉宇间油然而生。

“关于刚才的条件你继续说下去，也别拖延时间了，这种事情早点结束！”饶辰开口说，脸上没有过多的表情。

Be 敛了敛脸上的神情，和饶辰谈论起关于前几个月他在医院里面曾答应过她的事。

我思绪有些飘忽，坐在一旁若有所思地听着两人的交谈，目光轻轻地落在饶辰的身上，默默地注视着他。饶辰心烦意乱地伸手揉了揉太阳穴后，端起矮桌上的杯子，放在唇边时，杯子里面咖啡好像已经没有了。

他侧过头来望着我：“能帮我煮杯咖啡送来吗，我有点犯困。”

我没有说话，端着咖啡杯走了出去，关上房门的那一瞬间，我听到 Be 说道：“她颈项上的那条项链真漂亮。”

饶辰甜滋滋地说：“是吗，那真不愧是 Adela 的大力推荐，看来那项链真的适合她。也不枉我如此费尽心思了，毕竟人这辈子最重要的也就是能找到一个自己喜欢的人。呵……”

“听你这么说，她就是适合你的人选？你对她动了真感情？”

“人的年龄大了，自然要规划自己的未来以及组织一个新的家庭。”

饶辰话音一落，我的心就在那一刹那剧烈地跳动起来，被一股甜腻如糖般的情绪，涨得满满的。

毕竟我才貌并不出众，时下女性的的各种缺点，我几乎都占全了。所以能听到他那些发自肺腑的话，我就觉得上天对自己不仅仅是好，还是到了一种偏爱的程度。以至我来到厨房煮咖啡的时候，思绪像长了一双翅膀一样飞到了九霄云外去了，迷迷糊糊中没太注意，竟然被滚烫的咖啡溅到了手上，红了一大块。

我忍不住发出闷闷的一声痛呼。

在一旁打扫卫生的陈妈听见了，赶忙跑了过来，关切地询问着我："车车，你怎么了？"

"没……没事，不小心被咖啡烫到了而已……"我扭开水龙头，把手凑到水中冲洗，防止被烫伤的地方起泡。

陈妈立刻走上来，伸手一把抓住我的手说："你烫得这么严重，光用凉水冲肯定不行，你跟我来。"

我微微一愣，陈妈伸手拉着我去了厕所，取出洗具里的牙膏，挤出里面的绿色膏状物，小心翼翼地涂抹在了我的手上："你别小看了这个东西，关键时刻它的作用可大了。牙膏里面含有薄荷，不仅能使烫伤的部位降温，还可以减轻你的疼痛。"

我感到惊讶："呃，这样就行了？"

陈妈嘴角扬起笑意："对啊，等会儿我再给你上点药，应该就可以了。要是你觉得还很痛，就只能去医院瞧瞧，这么大一块烫伤，我也不知道效果如何。"

我沮丧，在原地磨叽了一下，见陈妈走了出去，我这才慢吞吞地往外走。

经过客厅时，我瞄见 Be 从书房里走了出来。她高傲地斜视着我，眼中闪过一丝如老虎般凶狠的光芒。

Be 走到我的身边，用低若蚊吟的声音跟我说："恭喜你啊，终于堂堂正正地成为饶少的女人了。"

我皱了皱眉，默默不语地望着她。

Be 拧眉笑，用嘲弄的口吻继续说着："什么话都写在了脑门上，你以为你不说话我就不知道你心中在想些什么吗？你也别得意，虽然你现在是他的女人，但是不代表你就能禁锢住他的心。真是看不得你在我眼前晃荡，才多长一段时间，就迅速长成了一只油光水滑的肥猫！"

我勒个去！这女人真是欠抽啊！

我险些被气歪了鼻子，却又不愿再搭理她，免得一会儿控制不了自己的情绪跟她吵起来。可是Be却伸手一把抓住我那只被咖啡烫伤的手,目光一扫间满是嘲弄的神情,她讥笑道:“是因为我的到来,让你有了压力吗，所以才故意弄伤自己，想让他的注意力转移到你的身上？”

“……”她的话像一泼凉水泼到我的身上,我觉得她是不是太看得起自己了,饶辰刚才也没露出见到她就欢天喜地的表情吧。我正准备开口挫挫她这种唯我独尊的脾气,她就又张了口:“不过也是,用这种办法来绑住一个男人,不知该说你可悲还是可怜。弄得满身创伤,才能让自己喜欢的男人把时间都投往你的身上来关注你,你也蛮悲剧的!”

“我说,我们之间貌似没有什么深仇大恨,为什么你每次都要针对我呢?难道你还在为上次的车祸耿耿于怀吗?其实那只是一个误会,说到底也是因为你自己太过强势所造成的，当然我也应该负上一点责任,但是你不也捞到了很多好处吗？”

“好处？”Be眉毛微微上扬,带着傲慢的表情,恶毒地说,“你知道一张脸对一个艺人来说有多重要吗？饶少护着你,挺身而出为你摆平这件事,你以为我真的就能咽下这口气？从一开始你就在背地里想着各种办法来勾引他,涉足我跟他之间,现在你得逞了,你也会付出相应的代价。”

我心里很清楚Be到底在说些什么，如果她说的这些话全是真心话,那么我的后果将会不堪设想的。

“我从来没有想过涉足你们之间，也从来没有想过从他身上得到爱情这种东西,但是你要相信一点,缘分到了,不是任何人想避就能避得了的。而你,是真的爱他,还是冲着他雄厚的家产去的,你心里应该比我更清楚。”

Be冷哼一声,一脸的寒霜:“你这是在质问我吗,我就看你还能得瑟多久。看来你还不明白,即使饶少刚才说会跟你组织一个家庭又如何，你对他而言充其量也只是让他好奇便暂时束缚在身边的玩物而已。虽然我对饶辰不能说是百分之百的了解,但是他的风流我可是了解得非常清楚。当初他对 Sami 也说过同样的话，可是没过几天两就散了。所以,他也只是一时好奇低贱的女人,顶多不出半年,你就会成为其他女人的踏脚石。”

“你……”我气紧,正想说什么,饶辰的身影就从书房走了出来。Be 好像不想引起事端,高傲地抬起头,装作什么事都没有发生一样,朝着大门的方向愤愤地走去。

饶辰来到我的身边,也没询问我刚才跟 Be 说了些什么,因为他的目光已经落在了我的手上。他脸上露出心痛怜悯的神色,急切地询问我:“你的手怎么了? ”

我整理着自己的情绪,轻描淡写地说:“没什么,就是倒咖啡的时候不小心溅到手上了。”

“你做事怎么这么不小心,你脸上没长眼睛这种东西吗?你总是这样,呆头呆脑的。平时做事,你就留点神儿嘛,别总让人替你着急。”

见他又气又急,我心中有点难过,暗暗地吸一口气,绞着头发看着他。

此时,陈妈从一旁走了上来,手中拿着药箱,她正准备给我包扎伤口,饶辰说他来。随后饶辰让我坐在一旁的沙发上,为我涂抹着药膏,涂完后又用白色的纱布包扎着。

我静静地瞅着他,一时忍不住心中的好奇,问他:“饶辰,Sami 是谁? ”

饶辰一愣,好像没想到我会问及他的过往。隔了片刻,他才开了口:“我不喜欢你问这些问题,就像我从来不会问及你的过往,毕竟过去了的事如果再提起,只会让你跟我之间多出一堵墙。而我饶辰,纵使以前身边的女人再多,但是你是唯一一个让我敞开胸怀,想跟你组织一个家庭的女人。”

我窘迫一笑,脸上的表情瞬间复杂了起来,再也没了话语,觉得自己刚才问那个问题时，肯定没带脑子。我都想穿回去抽自己了，还好饶辰没在这件事上发表过多的言论，反而疑似想起了什么，只见他从西服的口袋里拿出一个精美小礼盒凑到我眼前。

我心中微微一怔，心想难道这是他早上说的惊喜不成？

他就将小礼盒在我眼前缓缓地打开，我还来不及看清里面到底是什么东西，一道璀璨夺目的光芒立时从我眼底溜过。紧接着，一颗饱满如黄豆大的钻石戒指，撞入我了的视野中。

我胸口一滞，眼神略显慌乱地看着钻戒，一股奇妙的暖流就从我心底淌过。我脸上的神情变了又变，脑中复杂的思绪也在顷刻间如树根般纠缠了起来。

许久，我稍微安定住自己的心情，害羞地装起迟钝来："你这是什么意思？"

饶辰唇角挽起了一朵笑容，幸福的喜悦都从他的眼中溢了出来："当一个男人送戒指给女人时，你觉得他怀着什么样的心态呢？"

我浅咬唇片，心跳忽快忽慢，脸颊如火烧般发烫。

饶辰伸出双臂轻轻地拥住我，温柔地把戒指从小盒里取出套在了我的无名指上，将嘴唇凑近我的耳朵呢喃细语着："这东西我可是从来不会随便送人，既然今天我亲自给你套上，我只希望你永远别取下来。毕竟人这辈子最重要的也就是能找到一个自己喜欢的人，把戒指直接套在离她心脏最近的地方。"

我被他这充满爱以及那极具煽动性的语言，惹得心中怦然一动。我嘴角悄悄地逸出了一丝笑意，有点不太相信现在发生的事情，觉得这简直就跟做梦一样。

他把下颌搁在我的肩上："你喜欢这款钻戒吗？"

"……喜欢。"我压着"怦怦怦"不停跳动着的心脏，喃喃地说着。忽然看到指环上刻着几个奇怪的字母，想不出到底是什么意思，出声问他："rc.ol.cc 是什么意思啊？"

“平时都让你多看书了，你看你多笨，这么简单的东西都看不懂。rc 是我名字的字母，cc 是你的，合起来就是饶辰只爱车车。”

“哈，你这个人……”我偏了偏脑袋，“刚认识你的时候，跟个流氓一样。可是今天，我忽然发现，我现在才真正地了解你。”

“噢，那我在你心目中是个什么样的男人？”

我打趣地说：“高贵的痞子！”

饶辰眉一挑，从后面揽住我的腰，带着笑意说：“你这话是在夸奖我，还是损我？不过难得今天这么高兴，不如今晚我带你去渔港吃鱼子酱。”

“好提议。”我一脸的讪笑。

“走。”饶辰话音一落，拉着我的手就朝着门外走去。

此时，外面天空的颜色由藏青渐渐转变成了墨黑，斗大的圆月从东边升起，高高地挂在空中，洒下一根根银白色的软针落在人们的肌肤上。

饶辰开着车，载着我来到了渔港的富东酒店。

一进门，我瞧见里面坐满不少人，再加上现在是吃饭的高峰期，又适逢酒店正在举办周年庆，所以客人自然比其他餐厅多出好几倍。舞池边，还有一个男人坐在角落里静静地吹奏着萨克斯，悠扬婉转的曲子从铜管中轻轻地飘出。

饶辰带着我随便挑选了张桌子坐下，一名 waitress 从一旁走了过来，送上柠檬汁和菜谱。

饶辰点了两份套餐和鱼子酱，把菜谱递给 waitress，笑着望向我，说：“今天这儿好 high 啊，一眼望去全是熟人。”

“周年庆嘛，人肯定很多。”我沉默一瞬，“你不去跟他们打个招呼吗？”

饶辰扬了扬眉，眼底溜过一丝诡异的光芒，温柔无声地凝视我良久、也不知他此时在想些什么，脸上竟露出这种说不出的奇怪神色。随后，他默默不语地从椅子上站起身，走上舞池俯身在那位吹萨克斯的男人耳边也不知说了些什么，那男人径自离开了，把整个舞台都给了他。

他坐在上面的椅子上，调整着身前的麦克风。

我抿了抿唇，好奇地看着他。

他缓缓地抬起眼眸，对着麦克风，情深款款地说："有个女人和我相识了只有两个月，可是我却觉得跟她认识了很久很久一样，我跟她之间所发生的事就像童话一样。我们原本行走在两条不同的线上，可是却在交叉时，被爱神射中了。现在，我要对她说，你能把你的耳朵借我五分钟吗，我有首歌想唱给你听。"

刹那间，酒吧里面的所有顾客，因饶辰的这句话，以及他的注视，齐刷刷地将 N+1 双眼睛全投了过来，望着我。

我只觉头皮一阵阵发麻，背脊一阵滚烫，整个人僵硬无比。

讨厌，真是羞死人了，好丢脸哦！

我敢发誓，这么高调地被人活体围观还是第一次，我的心变成了一座火山口，随时都会发生爆炸一样。

接着，柔美悠然的吉他声在静悄悄的大厅缓缓地响起，起伏的旋律中带着一种浪漫的气息，触动了在场的每一个人。玲珑剔透的钢琴声低调缓慢地配合着，使人的心在这一刻变得有些不堪一击。

饶辰静静地凝视着我，眼中充满了浓烈的感情。

他舔了舔干涩的唇，好像有点紧张，用手掩唇轻咳几声。缠绵悱恻的前奏旋律过后，他才将手移开，嘴唇缓慢地张开，接着一首好听的歌曲从唇齿间逸出，如空谷响起天籁……

Baby, tell me how can I tell you

That I love you more than life

Show me how can I show you

That I'm blinded by your light

When you touch me I can touch you

To find out the dream is true

I love to be loved

I need yes I need to be loved

I love to be loved by you

Yes I love to be loved by you

……

不知道为什么，我虽然不太懂这英文歌的歌词到底在表达些什么，但是看到饶辰唱得那么深情投入，我心底顷刻间涌上了一种无法言喻的情绪来，似乎我整个人，不仅仅只是人，连灵魂都被他给紧紧地抓住了一样。即使现在世界末日马上就要到来，我都不怕，因为我知道有个男人会保护我，即使去了黄泉路我都不会寂寞……

晚餐过后，我跟饶辰在餐厅看了一会儿娱乐节目，一直看到快到十一点时，我有些犯困，一连打几个哈欠，引起了饶辰的注意。

他伸手碰了碰我："累了吗？累了就回家吧，明早，我也有个会议。"

我懒洋洋地点了点头，整个人困得晕头转向，眼睛都快睁不开了。

到了门外，饶辰瞥我一眼，露出一副无奈的表情："你就在这儿等我，我一个人去取车就行了。你看看你啊，都快成海绵体了。"

我不看他，独自坐在一旁的石脚椅上正打着盹，口鼻没有来由地一滞，惊得我整个人犹如被一道来自 M76 星云的雷给轰了，赫然发现不知是谁站在我的身后，用一块手帕死死地捂住了我的口鼻。

我心中猛地一紧，被吓得半死，死命挣扎着想要挣脱开对方的束缚。谁知，一辆小面包车就在此时，悄悄地滑了过来，后门一开，两个痞里痞气的男人从里面跳了下来，向我身后的人问道："怎么样？"

"我已经搞定那个男人小车的四个轮子，他应该一时半会儿来不了。不过我们也不能在这儿继续待下去，先回仓库，再联系对方，免得惹来一些麻烦。"身后那人急匆匆地把话一说完，我身前的两位痞男不由分说地直接伸手前来，强行将我拖上了车，用早已准备好的黑色胶带封住我的嘴巴跟双手双脚。随后，他们将车门一关，坐在驾驶位上的人立刻启动车子的引擎，载着我就朝着一旁驶去。

我脑中思绪瞬间纷乱如麻，但是有一点我很肯定，那便是我被绑架了！！

他们将我掳上车时，有说过搞定了饶辰的车，我想他们这群人是有备而来的，不然他们捅破饶辰车子的轮胎做什么，明显就是在拖延时间。

只是想绑架我的人到底是谁呢?

我眉头紧紧地纠结在了一起，稍稍镇定了一下心神，撇过脑袋打量着车内这几个男人时，眼角的余光忽然瞧见饶辰的身影从窗外划过。

我浑身的血液轰的一声冲到了头顶，睁大眼睛不停地从嘴里发出声音想引起他的注意，可是任凭我如何努力，嘴巴里面呼叫出的求救声，都无法从车内传播出去，反而引起身侧一名男人的警觉。

他撇过头来凶巴巴地盯着我，反手一巴掌甩在我脸上，恶狠狠地警告我："你这个女人，知趣的话最好别再出声，不然我割了你的舌头。"

我欲哭无泪，感觉整个胸腔都被一股空前绝后的压力紧紧压迫着，呼吸都有些困难。我苦逼哀怨地把眉毛拧成了八字眉，也不知这群人绑架我的目的是什么。难道说，他们是见我跟饶辰靠得太近，想抓我来勒索他的钱财?

不会吧，那万一最后被撕票怎么办?

我浑身一抖，惊愕地瞪大了眼睛，露出一副半死不活的样子，见载着我的这辆面包车开始上了高速公路，渐渐朝着人群稀少的城郊去，一种深入骨髓的恐惧就开始在我心中蔓延开来。

我极力保持着冷静在脑中寻思着如何从这帮人手中逃走。

结果就在三十秒之后，在驾驶座上开着车的男人疑似看到了什么,突然出声嚷道:“大哥,你看前面那是什么？”

几个绑匪立时高度警觉起来,纷纷俯身向前,循着开车人所指的方向望去。

我一时好奇,还以为他们这群丧心病狂的人,做的坏事太多半夜撞鬼了。哪知,就在我眼波一转望向前方时,一辆白色的跑车像有什么预谋似的,从前面亦虚亦实亦幻亦真地撞了过来,面包车被撞得在原地旋转数圈后甩出老远。

我一阵汗流浃背,还没来得及消化这件事,整个身子就随着车体的运转磕得满脸是血。

劫匪们推开摔成一团的车门，龇牙咧嘴地捂着额上流血的伤口，嘴里哼哼唧唧地叫嚷着,好像想要过去寻仇似的。一双浮动着杀气的蓝色眼眸,就在那一瞬间很突兀地撞入了我的视野中。

我心中猛地一震,有些错愕,不敢相信撞面包车的人居然会是明哲。正当我陷入沉思中时,那几个劫匪猖狂地朝着明哲挥去了拳头。

明哲立时往一旁闪去,躲过劫匪们迎面而来的拳头,和对方展开了搏斗。

我惊得整颗心“怦怦”直跳,在原地怔了半晌,才敛了脑中乱糟糟的思绪,像条鼻涕虫一样,蜷动着身体从车内爬了出来,往一旁挪去,靠在公路边的铁栏上,想用摩擦的方法把绑在手腕上的胶带割断。

两只手腕之间活动的缝隙变得越来越大,只要再加点力就能挣脱开束缚。可是我没想到一个个子矮小的男人,在这紧要关头,蓦地闪身行往明哲的身后,呼啦啦地从一旁跑了过来,似有控制我来对付明哲的趋势。我心底赫然涌出一股毛骨悚然的感觉,慌慌张张挪动着身子想要躲开。

矮个子痞男三步并成两步来到我的身前，伸手抓住我的胳膊,将我从地面拖了起来,不知道从哪儿弄出一把小刀,抵在我的脖子上,大喊了一声："臭小子，立刻给我住手，你只要敢乱来，我保证这女人马上没命——"

哪知，他的话音刚一落下，明哲侧过头来望着我时，公路的另一头没有来由地响起一阵异样的声响，犹如狮吼般的咆哮声，潜藏着一股杀意。

我猛地瞥过眼去，只见一辆白色的跑车，很突兀地开了过来停靠在了我的身边。

我心中一震，不知车内的人会不会是绑匪们的同伙。一道熟悉的身影就在我神情恍惚间，从里面走了出来。对方原本没有表情的脸上，在看到我的那一刻，一下子萎缩得就跟忧郁成疾了似的。

"饶辰！"我带着哭腔喊他，可是因为嘴巴被封住的关系，话语变得模糊不清。

饶辰眉头顿时一皱，在抓住我的那位痞子想要对我行凶时，他长腿立时扫了出来，准确无误地踹中对方的心窝。对方吃痛发出惨烈的叫声，嘴角马上流着鲜血，随即一个重心不稳，结结实实地摔在地上跌了个嘴啃泥，像是晕死了过去。

我一下子惊呆了，眼眶也跟着湿润起来，他的模样在我的眼中变得模糊。

他面色焦急地伸手搂住我，扯掉封在我嘴巴上的胶带，从包里取出手帕给我擦拭着额头上的伤口，喑哑的嗓音钻入了我的耳朵："你没事吧？"

我摇了摇头，发丝凌乱地覆盖在了我苍白的额头上。我将手帕从他手中取过，正想让他去看看明哲那边的情况，他却早已起身过去帮忙了。

我解开绑在脚上的胶布，用手帕捂住额上的伤口，战战兢兢地将身子藏在报废了的面包车后，把脑袋往前凑了凑，却发现已经错过了最精彩的场面。那群坏人七横八竖地躺在地上，明哲跟饶辰气喘吁吁地朝我走了过来。

我赶紧跌跌撞撞地迎上前去："你们没事吧？"

"没事，"两人异口同声，"先离开这儿再说吧。"

我点了点头，饶辰闪过一丝古怪的神色，回头瞄了一眼明哲那辆挡风玻璃全被撞碎了的车，对他说："你的车恐怕已经报废了，若不介意的话和我们一同先回去，再找人来吊车？"

明哲有丝犹豫，缄默不语，微微蹙眉思索着。

我上前用手碰了碰他胳膊："和我们一起走吧，刚才幸好有你拦下那群人，不然也不知情况会怎样，而且有些话我也想问问你。"

明哲点头，随我坐上饶辰的车。

我转过身子，跪坐在椅子上，冲后座上的明哲笑了笑："对了明哲，我感到奇怪，你为什么会出现在公路上呢？"

明哲抿唇一笑，声音淡淡的："我今天正好在富东酒店弹琴，离开时，看到了一个皮包掉在地上，觉得有点眼熟，后来发现是你的。并且那个时候，一辆面包车在我眼前匆匆而过，我觉得事情有些不对就立刻开车去追，后来发现他们的路线是朝着郊区去，所以怀着侥幸的心理抄近道看能不能截住他们。为什么有人会绑架你？"

我摇了摇头，暗中分析了一下明哲的话，觉得他的出现好像真的就是那么一回事儿一样。不过按照明哲的身份，发现我被绑架，能在短时间赶过来也不足为奇哦，我也没必须继续纠结下去。但是饶辰在听完他那番话后，好像不那么认为，他整个人都变得敏感尖锐起来，语气里带着一丝狐疑和戒备："是吗，没想到我俩的想法居然会这么凑巧。不过好在汽车轮子被人故意破坏，让我发现这并不是一般的恶作剧这么简单，也幸亏遇上熟人借对方的车子追来，不然真不知今天这事会演变成怎样的一种局面。"

"……"我怔怔的，微觉奇怪，饶辰这话好像在卖什么关子。

明哲垂下眼睛，对他的话不发表言论，车内便瞬间蔓延着一股紧绷的味道。

我心情复杂地拧着眉头，坐直身子深思着饶辰刚才那话的意思，不多时车子便已回了城内。

明哲张了张嘴，似有下车之意，却被饶辰事先看穿，好言邀请一同来到饶宅。

我们三人刚一进屋，饶辰就让许立去请一名姓宋的医生来家里一趟，随后他转过身来对我说："你也累了，去洗把脸先休息吧，等宋医生来了，我再来叫你。"

"不用，今天发生这种事，瞌睡虫都被吓跑了。"我懒声回应着他，从茶几上拿了一个葡式蛋挞递给明哲。

"那你去洗个澡，你看你浑身脏兮兮的，顺便再帮我叫陈妈煮一壶咖啡来吧。"

我错愕地望着他，不了解他干吗急着支开我，但是见他好像想单独跟明哲聊聊，我也不好再留在这儿，朝他点了点头就起身准备回卧室。在关门的那一瞬间，我瞧见他们两个人去了书房。

我在原地犹豫了一下，无法控制心中的好奇，索性去找陈妈把饶辰吩咐的事告诉她后，就悄悄地朝着书房走去。到了书房门口后，就躲在门外的花瓶后面，透过没有关牢的房门，看着里面的情况。

只见明哲面无表情，凝视着饶辰那阴晴不定的面孔，淡淡地开了口："你特意让我留下，不会只是想邀请我品尝你家的咖啡这么简单吧？"

饶辰冷冷一笑，用一种异样的眼神看着他，漫不经心地说着："我只是好奇，为什么你会出现得这么及时，当然也是想亲自感谢你。"

明哲眉头隐皱，似是觉得饶辰话中有话似的，在他沉默深思的那一瞬间，陈妈的身影从我眼角溜过，端着咖啡进入了书房。

"请慢用。"陈妈把咖啡放在矮桌上，礼节性地对明哲说道，随后把另一杯咖啡递给饶辰就离开了。

明哲端起桌上的咖啡，浅抿了一口，动了动唇："救她本来就是我的分内之事，而你想说什么，不妨直接说出来，这儿也没旁人，你可以说了。"

饶辰淡漠地抬起眼睛与他的目光相对，脸上生硬的表情就如戴了一张假面具一样："是分内之事，还是另有玄机呢？"

"你以为这一切都是我在幕后安排，我有这个必要吗？"明哲目露不屑。

饶辰目光幽深晦涩，神情难辨："有没有这个必要，你心里清楚。其实我一直都很好奇，你如此迫切地想钻入一个女人的怀抱，用那么天真的行为索要这个女人，你不觉得这像一场闹剧吗？从在林湾跟你再次遇见，我就觉得你这个人不简单，将自己麻痹，继续不该继续的行为，你不觉得累吗？"

什么？我神经因饶辰的这句话变得异常敏锐，不敢有半点松懈，不等一会明哲的声音就钻入我的耳中。

"你这话是什么意思？"

我抬起头来望着他，发现明哲眼神迷惑。但仅一瞬，他就敛了脸上的神色，似是从饶辰的话语中明白了什么，也没再继续追问，而是语气平静地说："这世界上很多事情都无法用合理的理由来解释，如果你硬要我告诉你原因，那么我说凑巧，你会相信吗？"

"信。但前提是你说的话，是真话才行。"

明哲再次端起咖啡的动作，因饶辰的话停顿了下来："你应该已经知道了理由，又何必要问。难道是因为我的出现，让你有了危机感？"

饶辰的脸色微微一变，被明哲的话惹得怒火在心中燃烧："你对你自己是不是太有自信了？我告诉你，这世界上每个女人都是公主，但是公主身边只能有一个王子，剩下的男人就只能是骑士，而她的王子，是我！"

明哲的嘴角滑出一丝冷笑，眉宇之间那一缕若隐若现的不爽之色，逐渐变得清晰起来。

他似乎稍稍斟酌了一下才说："王子跟骑士，其实也只是在一线之间，而就算是王子跟公主，也未必幸福。这个世界不应该用童话的眼光来看待，特别是感情这种东西，它就像天平一样，会摇摆不定的。"

"也是，一个连自己性命随时都可能会丧失的人，所看到的世界怎会和我们一样？"饶辰把话说到这儿，不等明哲回答，又补充了一句，声音冰冷得有点不近人情，"你从小不幸，父亲是个赌鬼，欠了对方一笔账无法偿还被活活打死。你母亲在你六岁那年改嫁给他人，将你狠心抛弃，因此小小年纪的你就有着一种不属于同龄人的深沉和阴冷。"

饶辰话音一落，明哲脸上的血色赫然褪去，嘴角微微地颤抖着，表情略显僵硬。

饶辰继续残忍地说着："从此你变成了弃儿，内心的孤独让你想要找寻正常人的存在感，渴望能有一个真爱出现在自己的身边，可是你却忘记，你已经失去爱一个人的能力，也不会理解爱情到底是什么。你既然把自己卖给孤独，就不要抱怨现在的寂寞。一个人生活，其实也不错。"

"你调查我？"明哲凄然的脸上闪过一丝震惊之色，似乎被饶辰的话刺得整颗心都在一阵阵地抽痛。书房的气氛一下子变得如同来到了火山口，一股股腾腾冒烟的怒火和杀意在空气中肆意弥漫着。

我想要进去，阻止两人再继续再交谈下去，可是饶辰却又开了口，脸上还带着一种可以正大光明歧视明哲的表情："是，我调查过你。你不要怪我如此残忍地揭开你的伤疤，当初你若没有将她藏起来，我就不会好奇身为杀手的你，在被她目击杀人过程之后，为了封口将她掳走，为什么却没有杀她。不过话说回来，我也应该感谢你，把她完好无损地还给了我。"

明哲眼中一片阴郁荒凉，下颌紧绷，垂在身侧的手狠狠地攥紧成了拳头。突然，他深深地吸了一口气，猛然起身结束了跟饶辰之间的对话:“对不起,我还有事要先离开。”

“请便!”饶辰冷漠回应,一双清冷的眸光落在嘴唇抿紧的明哲身上,随着他一同走出了书房。

我从花瓶后面走了出来,身影撞入了饶辰的视野中。似乎他没有预想到我会偷听般,脸上的神情微微一惊,似是想说什么,我直接抢走了说话权,告诉他:“你不应该这样去伤害明哲,也不应该用这样的态度对待内心脆弱的他。”

我转身欲走,饶辰伸手握住了我的胳膊:“你要去找他吗,我告诉你,我今天做的这一切都是为了你,和这样的人再有任何交集,对谁都不利。”

我眼眸一黯,心里如被巨石猛压,难受到了极点:“我知道他是一个危险人物,但是你掀开他的伤口,用令人发指的话语去刺痛他,就是你的错。我暂时不想看到你!”

饶辰眼睛里充满了怒意:“林车车, 为了这个毫不相干的男人,你非要跟我翻脸吗?”

“这件事,是你做错了。”我忍着又涩又怒的情绪,“放开我。”

“对不起,你的希望得落空了,我没兴趣按照你的想法来做事。”饶辰冷冷地说完,强行将我拉到卧室里面,把我关了起来。

我在房中像发了疯般把柜子上的花瓶砸到了地上,待心中的那股怒火彻底得到了释放,这才坐在一旁的椅子上。

过了片刻,饶辰从门外走了进来,说是宋医生来了让我出去给他瞧瞧伤口,我选择性眼盲外加耳聋,取过茶几上的遥控器,打开电视不停地换着节目。无奈,他只得灰溜溜地出去,自个儿拿着药箱走了进来,磨磨叽叽地给我处理着额上的伤口,嘴里叽叽歪歪地发着牢骚。

我自始至终,连看都没看过他一眼,直到他把药水收回药箱朝着浴室的方向走去,我才斜眼瞄了一眼他的背影。

没过一会儿,我身侧响起了一阵脚步声,不用猜也知道是他从浴室里面走了出来。

只是，他居然没有穿浴袍，只在腰下围着一块浴巾，露出健硕结实的上身，来到我的身前用一种惊喜的语调喊我："小贱包！"

我瞥他一眼，他就跟神经病患者似的，脸不红心不跳地把围在腰上的浴巾猛然敞开，眼里藏着一抹戏谑的笑意："君子坦荡荡，小人藏鸡鸡！"

随即，他在我面前插科打诨，忙得不亦乐乎，露出一副色魔得逞的表情。

我瞬间被雷震惊了，不知他要闹哪样儿。也懒得搭理他，哧溜哧溜着起身爬到床上，拉上被子捂住脑袋直接把闹得十分欢畅的他，晾在了外面。

结果不到一分钟，他就像被捣蛋鬼附体了一样，精力旺盛地骚扰我，抽风到凌晨五点才躺到我旁边睡下，害我睡到第二天下午一点才起床。

我在卧室洗刷完毕，来到客厅时却没有见着饶辰的身影，不禁出声询问在一旁打扫卫生的陈妈："陈妈，饶辰呢？现在才一点多，没到上班时间，他去哪儿了？"

陈妈答："少爷从上午出去之后就没有回来过，不过他刚才打电话来，说你要是醒了就留在家里别出去。他晚上要处理一些事情，可能八九点的样子才会回来，让你不用等他用餐了。"

处理一些事？难道他是去查昨晚劫持我的幕后真凶？我隐隐觉得他不会放过那些人。

我伸手摸着下颔，犹豫着要不要打个电话询问下他，哪知我刚拿起电话，就接到了一个陌生人的来电。

我看着显示屏上的号码，稍稍犹豫了一下才接通电话，当听到听筒里面传来的话语声时，我的心猛地一怔，感到十分的意外，甚至还有一丝不安。

对方说:“你是林车车吗,我是Be,我能和你见一面吗? 我找你有点事。”

“你……你说,你找我有事? ”

Be语气慌慌张张:“是,在电话里面可能说不清楚,我想跟你见上一面。我现在在SPR咖啡厅的三号雅座,你会来吗? ”

我心中又是一怔,实在想不通她怎么会知道我的电话号码,并且还在电话的另一头急着想跟我见上一面,难不成今天的太阳是从西边出来的?

我皱眉深思,觉得自己的八字一直都跟她的犯冲,但是此刻她在电话里面的语气,不似以往那么嚣张跋扈,带着乞求,甚至还有着一丝哭腔。我就感到困惑了,稍稍思考了一下回复她:“我考虑一下吧,再说我现在走不开。”

“那你什么时候有空,你告诉我。你现在是在饶宅还是其他别的什么地方,我好派人开车在门外一直等着你。”

此话一出,表露出了她今天是铁了心要见到我了。

我心有余悸地打了一个冷战:“一个小时之后吧,不过你不用派人来接我,我到时候直接去就是了。”

挂了电话,我换了一套衣服,直接去了SPR咖啡厅。

由于路上堵车,我迟了半个多小时才来到门外,本以为约我的人会受不了我这么磨叽早已离开,却没料到她居然还在!

“不好意思,路上堵车我来晚了,没让你久等吧? ”走入房内,坐在了穿着白色紧身连衣裙的Be的对面,我用笑脸来掩饰自己眼中的谨慎。

也不知是因为Be今天化着裸色妆,还是没有化妆的关系,让我发现她比浓妆艳抹时要漂亮多了,只是眉角眼梢处却带着一丝浓浓的忧郁。

Be从桌上拿过咖啡壶给我倒了一杯咖啡,目光落在了我佩戴了戒指的手上,整个身子都没有来由地一抖,恍惚失神间,她好像没注意到咖啡都从杯中满溢了出来,还一个劲儿地往里倒。

我忍不住出声喊了喊她,她这才回神儿,眼中神情十分复杂地凝视着我,忙赔着不是:"真是抱歉,我最近连夜赶工,精神状态不好。"

"没事,我也经常犯这种错。"我动了动唇。

她笑:"呵!对了车车,这次贸然地叫你出来,没有打扰到你休息吧?"

"没有,"我冷冷淡淡地说,"只是我不知道你约我出来到底是为了什么?"

Be 静默了一瞬,用眼角的余光观察着我脸上的神情,随后用缓慢低沉的语调对我说:"我约你出来,是想跟你说声对不起。"

"……"我微微一愣,端起杯子放在唇边。

她颇有深意地看着我,继续道:"我知道一直以来,我都不应该用有色的目光去看你,甚至讥讽你,爱情中本来就没有谁对谁错。是我自己不服输,一直在逞强,觉得花费了这么多时间,换来现在这样的结果而咽不下这口气,"说到这儿,她突然伸手前来抓住我的手,"你会不会觉得我很卑鄙,很无耻,看见你跟饶少在一起就总是针对你,刁难你,用言语来攻击你?"

我略感惊讶,怀疑自己的耳朵没毛病吧,她居然低声下气地向我道歉?但是,她脸上那副欲言又止的表情,让我立时明白她约我出来根本就不是道歉这么简单!要知道,她这些话我怎么听,都觉得莫名其妙,完全让人摸不着头绪,于是我忍不住把心中的疑问问出了口:"你这次约我出来,应该不是为了以前的事想亲自向我道歉这么简单,到底有什么事,你直接说重点吧,不要跟我兜圈子。"

话音一落,室内的空气顿时变得紧张起来。

Be 的身子僵了一瞬,眉头紧锁地从包里拿出一根香烟点燃,深深地吸了一口来缓解她自己心头的那股紧张。

这让我感到更加奇怪了。

“车车……”Be 张了张唇，脸上露出一副十分纠结的表情，“其实我，如今在演艺圈有今时今日的地位，真的很不容易，我不想因为犯了一次错就将自己的一切葬送掉，你明白我的意思吗？”

“不是很明白，”我淡淡地说，脸上不带一丝阴霾的神色和她形成了鲜明的对比，“不过，当自己拥有的一切如泡影般全没了，那种滋味也确实也不好受。”

我的话刚一说完，Be 几乎没有来由地，就像把演戏带入了生活中一样，眼里顷刻间浸满了泪水，悠悠地哭了起来，惊得我浑身变得僵硬无比，有点无法招架她的这种转变，只得紧紧地盯着很哀怨很内伤很悲情的 Be，听着她语无伦次地说着。

“车车，真的很对不起，我也不知道事情怎么会变成这样，我真的不是存心的……昨晚劫持你的那帮人，我并没有让他们那样做的，我只是酒后发了发牢骚，没想到我认识的一个朋友却当了真。你相信我……我没想到那帮人会动真格。”

什么！我眸光黯淡了下去，从她断断续续的话中总算是明白，她约我出来的目的了！这简直如晴天霹雳，硬生生地击中了我，让我足足愣了十几秒才反应过来。

这个可恶的女人，真是不可饶恕啊，心肠歹毒到了这种地步！真恨不得让她立刻剖腹向我谢罪！

我气咻咻地瞪着她，忽然醒悟来之前陈妈说饶辰要处理的事，难不成他已经揪出了真凶，准备对 Be 兴师问罪？

Be 见我不说话，情绪又变得十分激动，再次伸手前来死死地抓住我的手，哭诉着：“我知道我不应该这么做，可是我控制不住自己，每次看见饶少宠你时，我内心就很痛苦，被疑心占据着大脑，妒忌你到快发疯了，所以才会做了这件错事。我真的很爱饶辰，我受不了……真的受不了他对我如此的冷漠无情……”

“这是你自作自受，怨不得别人，你是因为事情败露被饶辰知道，所以现在约我出来，是想通过我来亡羊补牢吗？”

Be情绪失控，嘴唇颤抖，声音起伏不平地说着：“是！他曾经对我说过，只要我听他的话，不管我做错什么他都可以原谅我，这次我真的知道错了，可是他却不肯原谅我。我没想到他会将我逼上绝路，也忘了我跟他之间现在的关系，除了利益没有感情可言。但是，我真的很爱他。”

我拧了拧眉：“对不起，你找错人了，如果你我身份对换，我这么对待你，你会原谅我吗？你口口声声说爱他，你爱他什么，他的人还是他的钱呢？”

Be一怔，眼底闪过一丝溃败的神色：“他人跟钱我都很爱，我也做着想要嫁给他的梦，但是事实总是残酷的，当你把心全部给一个男人时换来的结果却是被对方无情地抛弃，我只有选择对自己最有利的，我不想做个死缠乱打的女人，也不想永远都成为配角，但是每当自己忙碌过后独自躺在床上才发现自己根本就没有忘记过他。车车，我真的知道错了，我不想自己所辛苦的一切都毁于一旦，你能了解我现在的心情吗？我不想坐牢，你帮帮我好吗？”

“如果道歉有用的话，这个世界还要警察来做什么，对不起，我帮不了你。”我无情地扔下这句话，起身就朝着门外的方向走去。

Be赶紧走上前来，拉住我的胳膊，急急地说着：“车车，看在大家都是女人的份上，求求你，帮我一次。你相信我，就相信我一次，我真的只是喝醉酒后说想修理你的浑话，就如当初在你家小区，你明明看见有小车朝着这边行驶过来，你还将我推出去，你不是也这样对待过我吗？”

“那只是一个偶然。”我挑了一下眉梢，提高嗓门说。

“偶然，那么你可不可以当昨晚的事也是一个偶然呢？你完好无损，可是我呢？这件事被饶少告诉警察甚至媒体，我就只有死路一条，永无翻身之日，我求求你给我一条活路。”Be说着说着，在我面前无力地跪了下去，低垂着脑袋，长长的睫毛微微有些下垂在圆圆的眼睛下投下一团暗影，“我在你面前已经彻彻底底地输了，难道你连给我一条活路都不愿意吗？我真的不想坐牢，能不能趁饶少将一切证据提供给警方之前，帮我劝劝他？放过我，当昨天的事从来没有发生过，我可以从此离开川城，不再踏足。”

看到她如此卑微地跪在了地上，我心中有些惊骇，用一种不确定的眼神盯着她看了好一会儿后，我拒绝了她的请求：“对不起，我的话他未必会听，你还是直接求他吧。”

Be从地面站起身，茶色的眼瞳燃起了一股怒意，嘴唇扭曲着：“林车车，你是否要做得如此的绝情？”

“不是我绝情，是犯错的人必须赎罪！而你伤害的人不是我，是一直支持你的那些粉丝。我第一次跟你在游艇上碰面，你我毫不相干素无瓜葛，你却害我险些丧命在劫匪的手中，我已经忍了你一次。可是你事后变本加厉处处针对我，我曾经就对你说过，如果有一天有人能盖住你时，你是不是还会如此嚣张？”

Be眼睛里充满了血丝，咬着牙一脸愠怒地盯着我，样子凶神恶煞：“林车车，你别后悔你今天所作出的决定。”

我心平气和地说着：“我不会后悔，因为我已经将你看穿。你一直都视我为眼中钉，你若真想道歉，就不会在我刺激你时，立刻原形毕露。你的眼泪太过虚伪，不过我告诉你，男儿膝下有黄金，女人也不要轻易向别人下跪，更别在卑躬屈膝时，将自己心中那股不服气的劲儿泄露了出来。对不起，我该走了。”

Be深邃的眼眸深处闪过一丝寒芒，跟在我的身后气急败坏地叫喊着：“林车车，你的决定会让你后悔的！你让我不好过，我也不会让你好过！”

我无视她的话语，离开了 SPR 咖啡厅。

回到家时，我一直想着跟 Be 之间所发生过的种种事，很快就将时间过渡了晚上。饶辰回来后，我跟他说了说今天 Be 找我的事。

饶辰听完，脸上的表情顿时沉了下来，语气极其严肃地询问我：“你跟我说这些，是想让我此事就此作罢？”

我眨了眨眼，不吱声。

他喃喃地说，语气里掺杂着怒气：“她眼中的爱情可不是爱情，是在纯粹报复我！她在做这件事的时候，就应该想过后果，或许爱情真的能够让她迷失方向。”

我想了想，觉得饶辰的话又不无道理，但是她的那句“女人何苦为难女人”让我起了一丝恻隐之心，顿时抛给饶辰一个双关语：“这种女人虽然不可饶恕，但是她确实又蛮可怜的，我不为她求情，但是我希望你能手下留情，给她一条活路……不管怎么说她曾经也爱过你。所以，这事你想怎么处理，我都不会干涉。”

“你这话，反而让我都不知该怎么处理才好了，我发现你现在变得很会说话，喜欢给人出难题了。”

我脸上绽放出了一朵笑容：“那是因为我聪明，你蠢。不跟你说这事了，你快去洗手，我可一直饿着肚子等着你回来吃饭。”

饶辰闪过一丝亮光，脸露幸福状，急急忙忙地放下手中的文件，去了洗手间。

没过一会儿他就来到我的身边和我一起用餐，我觉得自己跟他之间像被幸福的光芒围绕着，连头上都快冒出瓦斯光环了。

可是，我不知道厄运也来得如此的快，仿佛在某一个月黑风高的夜晚，上帝把我的那扇窗户给悄悄地关闭了一样……

第八章　记忆被隔离，骑士代替了王子

我自虐似的用手敲了敲脑袋，明哲立刻抓住我的手，注视着我的目光中都流露出心疼之意："别这样，你若想不起来也没关系。你现在只要记住我就行了，记住这儿是我们的家，以前的事能不能寻回都无所谓，因为我会照顾你一辈子。"

那天，是六月一号儿童节。

饶辰针对 Be 的事，做出了一个重大的决定：运用人际关系将 Be 雪藏五年。

一个艺人，在圈子里正混得如鱼得水时，雪藏对她来说，打击确实蛮大的。她也曾私下里找过饶辰，向他求情、认错，想悔过自新，可是饶辰没有搭理她！

我想，其实这样的结果总比坐牢要强得多，因为她可以去学习如何生活以及做人，顺便再彻底地放松一下自己。反正我是这样认为的，至于 Be 会怎么想，我就不太清楚了。要知道我在得知这个消息之后，也没有再和她碰过面，这一天风平浪静得极其诡异。

直到六月二号，也就是我生日的那天，饶辰处理好手中的所有事情，打算带我去新加坡旅行。可是很不巧地接到饶妈妈从国外打来的长途电话，她在电话的另一头告诉饶辰，她已经乘坐飞回国内的飞机，大概在晚上八点会抵达川城的机场，准备跟我家老头子见一面，而我们出去旅行的计划唯有取消了。

我的情绪也因接到这则消息，变得越来越紧张。毕竟我跟饶辰之间，身份悬殊，我十分担心我跟他之间的爱情会不会瞬间夭折，因为我并没有生活在《格林童话》所描绘的美好世界里。足足自我烦恼了两个小时，才在饶辰的提醒下，电联了我家老头子来川城。

老头子在电话的另一头询问我具体情况，我告诉他见面后再说，便挂了电话。回卧室收拾打扮了一下，正准备匆匆赶去车站接老头子，饶辰却伸手拉住了我，略带埋怨地说着："你这么急着出门干吗，还打扮得这么漂亮，身上散发出的香水味都快麻痹人的神经了！伯父从川平来川城至少需要三个小时左右吧，我等会儿让许立开车，载着你去接伯父就是了。"

我想了想觉得不妥，万一一会儿老头子代表林家的粉丝团前来和我亲切会师，问些稀奇古怪的问题比如说男女之间的事，被许立知道了，私下里偷偷告诉饶辰，我的脸面到时候往哪儿搁啊？

我赶紧婉转拒绝："不用了，就几步路而已，再说从川城到川平的公路早就修通的，哪会用这么长的时间。而且我有些悄悄话要告诉老头子，你让许立跟我一起去不太好。"

"外面在下雨，你一个人出去不害怕？上次我独自去取车，你差点就出了事。"他眼神执拗，伸出一根手指头在我的肩上推了推，示意我把注意力放在他身上，"要不我送你，让许立去机场接我妈！"

我轻轻地吸了一口气，眯着眼看着他："不要，一会儿你妈妈到了机场没见着你，还以为我把她儿子拐走，不要妈妈了。再说外面下雨天黑沉沉的，虽然我有点怕，但是我更害怕跟你单独相处，因为你要猥琐我。"

他瞪我，满脸不悦地叽歪着："你是我老婆，我想怎么猥琐就怎么猥琐！"

敢情他还是猥琐犯啊！

我无视他的表情，伸伸胳膊拉拉腿，笑嘻嘻地去杂物房拿雨伞。出来时，我朝身后的饶辰挥了挥手，嘴里嘟嘟囔囔地说着："我去车站了，等会儿接到老头子就给你电话，然后去预定的饭店。"

"你真的不用我送你去车站？"

"我都这么大了，又不会迷路，再说我会打车去的，又不会遇上什么麻烦。"我扔下这句话，直接离开了饶宅。步行了两三分钟后，我却一辆空车都没瞧见。索性，徒步去汽车站了，反正离老头子来川城还有一段时间，抄近道过去差不多刚好合适。

这么拿定主意后，我便不假思索地钻入身侧的一条小巷内。

我一面走，一面想着饶妈妈到底会是什么样的人，虽然我从饶辰那儿打探了一些消息，得知他家里的人很好相处，并不是思想封建的人，更不会讲求门当户对，只要两人真心相爱能相扶相持就足够了，但是我仍有些小小的紧张，却又想到见面就算订婚了不禁傻笑起来，脚步轻盈地继续朝着前面走去。

可是没走几步，我隐隐中觉得自己的身后，好像有一道冷飕飕的目光正在盯着自己瞧一样。

怎么会有这样的感觉，就好像恐怖片里鬼要外出行动似的。现在天色已经越来越暗，淅淅沥沥的雨不断从天空滴落，小巷里面此时除了我之外好像并无他人。我突然想起上次被人绑架的事，心中不免有些害怕起来，忍不住侧过头去想瞧瞧身后到底有什么。就在那时，我口袋里的手机很突兀地响了起来。

我被吓了一跳，慌慌张张从包里取出手机，见显示屏上闪烁的名字是饶辰，心中涌起的那股怪异的感觉瞬间被安抚住了。接通了电话后，听到他在电话的另一头问我："小贱包，你到了什么地方？我马上就要到机场了，接到妈妈，我过去接你怎么样？"

"干吗这么麻烦，你接到你妈妈就去饭店，我很快就到了。"

"你出门太急，忘记问你，伯父喜欢吃些什么菜，最主要的是，他是希望未来的女婿严肃一点，透出成功人士的威严，还是随和一点，卖萌一点？"

"我家老头子最喜欢那种在贱贱无敌中露出一抹傲娇再混合一丝纯真的人……"我笑嘻嘻地说着，可是我喉头的话还没说完，一只带着白色手套的手，很诡异地从我背后伸了过来出现在了我的视野里，我还没反应过来这只手臂是怎么一回事儿，对方就硬生生切断了我的电话。

我心中猛地一紧，发出尖锐的叫声。我感到害怕极了，条件反射地转过身去，惊愕地看到一个像幽灵一样的人出现在我面前。他全身藏在黑衣之中，五官十分模糊，并带着一股危险气息。一股恶寒就从我的脚底直往头上蹿，顺着脊背袭上我的大脑，令我背脊都被冷汗给浸湿了。

我的喉咙相当的干涩，极力让自己保持镇定移动着双脚往后面退去，并询问对方："你是什么人，你到底想干什么？"

对方对我的问话显得有点无动于衷，在原地愣了几秒后，嘴唇翕动，嗓音里透出一丝疑惑："林车车？"

"……"我感到惊讶，对方竟然知道我的名字，并且这个嗓音是女人的声音，我隐隐记得好像在哪儿听过，只是我想不起来，我忍不住朝对方点了点头。

对方伸手拨了拨手上的手套，似乎在暗示着什么，冰冷的瞳孔中射出了一股杀意来，空气里也充斥着一种死亡的气息。

我心头一紧，孤立无援中，身子瑟瑟发抖。

对方一步一步地朝着我靠来，从雨衣中滑出一把能亮瞎我钛合金双眼的锃亮尖刀，嘴里吐出莫名其妙的话语："你应该掂量掂量自己，不应该靠近不属于你的男人。每个人都要为自己的贪心付出代价，或许这个代价比你想象中要更为惨重，不过你不用感到害怕，你很快就会去另一个地方，继续你的生活。"

"你在说什么？"我一时间难以理解对方话语中的意思，小心翼翼地移动着双脚，躲避着她。

"有人告诉我，不想让你再活在这个世界上，而今天就是你的死期。"对方冷冷地回答。

我惊恐地睁大了眼睛，胸膛剧烈地起伏着，这才意识到事情的严重性，居然有人买了我的性命！这诡异得跟电影一样的剧情，怎么会发生自己的身上呢，谁跟我有这样的深仇大恨？

我脑中思绪乱如一团麻，被心头涌起的一股恐惧给紧紧地包围着，却又一下惊醒过来，我知道前面的这个女人是谁了！

我惊呼："你是明哲的朋友，宋雯姵？"

"原来你还记得我？"宋雯姵不以为然地笑了笑。

"……"我也只是瞎猜，没想到料中了。

我皱着眉，紧张地搓了搓手："我问你，到底谁想杀我？"

"很可惜，对方的信息我不能泄露给你。你不要恨我，要恨就恨买你命的人，今天你若不死，依旧会有其他杀手接这笔单来干掉你。"宋雯姵把话说完，彷佛陷入了疯狂的状态中，眼中泛起了浓浓的杀意，举起手中的尖刀就朝我刺了过来。我忍不住发出一阵尖叫，转身就跑，可是她哧溜一声后脚立马跟了过来，伸手一把抓住我的肩膀，把我往回一拉，尖刀在我眼角划出一道弧形，便狠狠地落了下来发出一阵绞肉声。

我只觉自己的腹部猛然一痛，整个人顿时僵硬住了，喉头含混不清地发出一丝呻吟声，彷佛被人推入了深渊般，整个世界都被鲜血染成了一片猩红的颜色。我泪流满面，恶心欲呕。

宋雯姵将尖刀从我腹中慢慢地抽了出来，那个速度完全就是在摧残我。

尽管被她惨无人道地折磨，但是我求生的意志却十分强烈，用尽全身的力气将她推开，跌跌撞撞地朝着出口奔去，眼见我快离开小巷口，可以寻求帮助。怎知，就在那千钧一发之际，一辆跑车助纣为虐地从我身侧开了过来，速度快得我难以躲避。我当场愣住，感觉自己被汽车灯那强烈的光线笼罩在了死亡中。

车子，狠狠地把我撞飞了出去，在不断伸长的光影中，我眼前的事物逐渐变得朦胧，整个身子再无一丝力气。

我躺在血泊中，隐隐约约瞧见撞飞我的那辆跑车内走出来一个人，正一步一步地向我靠近。

“林车车？”

明哲？是他！

我自始至终都没有想到，送我最后一程的人，居然会是他！

“林车车！”明哲冷峻的面容异常惨白，带着不敢置信的表情蹲下身，用手触摸了摸我中刀的地方。待他手染上一片鲜红血迹时，他脸上的神情瞬间像要爆发出撕心裂肺的痛哭般：“怎么会这样，为什么……”好像这种疑问在他脑中不停缠绕着，使他那双有着海天交织般美丽颜色的眼眸中，都透出了一股杀气。

我看着他，不知道他对宋雯姵杀我这事是否知情，我也没有多余的时间来询问他。我知道我自己快不行了，呼吸变得越来越稀薄，身子冷得犹如浸泡在刺骨的雪水中，我努力从喉头发出微弱的声音想让他带我去见饶辰，明哲身后却响起了一阵脚步声。

他在我的目光中站起身去，一把抓住身后逐渐靠来的人，语气里充满了难以抑制的愤怒，声音大得犹如惊雷般进入我的耳中：“是你！为什么要这么做？你告诉我，谁让你这么干的？”

“你问这个做什么！”宋雯姵冷冷的声音传了过来，“入这行这么多年，难道这个时候，你忘了我们的规矩吗？客人的资料，怎么能随便泄露？至于这个酬劳五百万的生意，即使我不接，别人一样会接。你想保护她，又能保护得了她多久呢？一年，十年，还是一辈子？”

“如果她死去，我不会放过你。”明哲脸上的表情瞬时变得阴情不定，因为太过投入想要为我寻出凶手，却忽略了我的伤势，各种造孽啊！

一缕轻笑从宋雯姵的齿唇间逸出，她叹气似的说着：“从一开始，我就警告过你，我们做杀手的，不可以爱上别人。那次她在医院外受困，你冒着生命危险在大庭广众之下，用烟雾弹来帮她脱险，我问过你，你是不是爱上了她。你告诉我没有，只是在为自己所犯下的错，做一点点弥补。可是今天的你，能欺骗别人却欺骗不了我，我们从小一起长大……”

听到这儿，我的意识变得越来越模糊不清，眼前的事物也开始慢慢变暗，最后一片漆黑，耳边也被自己一声接着一声的沉重呼吸声所缠绕。

而我心中想说的话，随着我闭上眼睛跌入一个超级无底洞那一瞬间，随风飘散在了雨中，成了残响……

饶辰，我好想见你，也不知我们何时能够再相见……

或许，这一辈子都不可能了……

五个月以后。

我在麻痹了自己感官的沉睡中，忽然有了一丝知觉，发现身体里的细胞好像被什么药物促使得不断分裂，然后撕裂开来成了两个自己。可是我却没有一点疼痛感，身体也随波逐流飘向了一个未知的空间。

更令人无法理解的是，我的记忆开始逐渐变得模糊起来，忘记了一些不该忘记的事。

恍惚之间，我的灵魂来到了一座教堂的门外。

我不明白自己怎么会来到这儿的，伸手拉了拉大门，想进去见见耶稣，却发现自己无法打开眼前的这扇门，随后我又用力地拽了两下，门还是没打开。

我便明白，上帝的大门不是随时向我敞开的，他依旧把我的那扇门紧紧地锁着……

而我，也从一种被分裂的世界中醒了过来。

四周很安静，白茫茫一片犹如梦境。

我吃力地支撑起软绵绵的身体从床上下来，打量着自己所在的这间屋子。一阵嘈杂的声音突然从外面传了进来，进入我的耳中，我隐隐约约间听见一对男女正在交流着什么。

我扶着墙面慢慢地移动着双脚,拉开房门走了出去。瞧见花园外,在星光的照耀下,一位身穿着黑色劲装,有着御姐身材的漂亮女人,从后面紧紧地搂住了一位有着一双如琉璃般蓝色眼眸的男人。

只见他神情倨傲冷寂,目光在月光的映照下透出一丝如水波一般淡渺的光芒。

我总觉得这个男人有种似曾相识之感,正拧眉沉思,女人脸上露出一种备受煎熬的痛苦之色,用低沉的嗓音对男人说:“为了那个女人,你这样做值得吗?你求博士洗去她的记忆又如何,这世界上最懂你的人是我,你明知道她心里面有个男人,但是却愿意让自己做梦,为什么?你有想过这个梦会维持多久吗?”

男人闭上眼睛,似是对女人的话有所感触般,眉头隐皱着,嘴唇动了一下:“我已经没退路可选了,有她在身边时,我的心情总是变得很轻松,如同卸下了包袱一样。我只想把她留在身边,让她属于我一个人,或许现在不行,但是我相信她总有一天会属于我的。”

女人带着一脸被击中要害的表情,好像心情无比的憋闷难受:“你疯了吗,明哲?不要再执迷不悟了,不要因为自己太孤独太寂寞,身边随便出现一个人时就想抓住对方来陪自己,那不是爱情!”

男人脸色变得苍白,长长地叹出一口气:“我对她的那种感觉,我心里很清楚,不需要你来提醒。也请你以后不要再来找我,我答应博士,为他做完三件事,就跟组织再也没有一点关系,也跟你再也没有一点瓜葛。”

这两个人到底是谁?

这儿是我的家吗,我怎么一点印象都没有?而且那个女人,隐隐中我有种很害怕她的感觉,心中一种莫名的恐惧正逐渐膨胀着,微微地抽痛了一下。

我举步朝着两人慢慢地靠去,女人的脸上顿时闪过一丝阴狠之色，恨恨地对男人说着："她继续存活下去，只会害了你，我现在就为你干掉她，免得你再对她心心念念！"

话音一落，女人速度极快地把双手从男人腰间松开，腾地一下侧过身来，森冷的目光在空中和我撞了个正着，吓得我往后退了一步，碰倒身后的花瓶发出一阵脆响。

男人侧了侧身，目光落在了我的脸上。

他似乎感到有点紧张，苍白憔悴的面容上露出了一抹难以言明的古怪笑容，用一种悲凉中又带着一丝惊讶的语气对我说着："你……你醒了？"

我感到莫名其妙，眼中充满了惶恐和不安，总感觉下一秒，一个相似的桥段，就会悄然上演。

我也不知自己的潜意识里，怎么会出现这种荒唐的想法，但事实就是如此。

女人朝我奔了过来，满脸愤懑，伸手一把掐住我的脖子，力气势如破竹般，目光中的阴狠之色十分恐怖，像极了伸手不见五指的夜。我被吓得魂飞魄散，浑身战战兢兢抖作了一团，发了疯般拼命地挣扎起来。

突然，男人气急败坏前来帮忙，眼睛里充满了担忧，将女人从我身边拉开，和对方纠缠在了一起。可是男人的身体好像带着伤，和女人搏斗时，明显有点力不从心，完全没有镇住女人的气场！

我在一旁看得整颗心都拔凉拔凉的，将手脚蜷缩起来，颤抖着跪在地上，不知所措地喘息着，暗中默默地诅咒那女人这一辈子便便都只能用磨砂纸时，那个女人挣脱开男人的束缚，丧心病狂地又跑上来对我行凶。

我感到束手无措，额头上布满了汗珠，瑟瑟发抖的虚软身体可是一点力气都使不上来，只能发出惊恐的尖叫声作为小小的反抗，结果被女人硬生生地从地面拖了起来，她的动作也变得十分粗鲁，还用充满愤恨的目光瞪着我。

男人再次前来相助，一阵拉扯，女人伸手猛然一推，我顿失重心，身子一斜，脑袋“哐”的一声撞在了墙上。

我只感到脑袋一阵剧痛，便失去了知觉进入了梦魇之地……

醒来时，我朦朦胧胧间，瞧见有个人站在我的床边。我努力睁大眼睛看着对方，这才瞧清是个刚才救我的男人。

我喉头发出痛苦的呻吟声，伸手撑着额头从床上坐起，回忆了一下刚才到底发生了些什么事，零零星星的画面就如走马灯般在我脑海中晃过。

男人眉头微微地蹙起，好像在掩饰自己的紧张，又沉沉地吸了一口气，便把手放在了我的肩上，嗓音低哑地道："你没事吧，被撞伤的地方还疼吗？"

我仍有些诚惶诚恐，像躲瘟疫一样挣扎着躲开了他的手，嘴唇翕动，喉头发出一阵让人难以听清的沙哑声："你到底是谁，刚才发生了什么？我记得我在院子里面看见你跟一个女人在一起，后面发生了什么，我怎么记不得了。"

我话音一落，男人眼底迸出一丝诡异的亮光，似是松了一口气一样。他回答我："我是明哲，欧阳明哲。刚才你看到的那个女人，她是我的助理，我们为了一点小事闹得不开心，所以误伤了你，你不用为此太过纠结。只是，你真的不记得我了吗？"

我摇了摇头，眉头紧皱着，伸手揉了揉干涩的眼睛。

叫欧阳明哲的男人，眼中闪过一丝混杂着狐疑和希冀的微芒，用试探的口气继续追问我："你真的不记得了，我们以前是恋人。"

"恋人？"我稍微呆了一下，感到十分茫然，努力翻寻着自己的记忆，可是我脑中一片空白，内心也莫名地涌起一种痛楚，"为什么我什么都不记得了，对你也没有一丝印象呢？我又是谁？"

他伸手摸了一下我的额头，在我耳边小心翼翼地低语着，语调低沉，却又不失情感："你……你叫林车车，在五个月之前，我们本来打算去旅行,可是途中发生了车祸。医生说你虽然能保住性命,可是会暂时失去记忆。"

失忆?我一下子反应不过来又愣住了,用手抱着闷痛不已的脑袋,觉得自己好像忘记了最重要的什么,可是怎么想也想不起来。心中顿时一片寂寥荒凉,垂下眼皮,默默流泪:"为什么我什么都想不起来,我好像忘记了不该忘记的,可是怎么想,也想不起来……这儿到底是什么地方?"

我自虐似的用手敲了敲脑袋,明哲立刻抓住我的手,注视着我的目光中都流露出心疼之意:"别这样,你若想不起来也没关系。你现在只要记住我就行了,记住这儿是我们的家,以前的事能不能寻回都无所谓,因为我会照顾你一辈子。"

"……"我神思恍惚地凝视着他的眼睛。

他也颇有深意地看着我,唇角挽起了一抹笑意。

我默默不语地垂下眼眸,总觉得眼前的男人让我没有一丝那种想要去爱的感觉。我隐隐中好像记得有人曾经对我说过,只要相爱,两人无论相隔多远,彼此都能感受到对方的存在。即使某天其中一人失去了记忆,但是心中却依旧残留着对方的身影,时光是永远无法抹杀掉的,即使对方死去,灵魂也会记得。

所以,当我努力去感受他的气息时,得到的结果却是一种陌生的感觉,也不知道记忆中的那句话是真是假,也不知道自己跟他究竟是不是恋人。但是有一点我很清楚,我真的什么都想不起来,也只好按捺着心头那份复杂的心绪,和他一起生活,重新认识了他一次。他告诉我他在一家工作室工作,是一名钢琴师,我跟他相恋了一年。

而日子就在我不停寻找着记忆中悄无声息地过去了……

一年后,新年将近。

明哲破天荒地带我去海边漫步,由于这儿离城市很远,所以并不热闹，也没有一点过节的气氛。

我跟在他的身后，往左右两边瞧了瞧，发现这儿其实也是个不错的地方，让人有种回归大自然的感觉。这个地方没有高楼大厦，全是典型庭院式风格的建筑，屋顶是用茅草铺的，甚至连路灯都是青铜灯笼。

前面不远处还有个浮桥，过了浮桥朝左走，有一个露天酒吧，十五米高的天花板上，全挂着一盏盏竹灯笼。灯笼洒下柔和的光芒，将整个酒吧营造出一种优雅的氛围。

明哲带着我走了进去，老板迎了上来跟他热情地打着招呼。

他点了两杯掺雪碧的 VSOP 和甜套，随后侧过头来望着我，正想说什么时，看见我用手搓着被冻僵的耳朵，他就把围巾取下绕过我头部在我下颌打了个结。然后温柔地握住我冻得发僵的手指，用温热的掌心轻轻地搓揉着，低眉一笑："我忘了外面的温度跟家里不一样，没让你多穿点衣服出来，你现在还觉得冷吗？"

我摇了摇头，感到有点不好意思，脸颊晕红，从内到外都热血沸腾着。

他扭转目光，望着广阔的海面，淡淡地说着："还记得吗，我们第一次相遇，就是在这片海上，那个时候的你很开朗，咚咚咚地跑过来，莫名其妙地向我扔出一句'先生，我一直跟着你'，我那时就觉得你好腹黑，要祸害人一样。"

我愣了愣，用湿润的舌头舔了舔自己有些干涩的唇片，觉得他刚才说的那些事，好像记得又好像不记得。但无论自己如何努力，想要抓住那些变得混乱不堪的记忆框架，都徒劳无功，这反而让我心里无端地难受起来："对不起，我还是没有太多印象。"

明哲一声轻叹："没关系，最重要的是你现在开心就行了。"

我心中冒出无数的疑问，总觉得他很希望我想起以前的事，又不太想我记得。因为他每次只是淡淡地询问一下，就不再多说。

我有些心不在焉，取过 waiter 送来的酒跟甜套。

明哲从我身边离开，好像要去干什么，我也没太注意，以为他是去卫生间。

结果他回来时，很突然地将手凑到我眼前，把我给吓了一跳。

我带着一脸惊讶的表情，看着他手中冒着火光的烟花棒，感到十分不解："这……这烟花棒你从哪儿弄来的？"

明哲伸手指了指浮桥另一边玩耍的几个小孩儿，斜睨着我："我告诉他们，有个姐姐整天垂头丧气很不开心，想借他们的烟花逗逗她，他们就给我了。"

我眼前一亮，心中弥漫起一股温热的暖流："你太有心了，只可惜现在是白天，烟花看起来一点都不美，要是晚上肯定会很漂亮。"

明哲眉头轻轻地皱了起来，这表情仿佛在暗示我，他在思考如何让我能开心一样。在沉默了半晌之后，他忽然拉着我的手，朝着浮桥的另一头跑去。

我颇为不解地询问他："你这是要带我去哪儿？"

"去了你就知道了。"明哲笑呵呵地说着，带着我来到一片树林。那里，头顶强烈的阳光被纵横交错的枝叶给遮掩住了，像到了下午六七点钟。

我顿时明白过来他带自己来这儿要做什么，或许这个地方放烟火棒，会比在外面更好。我急匆匆地想把他手中的烟花点燃，可是他却对我说："你先到那棵树后面去，我没让你出来之前，你别偷看。"

我心中微微一怔："干吗这么神秘啊，你难道还想搞出个什么花样不成？"

"总之你快过去，我叫你出来，你才能出来。"

我撇了撇嘴，虽然想留在这儿看他到底要搞什么鬼，但是又很想知道他会给自己带来什么样的惊喜，就笑着朝着身后的那棵树走去，然后转过身去将背脊贴在树干上。

在接下去等待的时间里，我时不时把脑袋一点一点地探出去想瞧瞧他究竟在做什么，可是他用背把手的动作都挡住了，害我什么都看不到，不禁有点小小的失望，又把脑袋缩了回去。

大概五分钟的样子，当我忽然听到明哲喊我的名字时，我喜滋滋地从树后蹿了出去。没想到目光刚和眼前的场景一接触，我整个人都被惊得目瞪口呆，不禁"咦"了一声。

地面上的烟花棒，排列成了一个门的形状，而门内是我的名。我下意识地舔了舔嘴唇，不禁犯起糊涂来，不明白他所表达的信息是什么。在心中犹豫了一下，张嘴问他："这个形状好奇怪，你想表达什么，我怎么看不懂呢？"

明哲静默一瞬，眼睛在火光中被映得闪闪发光。

他慢慢地来到我的身前，摸了摸我的脑袋之后，手指顺势划过我的脸颊，将一缕发丝拨到我的耳后，深情地望着我："我想表达，我是一只孤独的狼，在没认识你之前，我不懂爱情和幸福是什么。"

我挑了挑眉，用十分微妙的眼神望着他，咧嘴一笑，抓住他的胳膊死劲摇晃着："你是狼，那不是意味着我是一只羊？"

他清了清嗓子，疑似从我注视着他的目光中发现了什么，有点不好意思起来，避开我的眼睛继续说着："我没那个意思，我只是想告诉你，假如你我不曾相遇，我或许还是那个我。但是现在不同，我心中已经有了你，那么我也希望你能对我敞开心房。不要再去追寻以前的事，因为幸福有时候会转瞬即逝，你现在觉得幸福就足够了，我会用自己一生的时光去照顾你。"他抓着我的手，透过衣衫放在他的胸口上，我可以感觉到他心脏的跳动，已经打破了平时的律动。

我喜忧参半，一下子变得不知所措，心潮被他的话惹得很不平静，却静静地瞅着他脸上此时变得越来越奇妙的表情，觉得他脑中好像在纠结着什么，从他眼中泄露出来的，有犹豫、激动和急迫，让我有点不敢与他直视。我垂下脑袋，带着一丝羞涩，微笑着问他："明哲，我跟你生活的这段时间，发现你是一个很优秀的男人，我想不明白你为什么会喜欢上我？”

他伸手将我拥入怀中，无比认真地说：“因为感觉对了，所以就爱上了。并且爱就爱了，没有太多原因，如果要强加原因给这么简单的东西，是一件很残忍的事情，以后也别再问了。”

我笑而不语，离开他的怀抱朝着一旁的沙滩走去。

明哲从身后尾随而来，和我迎着海风漫步在沙滩上，忽然发现一条流浪狗。看样子，狗狗差不多只有一个月大，浑身脏兮兮的，后腿上还有一道深度未知的伤口，严重影响了它后腿的动作。

我赶紧走了过去，那小狗侧过头来可怜巴巴地望着我。我跟明哲商量了一下，觉得小狗应该是上天给我跟他的礼物，不然怎么会在快过年时，和它相遇在这儿。虽然我跟明哲不是救世主，拯救不了一切，但是我们有这个能力收养小狗，就把小狗带回了家里。

给它处理完伤口，明哲找来木板，专心致志地为小狗搭建了一个小窝。

我在一旁默默地注视着他，发现在室内游走的光芒，悄悄地围绕在了他的身边，让他看起来朦朦胧胧的好不真切。我心底那根柔软紧绷着的神经，就被轻轻地触动了一下，微微悸动着。

“车车。”他突然侧过头来望着我。

我脸上很不自然地泛起了一层红晕：“干吗？”

“我们为小狗取个名字吧？”

“好啊！”我连想也没想，几乎是下意识地从嘴里说出，“就叫小贱包好了。”

哪知明哲目光一凛，脸上的神情骤然一变，仿佛他的心中闪过无数纷杂纠缠的情绪般。他用充满警惕的眼神儿盯着我，用极为严肃的语调问我：“你是不是……你为什么会想到这个名字？”

我想了想，脸上露出一抹如被天使光环笼罩的甜蜜笑容，对他说：

"我也不知道。但是这几个月，我老是做同样一个梦，梦里有个男人，他站在角落被薄雾轻绕，目光深情温和，十分专注地凝望着我，叫我小贱包。我不知道他为什么会这么叫我，也看不清他的样子，我无论用上何种办法，依旧无法看清他的样子。"

我话音一落，明哲眉头间透出一种慌乱好像即将要被遗弃的古怪神情。恍惚失神间，钉锤从他手中滑落，砸在了他的脚上。

我惊讶地睁大了眼睛，心中一阵惊愕，猛然起身朝他走去想察看他的伤势，可是他却转身离开了。

我望着他的背影，不理解他的失常，忍不住问他："明哲，你没事吧？"

"我没事，有事的是你，做那种奇怪的梦，你应该记得每天准时吃药，一颗都不要漏掉。"他冷冰冰地说，脸上的表情僵硬得如被冷风划过一样，眼神也像覆盖上了一层寒霜。

一股寒意，顿时从我脚趾蹿到了头顶，我被他的气势伤得整颗心都碎了一地："我只是老闷在家里，日子过得太无聊，才会经常做梦。我根本就没有病，你为什么老是要我吃药，那些药总是让我记忆衰退，很多时候都记不住自己干过些什么。明明有时候，觉得想起了什么，可是每次吃完药，什么都想不起来了。"

明哲脸色骤变，眼中透出一种又痛又涩的神色，手指颤抖着："你是在怀疑我什么吗，你若没犯病，你怎么会老是想着一些奇怪的事情？"

"我不是那个意思，也没说是你故意在阻碍我恢复记忆，我只是在想会不会是医生开错了药单，把药给错了。"我急急地解释着，伸手握住他的胳膊。

"林车车，你心里在想些什么我很清楚。你到底在怀疑什么，是你我之间的关系，还是那些药？"他态度强悍，透出了无限的愤怒。

我诧异地盯着他，一阵默然，觉得他很是反常很是诡异，心里也涌起一种复杂难明的感觉。

“我有些累了，我先去洗个澡，你自己好好想想刚才我说的话吧。”他闷闷不乐地把话说完，转身就走。

我觉得自己好委屈，抬起头愣愣地看着他离去的背影，陷入苦恼中，发现他每次都是这样，稍不如意就丢出这样的话，然后把我晾在一边对我进行冷暴力。

可恶！

我怀着复杂的心情回了房间，坐在化妆台前，看着药盒里面五颜六色的药丸。

我沉沉地吸了一口气，把药盒收到抽屉里面，打算上床睡一会儿，再出去和明哲一起等待着新年的钟声，却悠悠地听见一阵钢琴声从大厅传来，那声音告诉我弹琴的那个人，他的心正被空虚寂寥的浪潮所淹没。

我闭上眼，紧紧地凝听了一会儿，才来到大厅。看见明哲坐在钢琴前，他的目光望向落地窗外被海水倒映在海面上的星星。

我靠近他，伸手重重地按在琴键上，发出的低鸣声打乱了一室沁透了人心的寂寥。

他微微一怔，嘴唇紧抿着。

我从身后轻轻地揽住了他的腰，把脸埋在他的背脊里。在听到外面传来新年钟声时，我对他说：“Happy new year！”

明哲侧过身来，轻轻地回抱住我，与我十指交握，在我的额上留下深深的一吻，顺带向我道歉：“刚才的事，对不起，其实我也不该对你发火，没有吓到你吧？”

“有一点，你刚才生气的样子好吓人，”我皱皱鼻，笑着说，“我从没有见过你这么生气，你笑起来，比你沉默皱眉时好看多了。我虽然还不太理解你，但是我能从你眼看出你心中有一种痛，无论那种痛是什么，我都希望你能快乐，皱眉只会让你更加心烦。”

“我以后再也不会了。”明哲自责地说着。足足瞅了我一分钟后，他脸颊变得晕红，将温热的唇瓣慢慢地向我靠了过来。我没有躲避，任由他的气息将自己包围，接受他的爱，与他缠绵在吻中拥抱在一起。

他侧了侧身，从后面揽住我的腰，轻轻地握住我的手。我赫然发现手心里突然多了一样东西，摊开手心一看，是一枚戒指，中间镶嵌了一排切割得很精致的闪闪发亮的钻石。

我的胸口微微地起伏不平起来：“你这是？”

“我想跟你组织一个家庭，我想结束掉现在的工作，带着你去另一个城市生活。我不想你留在这个地方，胡思乱想着。”

明哲这出人意料的话语，让我惊愕，沉默一下子在我跟他之间蔓延，气氛顿时变得尴尬。

我小心翼翼地翻过戒指，下意识地想看看指环的尾部，觉得里面会刻有字。可是当我看清里面平滑一片时，我心中出现了一种空空落落的感觉，也不知为什么。

然而，我这小小的举动却没逃过明哲的眼睛，他嗓音涩涩地说：“你在寻找什么？”

“没什么，我就是觉得这戒指里面，应该会有字，可是没有。或许我爱情片看多了吧，下意识里以为你会像里面的男主角那样做吧。”

明哲转过我的身子：“我并不是一个浪漫的男人，但是我会为了你，努力去营造浪漫的气氛。那么你，是不是应该回答我，你愿意嫁给我吗？”

“可以给我一点时间考虑吗？”

“没有太多时间，我已经在办理出国的护照，最多就一个礼拜。而我想这段时间里，我们能结婚。”顿了顿，他望向我的眼睛，“然后去马尔代夫，永远不再回来。”

“明哲，我不懂英文，去那种地方我会更加无法跟人沟通。”

“我懂。”

三言两语，我已明了明哲的心意，他是想我完全依靠他，将我囚禁在他的世界里。

我也真真切切感觉得到他对我的爱，但是我仍不死心，想要寻回自己的记忆。因为我冥冥中觉得有个人一直在等着我，等着我去呼唤他。那个人的身份，我不敢妄自揣摩。

“我三天后给你答复，可以吗？”

“好，我等你。”

“那我去浴室给你放水，你精神看起来不太好，先休息一下，我放好水再出来叫你。”说完，我不等明哲回答，低头去了浴室。

过了三分钟，我从浴室出来没有见到他，我猜想他应该在卧室找更换的衣服，便上了楼。透过微微敞开的房门，我瞧见他正站在他从不曾让我触碰并常年上锁的柜子前，目光阴郁，手中拿着一枚钻戒，似乎陷入了沉思中。那枚钻戒上还残留着一块暗红色，疑似鲜血凝固后的印迹。

奇怪，为什么我对那枚钻戒特别有感觉呢，就好像它属于我一样。莫非是因为钻石很大，我看着耀眼的关系？

我在心中无情地鄙视了一下自己，上前拍了拍明哲的肩，吓得他浑身猛地一震，钻戒从手中滑落。

我眼疾手快地抓住那枚戒指，凑到眼前瞄了一眼，当看到戒指的尾部，刻了一排字母时，我有种五雷轰顶的感觉。

“咦，这上面的字母是什么意思啊？rc.ol.cc，怎么会这么奇怪，应该是字母组合成的吧？”

明哲眼底闪过阴霾，惊慌地伸手一把夺过我手中的钻戒，放到柜子里面，板着脸说：“我不知道这上面刻着的字母是什么意思，不过这是一个女人临死前留下的遗物，说有天如果遇见她的另一半，就让我还给对方。我在想你刚才好像希望我在送你的那枚戒指上刻字，所以我打算借鉴一下，毕竟我也是第一次送戒指给女孩子。你进来怎么不敲门呢？”

“哎哟，我把水放好了，见你看那东西看得十分入神，”我目光意有所指地瞄了瞄柜子，“怕叫你没反应，就拍你让你回魂了。再说我进你房间，什么时候敲过门，你现在干吗这么介意？”

“我……”明哲一脸的溃败。

我挑眉，假装烦恼地叹着气。

“算了，我不想在这事上跟你理论了，我先去洗澡。”

他锁上柜子，正准备离开卧室，床头柜上的电话却很突兀地响了起来。他瞥了一眼显示屏上闪烁着的名字，拿起电话，转身走往一旁接通了电话。

我不知道这个时候是谁给他来电，但是我有一种不祥的预感在心中开始蔓延。两分钟之后，他挂了电话朝我走来，我才张嘴问他：“是谁给你打来电话，是不是你工作的地方出了什么事？”

明哲抿唇一笑：“你现在变得越来越了解我了，我或许会离开一个礼拜，去公司办理一些离职的手续。”

“需要这么久？”我无奈地问道。

“没办法，你放心好了，我办理好事情就会尽快回来。这几天你要好好照顾自己，除了在赛崖岛活动，就什么地方也别去，外面的世界不适合你。至于护照，我到时候回来再去拿，你不用担心。”明哲叮嘱完我，转身拉开柜子，开始收拾着衣服和需要的东西。

我愣愣地点了点头，心想着他那是什么工作室，办理离职手续还需要花上几天时间，但见他这么匆忙，也没多问。随后将他送到门外，凝望着他：“路上小心，我会一直在家等你回来。”

明哲微笑着点头，眼底有抹温柔。他俯下身在我脸颊上落下一个吻：“好好照顾自己，我会随时保持电话畅通，你要是遇上什么事，钱不够用就给我打电话。我希望回来时，能亲耳听到你的答案是，你愿意嫁给我。”

“我知道了，你好啰嗦哦。你快点去吧，别耽误了时间，免得又像上次那样，明明说了出去两天就回来，结果推迟了整整一天。”我埋怨地嘟囔。明哲微笑着伸手刮了刮我的鼻子，走上车就离开了。

我回到房中跟取名为小贱包的狗狗玩了一会儿后，觉得有些困了，便回房去休息。

可是在接下来的时间里，明哲的离开让我觉得家里愈发冷清，日子愈发难熬，连个说话的对象也没有，而且小贱包又不怎么搭理我，每天除了吃就是睡，我索性大着胆子，将明哲的叮嘱抛到脑后，偷偷地进城去玩。

却不料今天大年初七，虽然已到正常上班日，可是还有许多商店没有开门。不过街道上却很热闹，天空中的阳光洒下鹅黄色的光芒，笼罩着整个城市，让万物披上了苏醒的光辉。四周鞭炮阵阵，洋溢着喜庆的气氛，令我的冷寂的心里都涌起一股欢畅的感觉。

我在自动售货机前，买了一杯奶茶。然后在走马灯的步行街逛了一会儿，去小型超市买了几袋狗粮。正打算回家陪我的小贱包，却瞧见一家商场好像正在搞活动，积满了乌压压的人群。

我怀着好奇凑了过去，发现是这家商场跟法莱圣雅有个合作项目，只要在这家商场购买他家推出的香水，满两千块就可以抽奖，还有机会参加真情大比拼，将情侣之间的照片放到网络上，让大家来评比。被评为的最幸福的一对，还能前往巴黎进行七日游。

我一时激动，随着大伙儿飞奔着进了商场里面。来到法莱圣雅的专柜前挑选香水时，忽然发现他家这季推出的新品是海洋的味道，并且名字很奇怪，叫“寻”，外型也很奇怪，是风车的形状，中间还有一排字母被闪烁着琉璃光芒的水晶映照得让人不能忽视。

上面刻着 rc.ol.cc。

我心中猛地一震，觉得这排字母好似在什么地方见过。在我手指触摸瓶子上面的字母时，耳畔也没有来由地萦绕着如蚊吟般的男声：“rc是我名字的字母,cc是你的,合起来就是……”就是什么呢,我循声侧过头去,以为有人在为我解说。

可是看到的却是导购员,她微笑着望着我:“女士,喜欢我们公司推出的这款香水吗？这款香水初闻时会是海洋的味道,但是当你洒在身上,它会随着你的体温,香味变得奇特。”

“我平时很少用香水,对这些也不太懂。不过,这个瓶子很奇怪,请问上面的字母是什么意思呢？”

“对不起,我也不太清楚,我才来公司报到。不过听经理说,这款香水是我们CEO亲自设计的,说是每个人在成长的过程中,都会寻觅到一个可以陪自己度过一生的人。或许这个人在对的时间里出现,可是却又在错误的时间里,一转眼间消失得无影无踪。就算自己的伴侣不在自己身边,那颗心也会一直在原地等待着对方的归来。”

这个解说,我很喜欢,也很满意,当即决定买下来:“帮我包起来。”

“那麻烦女士,到柜台前结账。”

我点了点头,随导购员去柜台结了账。坐上升降电梯,边欣赏着手中这瓶香水上的字母,边揣摩这到底代表着什么意思。一道宛如希腊神祗般的身影,迎着光芒万丈,不期而遇地撞入了我的视野。

说也奇怪,那男人长什么样,我根本就瞧不清,因为他整张脸都撇向一旁,跟走在他身边的一个老伯说着话。

我只觉得对方个子高挑,身形挺拔而修长,举手投足间充满了贵族的气质。他从门外走到大厅还不到二十步,就吸引了不少女人的眼球,引得她们如痴如醉地凝望着他,好像他身上有一种摄人心魄的神秘力量。

我心中暗暗地想,对方应该是个很不简单的人物吧,就那个气场,不是随便什么人都能模仿得来的。对方微微地侧了下身,我一下子就瞧见了他那棱角分明无懈可击的脸庞。

我立时呆了一瞬，觉得这个男人有种我十分熟悉的气息，隐隐中觉得，我好像在什么地方见过他。

哈！我怎么一看到极品帅哥就有这种似曾相识的感觉呢，敢情我还是个女色？

我深深地叹出一口气，自言自语批判自己花心时，对方似是察觉到了什么，猛然间将一双冰冷无情的眼眸扫了过来，在人群中一阵搜索，最后定格在了我身上。他眼神忽然僵住，如受到深深的震撼一样，顷刻间睁大了眼睛，目光中闪烁着意味不明的诡异光芒，他就这样一直看着我。

我顿时忐忑不安，心中没有来由地涌起一股炙热而沉重的情绪。神情恍惚间，香水从我手中滑落，掉在了地上，顺着升降电梯往下面骨碌碌地滚了下去。

我立刻回神儿，去追掉在地上的香水，挤过人群在地上捡起香水后，忍不住再次抬眼看了看那个男人，瞧见他疑似想朝我刚才所站的位置走去，可是却被他身边的一位老伯给拦住了。

老伯询问他："少爷，你要去什么地方，谈合约的时间快到了。"

"我看见了她，我看见了林……"

"少爷，请你控制你的情绪，她已经死了，你看到的只是因为你太过思念对方而产生的幻觉。"

男人痛彻心扉，带着一脸被击中要害的表情，说着："不可能，我真的看见了她，你别把我当成疯子……"

"少爷，一年前发生的凶案，虽然没有一个目击者，但是警方已经虚拟了一个大概的情形。案发现场留下的血迹，也已证实是她的。你不能再欺骗你自己，死亡证明书就是最好的证明，她已经死了，她爸爸都举行了告别仪式。"

男人像重击过后的玻璃碎片，变得异常尖锐和敏感起来："我从不相信她会这么短命，我不会相信……"

老伯满脸焦急，皱了皱眉，对身侧的人下达着命令："来人，快去拿镇定剂来，少爷情绪失控了……这次的签约可不是一般的项目，不能让少爷精神不振。"

"我没有失控，为什么你们不相信，我真的看见了她。"男人握紧了拳头，那姿势仿佛受了伤痛一样缩成了一团，深陷的眼眶里全是眼泪。

听到这儿，由于商场里面播放的歌曲声突然变大，导致我什么都听不清了。只见男人的眼中笼罩上了一层悲凉，脸上也露出一种胸口像被硬物猛击直往下沉的表情，伸出苍凉的双手在半空挥舞了几下，试图想抓住什么似的，最终双手无力地落了下来。

我的心，突然抽痛起来，整个身体如被切断电源的电器一样。我不敢再继续看下去，拧着眉头，慢吞吞地收回目光，赶快移动双脚离开了商场。

但是我的脑中却被刚才所看到的画面涨得满满的，想找个人诉说，这才发现跟明哲生活的这一年里，我除了他，好像什么人都不认识。一种奇怪的感觉，霎时涌上了我的心头。

垂着脑袋，我漫步在街道，不知不觉间竟然来到一个小巷口。

我感到惊疑不已，不知道自己怎么会来到这儿，好像冥冥中有什么东西在引导着我。我朝着里面走去，忽然看见一男一女正在里面，好像发生了争执。女人浑身鲜血不止，男人面目狰狞，从里面飞奔着跑了出来，嘴里凶巴巴地对我大喊着："女人滚开，别挡住我的路。"

我惊慌失措，心脏蹦到了嗓子眼里"怦怦怦"直跳。

我两脚发软，用手捂住胸口，胆怯地闪身躲开，眼前却突然看到了一些诡异的东西，一些零零星星的画面也在我脑海里不断地涌现。我神思恍惚，努力想把那些画面连起来，不禁脚步慢了半拍，被男人愤怒地推开。

我整个人剧烈摇晃了一下，顺着男人甩手的动作，额头结结实实地撞在了墙面上。霎时我的脑袋仿佛要裂开了一样，而那些曾经被药物掩埋的记忆，瞬间回归到了我的身体里面，使我一下子惊醒了过来。我心里突然涌出一阵阵的悲伤，不知哪里传来了一阵话语声，久久地回荡在我的耳边……

“这项链，是你送给我的？”

“嗯。反正都是便宜货，前几天跟一家珠宝商一起吃饭，他说打算从波利尼西引进一些黑珍珠项链回来卖，我听他说起这东西还代表那什么玩意儿的存在——”

“是爱情，这颗黑珍珠代表着棉絮和冰裂的挚爱！”

……

“rc.ol.cc 是什么意思啊？”

“rc 是我名字的字母，cc 是你的，合起来就是饶辰只爱车车的意思。”

……

“有个女人和我只相识了两个月，可是我却觉得跟她认识了很久很久，我跟她之间所发生的事就像童话一样，我们原本行走在两条不同的线上，可是却在交叉时，被爱神射中了。现在，我想对她说，你能把你的耳朵借我五分钟吗，我有首歌想唱给你听。”

……

饶辰！

“饶辰——”我喃喃地呼喊着他的名字，眼泪从我眼中悄无声息地滑落。

我爬起身为小巷里面受伤的女士拨打了急救电话，就朝着刚才那座商场跑去。到了商场，我茫然地在人群中四处搜寻着他的身影。

不是他！

也不是他！

他到底去了什么地方？我眉头不由得紧皱，觉得在拥挤的商场，想找寻心中的那个人，就好像大海捞针似的，不禁有些气馁。但又不想这么轻易放弃，转身打算去另一边找找看。饶辰的身影，冷不丁地撞进了我的视线里，他正在三楼和一个男人交谈着什么。

我忍不住自己的激动情绪，又怕上去找他，会跟他错失相遇的机会，直接站在楼下冲他喊道："饶辰……"

可是他连眼皮都没有抬一下，似是没有听到。

我不禁急了，瞧见身侧有个导购员拿着麦克风正在跟顾客讲解着产品的用法。我便赶紧上前三言两语地把麦克风借了过来，冲着楼上的饶辰喊道："饶辰！"

饶辰浑身猛地一震，仿佛心底那根紧绷的弦，被我的嗓音所触动。他用一种不敢置信的表情把目光投了下来凝定在我的身上，他脸上的神情顿时就变了，好像因为滚烫的情绪已把他的心给填满，促使里面的泪水从他眼眶里溢了出来。

他深深地吸了一口气，从上面心急地跑下来，来到我的身前。他痛苦不堪地捧着我的脸，眼中带着沉痛的伤痕，手指小心翼翼地抚摸着我的五官，好像在感触着什么，满是忧伤的脸都皱在了一起。他嗓音哽咽地在我耳畔细语着："真的是你，我终于等到你回来了，林车车。我知道你不会死的，我知道你会在某个地方，等着我去呼唤你。我没有做梦吧，你让我担心得都快疯了……"

我眼神悲伤："你没有做梦，我是林车车，我回来了，饶辰我回来了。都怪我一直想不起，以前所发生的事。"

他把我紧紧地拥入怀中，我感受到他那颗心脏真真实实在不停跳动，我的眼泪悄无声息地流了下来。

"这一年你到底去了什么地方？"他看着我，用手紧紧握住我的手，"我每天心里空落落的，在熟悉和不熟悉的街道上寻找着你，可是一直都没有你的一点消息。"

我抽着鼻子，心情复杂得难以表达，只得默然地低下了脑袋。

"小贱包，你知道吗？你离开我之后，我发现自己生活的一部分色彩，都随着你也离自己远去，所能感受到的是这个世界逐渐变得非常冷清。”

“你现在再也不会有那种感觉，我不会再离开你……”哭着哭着，我的情绪变得异常激动起来。在他追问一年前到底发生了什么事时，我心情却逐渐变得沉重，不知道该如何告诉他。于是先随他回了家，问问他的近况来调整自己的情绪。

他告诉我，一年前他接到我被人杀害失踪的消息之后，根本就没有心理准备接受我的死亡，觉得还有很多的事情要与我共同完成。

因此，他在到达案发现场之前，首先让自己保持冷静，等见到我的那一刻，对我说一些他得知我失踪后的感受，告诉我这种玩笑仅此一次，还想要狠狠地批评我。可关键是，他到案发现场，看见地面上大量的血迹和我遗留下的那串项链之后，他就知道事情可能很不乐观。接着他最害怕的事情发生了，法医下达了我遇害的死亡证明书！

我突然觉得自己的心好痛，遂把当年的事情告诉了他。

当饶辰听到明哲的名字从我口中吐出时，他脸上的表情硬得就像戴了张假面具一样。

我稍稍犹豫了一下，用手碰了碰他：“你怎么了，你别怪明哲，他这一年来一直都在照顾我。虽然他给了一段不属于我的记忆，但是他并没有伤害我。”

“我知道，不然我也不会再次见到你，”他缓和了一下脸色，露出一种就像是春雪融化似的表情，“我只是在想，要是一年前不是明哲救了你，你可能已经死了。只是，是谁买凶对你下此毒手？”

我怔了一会，长长地叹了一口气，摇了摇头扔下一句“我也不知道”就不再言语，发现当心中那股不断翻腾着的情绪逐渐冷却之后，脑中便开始不断地想念明哲。

毕竟这一年都是他在一直无微不至地照顾我，虽然他用欺骗的手段把我留在身边，给我灌输了一段不属于我的记忆，但是我知道他对我是真心的。

所以,当饶辰跟我提起情人节,与我举行婚礼这个话题时,我便下了一个决定,就是回赛崖岛跟明哲做个了断。

那天正好是大年十五,饶辰说去公司处理点事,我就撇下他安排在我身边的保镖,回了赛崖岛。却不知,当我来到跟明哲所住的那栋住宅时,在门外听到了饶辰的声音。

我的心中一紧,悄悄地靠近,躲在门外往里看去,瞧见两人坐在沙发上。

明哲脸上是一种溃败的表情,饶辰端起桌上的杯子,声音很平静地说着:"你的梦该醒了。将自己麻痹起来,你认为就能收获快乐?这一场闹剧收场,你所需付的代价是失去对方。"

"终究还是这样的结局,没想到,事情会来得这么快。"明哲幽幽地说,喑哑的嗓音里泄露出了他的心在滴血。

我心中哀伤,紧紧地捂住嘴,在门外伤心地哭了。

饶辰叹了口气:"其实我早就该料到,是你把她藏了起来,整整一年,即使死去也应该找得到尸体。"

明哲没有回话,眼里盛满了忧伤,反射出了他心底涌出了阵阵难言的痛楚。

饶辰继续说着:"任何事情都要付出代价, 快乐的代价就是悲伤,你将她藏了整整一年,换来不属于你的快乐,你会为你这样的做法,付出更多的代价。乐极生悲这个道理你应该比我更懂,往往到最后留住的只有心头那一丝捉摸不到的痛楚。"

明哲失魂落魄地摇了摇头,这个举动,泄露出了他的无奈。

饶辰长叹一声:"我很了解你的心情,也知道你很爱她。或许将她从你的世界割去,如同剜你心头肉一般。纵使留下无法愈合的伤口,但是她爱的人是我,即使你把她藏起来,但是她的心是属于我的。"

明哲拧着眉头苦笑，肩膀微微地抽动了几下，没头没脑地从嘴里说出："如果，我比你早一步遇见她，命运说不准就会得到改变。"

"命运会不会改变我不清楚，但是你要相信，无论命运如何变，两人在错误的时间里相遇，最终还是会分开的。我很早以前就对你说过，公主的身边只能有一个王子，你命中注定只是她的骑士。你总是闭着眼抱着空了的糖果罐，告诉自己里面还有糖果，这种自我欺骗的梦应该醒了。"

"或许是吧，一直都不介意成为谁的代替品，至少以前是。但是这一年里我知道她即使被药物控制着记忆，也依旧忘不了你。人有时不可以奢求太多，有些快乐不属于你，就是不属于你。"

明哲起身，结束掉跟饶辰的交谈。

饶辰望着他的背影，迟疑了一下："我想询问你一件事，一年前究竟是谁买凶杀人？车车告诉我，残害她的人是你的助理，而案发那天你正好出现救走了她，后来跟助理在一个院子里发生过摩擦，从此之后你的助理就消失了。"

明哲脚步略顿："真凶是你们公司曾经捧出的香水之星。不过我的助理已经为此事赎了罪，若要调查可能会牵扯出太多事，为避免这些不必要的麻烦产生，我希望你最后别把她供出，至于幕后真凶的生死与我无关。"

这话说完，明哲朝着门外走来。

我没有躲避，我知道这个时候自己也必须去面对。

他跨出门外，目光留意到了我，撇过头来深情地凝视着我。

我沉默地凝望着他，目光中有千言万语。

他伸手摸了摸我的脸颊，将我拥入怀中，嘴里喃喃自语地说着："我很清楚，一切结束后的下场，而且这一切都在我的意料之中。我本以为能把你带走，你这一辈子都会属于我，但是……你的心，我永远控制不了。"

“明哲……”我眼里浸满了泪水。

“我很好，你不用担心我，没有什么忘不了的。时间可以让一个人对另一个人的记忆变得模糊，最后就像删除档案一样，彻底地清除掉。”

“……”我把脸埋进他的怀里。

“所以，先从你的声音开始，去忘记你所说过的每一个字，每一句话，接着是你的样子，去忘记你如阳光般的笑，甚至你的一举一动。或许现在不行，但是随着时间的推移，一个人或许真的可以完完全全忘掉曾经来过自己心中的那个女人究竟是谁！”

“明哲……”我抬眼，赫然发现自己每吸一口气，进入肺中的全是一种痛。

他的手轻轻地掠过我的唇：“你会不会恨我，骗了你这么久，还用药物控制着你的记忆？”

我强忍住心底涌起的凄凉，嗓音哽咽地说着：“我恕你无罪！”

“谢谢你，林车车！再见了，你一定要比我幸福。”他放开我，从口袋里取出当年饶辰送给我的戒指，戴在了我的手上，不着痕迹地转身离去。

我失神地望着他的背影，直到他完全消失在我的视野中，才收回目光转向里面的饶辰。

他朝我走来，然后拥住我。

我也环抱着他。

三天后，Be 的罪行终于浮出了水面，她很快在马来西亚被捕。

等待她的是法律的制裁。

番外

五年后。在这个说长不长说短不短的时间里，我忘记了很多事，忘记了很多人，但是有一个男人，我一直无法忘记，并且我心中的梦想也一直没有实现。

我没有成为法莱圣雅的设计师，而是成了一个家庭主妇，成天在家照顾我的宝贝女儿，饶欣。

今天是礼拜天，按照约定，我跟饶辰带女儿去游乐场。

“小心。”饶辰带着一脸恬静幸福的表情走下车，把女儿抱在怀中，去买票。

回来时，我把买好的冰淇淋递给他跟女儿：“拿去，给你俩买的。”

饶辰一笑，伸手接过，顺便把女儿也给了我：“哈，老婆是你想吃吧，都当妈的人了，还这么贪吃！老婆，你有没有发现你自从生了女儿之后，体重一直在往上增。”

我白他一眼：“呵！老公，你有没有发现，你当了爸爸之后，嘴巴依旧很贱？”

“你？”饶辰暗瞪我。

我露出胜利的笑容：“哼哼！”

“懒得跟你争论，我肚子有点痛要上趟厕所，你带女儿先进去吧。”

“遭报应了吧？”我得意洋洋，嘴贱地扔下这句话，抱着女儿直接往游乐场里面走去。

突然，女儿拉了拉我的衣服，指着木马对我说：“妈妈，我要坐那个。”

我撇过头，看着华丽丽的彩色木马，想了想这机动游戏应该不危险，就带着她去排队。

谁知女儿一时太兴奋，甩开我的手直往前奔去，我在身后怎么喊她，她就是不肯停下。结果跨楼梯时，她一个不小心摔了一跤，趴在地上哭嚷着不起来。

我心中一惊，急忙跑过去。一个大妈把她从地面扶了起来，询问着："谁家的孩子？"

"我家的。"我皱着眉头说，来到女儿的身边，蹲下身从皮包里拿出面巾纸给她擦拭着磕破的膝盖。也不知是不是用力过大，女儿顿时怒了，嚷道："妈，你弄疼我了。"

我一阵无语凝噎，那大妈好心得不得了，见此情景便热情地要跟我分享当妈妈的心得。

我虚心接受，叮嘱女儿坐完旋转木马就到旁边的休息椅来找我，便坐在那儿和大妈叽歪了一番。

大概过了十分钟，我见女儿还不回来，不免有点担心起来，忍不住匆匆结束掉和大妈的谈话，去找女儿。

发现她还站在那儿排队，但是她的脖子上却多了一根项链，跟我佩戴的一模一样！

我顿时纳闷了，这么昂贵的东西她是从哪儿捡来的。我赶紧走上前去，把她带到一边，蹲在她的身前，目光凝定在她脖子上的那颗黑色的珍珠上，开口问她："饶欣，你老实告诉妈妈，你是不是拿了别人的东西？这条项链是哪儿来的？"

"不是啊，刚才我正打算坐木马，有个叔叔就来到我的身边冲我笑，还说我长得好像妈妈。而且，他跟我说了好多好多话，害我都没坐到木马。"

"叔叔？"我心中一怔，眼中闪过一丝疑惑，"哪个叔叔？"

女儿脸上泛起奇妙的笑容:“我也不知道，不过他的眼睛好美,就像海水的颜色,我问他,我的眼睛怎么样才能像他的那么美,他却取笑我,说我跟妈妈一样,老是说他的眼睛很美丽。不过,叔叔他还夸我好聪明,要送我一样东西,然后就给了我这条项链。”

我身子猛然一震,血压飙升,一时难以控制住自己的情绪,抓住女儿的肩膀,急急地询问她:“……那个叔叔呢？”

女儿摇了摇脑袋,伸手指着我身后,嘟囔着:“我只看到叔叔朝着那边走去了。妈妈,我们以后让那个叔叔跟我们一起生活好不好呢？”

我没有回答她,忙不迭地侧过身,循着她所指的方向望去,看到的却是饶辰手拿着麦芽糖,慢吞吞走来的身影。

我心中不禁一阵失望。

女儿拉了拉我的手,好像有话要对我说,然后把小嘴贴着我的耳朵,告诉我她想说的话:“妈妈,我忘记告诉你,那个叔叔让我帮他一个忙,他说让我悄悄地转达一句话给你——我很好,那么你呢？”

我全身僵硬,心底涌出一种炙热又黏糊的东西。

明哲!

我很幸福,所以你也一定要幸福!

姐不到美男不笑
JIE BUDAO
MEI NAN BU XIAO
作　者：桃桃一轮
定　价：19.80元
出版社：江西高校出版社
一部让诸君忍俊不禁的轻喜剧
千万不可错过！
青鹭
爱小说
姐不到美男不笑
桃桃一轮 著
江西高校出版社
人气作家
桃桃一轮
巅峰力作
躲得过的『明骚』躲不过的『暗贱』
她用耍宝调戏美男，他用腹黑撒下情网
腹黑老狐狸，冰山高富帅，还有个天使弟弟，
喂，她到底该扑向哪边♥！
我是御姐，我怕谁！